A jamais séduite

LINDA LAEL MILLER

Linda Lael Miller

A jamais séduite

Traduit de l'américain
par Nathalie Dallain

Éditions J'ai lu

Titre original :

KNIGHTS
Published by arrangement with Pocket Books,
a division of Simon & Schuster Inc., New York

PROLOGUE

Si près, et pourtant déjà si loin...

Il y avait de la magie dans l'air.

Quelque peu à l'écart de ses camarades de classe, Megan fixait, fascinée, la brèche dans l'un des hauts murs de l'abbaye, tout en serrant contre elle sa magnifique poupée. Personne, à son côté, ne semblait avoir remarqué que par cette étroite ouverture, un flot d'or et d'argent s'écoulait, doucement irisé, au rythme d'une étrange musique silencieuse.

Devant elle se dressaient les lourds vantaux en fer forgé. Derrière, les autres écolières devisaient gaiement, heureuses de passer un bel après-midi ensoleillé hors de l'enceinte austère de Briarbrook School.

Attirée par une force invisible, Megan s'approcha du portail. Une angoisse inexplicable lui nouait brusquement la gorge et elle étreignait davantage sa poupée à chaque pas, comme pour se rassurer.

Elle n'eut guère le temps de s'interroger davantage sur l'origine de son malaise. Une princesse tout droit sortie d'un conte de fées apparut soudain de l'autre côté du portail. Un large sourire sur les lèvres, elle lui fit signe d'avancer. Dieu qu'elle était belle dans sa soyeuse robe saphir avec ses boucles blondes qui ruisselaient tout autour d'elle et caressaient le creux de sa taille ! Sa peau avait l'éclat du marbre et ses yeux, de véritables joyaux, étaient aussi bleus que la soie de sa toilette.

– Megan ! souffla-t-elle d'une voix douce et cristal-line.

Âgée de cinq ans et déjà dotée d'une rare sagesse, Megan Saunders savait mieux que personne qu'on ne parle pas aux étrangers. Alarmée, elle jeta un coup d'œil derrière elle, cherchant un signe d'assentiment chez l'une de ses maîtresses mais, comme à l'accoutu-mée, personne ne lui prêtait attention.

Tenant sa poupée étroitement contre elle – cette pou-pée qui représentait ce qu'elle possédait de plus cher au monde –, elle rassembla son courage et fit un autre pas vers la grille.

L'inconnue s'agenouilla alors, sa robe s'évasant en corolle autour d'elle telle une somptueuse fleur, et de nouveau elle prit la parole. Mais ses mots étaient autant de notes étranges, parfaitement incompréhensibles... Déroutée, Megan fronça les sourcils.

– On me défend d'adresser la parole à des étrangers, déclara-t-elle sur la défensive.

Elle avait baissé les yeux pour fixer sa poupée. Celle-ci n'était pas un simple jouet, mais la réplique exacte de la reine Elisabeth Ire d'Angleterre. En tout cas, c'était ce que la vendeuse de Harrods avait affirmé lorsque ses parents avaient acheté ce présent pour Megan, comme pour s'excuser de devoir bientôt l'aban-donner.

En fait, il n'en était rien, bien sûr ! Ils étaient tous deux impatients de se débarrasser d'elle et de s'en aller chacun de son côté à l'issue de leur divorce. D'ailleurs, s'en étaient-ils vraiment cachés... ?

Dans le bureau de la directrice de Briarbrook School, ils avaient rapidement signé les papiers par lesquels ils renonçaient à leurs droits parentaux, avant de prendre la poudre d'escampette. D'après l'une de ses aînées à la pension, Megan pouvait se considérer comme orphe-line, parce que sa mère était définitivement retournée aux Etats-Unis – Erika Fairfield Saunders était l'unique héritière d'une colossale fortune et comptait bien en profiter seule. Quant à Jordan, son père, anglais de souche, il ne voulait surtout pas se sentir bridé par ses devoirs paternels. Son seul désir était en effet de se consacrer corps et âme à sa carrière d'acteur de théâtre.

Erika et Jordan ne lui manquaient pas vraiment, mais elle ne pouvait s'empêcher d'envier parfois ses camarades de pension, filles ou garçons, qu'elle savait aimés de leurs parents.

— N'aie pas peur, murmura la belle inconnue.

Cette fois, Megan la comprit.

— Je n'ai pas peur. Mais comment connaissez-vous mon nom ?

— La magie, Megan...

La petite fille n'avait aucune peine à la croire. La magie faisait partie de sa vie. Malgré son jeune âge, elle ne comptait plus les moments qu'elle avait passés seule avant de venir en Angleterre, et durant lesquels elle avait trompé son ennui en imaginant un univers de princesses et de princes, de châteaux et de féroces dragons.

— Quel est votre nom, madame ?

— Elaina.

Avec un petit grincement, le portail s'ouvrit devant la petite fille.

Megan jeta un coup d'œil par-dessus son épaule pour voir si on l'observait, mais personne ne regardait dans sa direction. Elle tendit alors sa poupée à la princesse.

— Elle, c'est Gloriana.

Comme par enchantement, la grille glissa un peu plus dans ses gonds.

— Ravissant ! commenta Elaina d'une voix merveilleusement tendre.

— Dans ma classe, il y a cinq Megan, confia la petite fille, en s'approchant suffisamment de son interlocutrice pour pouvoir la toucher. C'est trop, vous ne croyez pas ?

La belle fée blonde se fit pensive.

– Peut-être devrions-nous t'appeler Gloriana maintenant ? déclara-t-elle après quelques secondes de silence.

Elle se redressa et recula pour permettre à l'enfant de franchir à son tour la porte.

– Oh oui, je préfère ! s'écria Megan.

Le silence l'enveloppa tout à coup et, pivotant sur ses talons, Megan s'aperçut qu'un épais brouillard commençait à lui masquer ses compagnes. Ses camarades étaient comme autant de silhouettes fantomatiques qui, peu à peu, s'évanouissaient devant ses yeux ébahis.

– Tu veux retourner auprès d'elles ? interrogea Elaina.

Elle se baissa pour plonger son regard de saphir dans celui de la petite fille.

– Tu veux regagner cet autre monde, Gloriana ? Cela ne tient qu'à toi, à toi seule. Tu n'es pas obligée de rester près de moi, si ce n'est pas ce que tu souhaites.

Mais Megan ne l'écoutait plus. Gloriana... Ce nouveau prénom l'enchantait.

Elle songea à son lit désolé au fond d'un immense dortoir lugubre, puis à son bureau à l'étude. La perspective de les retrouver ne lui disait rien qui vaille.

– Pourrai-je vivre dans un château, monter un beau poney comme les princesses dans les contes de fées et, quand je serai plus grande, épouser un prince ?

Le sourire que lui offrit alors Elaina lui réchauffa le cœur.

– Tu vivras dans un château et tu monteras un poney, je t'en fais la promesse. Et si à la place du prince tu acceptes d'épouser un très gentil baron, j'exaucerai ton vœu. Tu n'es pas obligée de te décider aujourd'hui. De toute façon, il te faudra encore attendre plusieurs années avant d'être en âge de te marier.

Gloriana hocha la tête, regarda derrière elle et vit

avec soulagement que les autres enfants n'avaient pas réapparu. Seuls demeuraient les moellons des hauts murs de l'abbaye, une profusion de fleurs et les grilles de fer forgé.

– J'ai faim, dit-elle.

Elle se souvint d'avoir oublié son repas à côté du bus, mais soudain cela lui semblait bien loin, comme si ce souvenir avait glissé de l'autre côté de sa mémoire.

– Alors, viens avec moi, répondit doucement lady Elaina en lui offrant sa main.

Gloriana l'accepta.

– Tu es ma bonne fée ? demanda-t-elle alors qu'elles s'engageaient dans un sentier étroit qui serpentait à travers la colline, entre des murets envahis par le lierre.

– Non, absolument pas.

– C'est ta magie qui m'a pourtant fait changer de monde.

– Non, ma chérie, répondit Elaina avant de la guider vers un banc où elles s'assirent. C'est toi seule qui as accompli ce miracle, pas moi.

Elle fronça tout à coup les sourcils en détaillant le jean, le T-shirt et les tennis de Gloriana.

– Il faut que nous fassions quelque chose pour ces vêtements avant que quelqu'un ne te voie.

– Qu'est-ce qu'ils ont, mes vêtements ?

Pour une fois que Gloriana ne portait pas le sévère uniforme de Briarbrook !

– Le problème, c'est qu'ici, ils n'ont pas encore été inventés, dit la jolie fée. Il y aura déjà suffisamment de questions quand on te verra surgir de nulle part...

Gloriana sentit sa gorge se nouer.

– Peut-être vais-je vous causer des ennuis, murmura-t-elle d'une voix étranglée.

Elle en avait l'habitude... D'aussi loin qu'elle se le rappelât, ses parents avaient toujours parlé d'elle comme d'un fardeau, un problème qu'ils se jetaient l'un l'autre à la figure quand ils se disputaient.

Elaina se pencha et l'embrassa soudain, la serrant

très fort contre elle avant de reculer, les larmes aux yeux.

– Non, mon enfant. Tu es au contraire la réponse à nombre de mes prières. Viens, Gloriana. Nous avons mille choses à accomplir...

1

Damian St. Gregory, baron de Kenbrook, cinquième du nom, leva d'un geste impérieux sa main droite gantée de cuir. Derrière lui, les quelques rescapés de son armée, haletants, le visage empourpré par l'effort, serraient la bride à leurs montures.

Peleus, le cheval de guerre de Kenbrook, une bête tout en muscles, et pourtant d'une incroyable agilité, à la toison aussi noire que le cœur de Lucifer, planta ses impressionnants sabots dans la terre sablonneuse de la rive et se mit à piaffer. Damian avait acheté l'animal un prix exorbitant, lors d'une foire au bétail, une quinzaine de jours plus tôt, dans les Flandres.

Toutefois, il ne regrettait pas sa dépense, car en Angleterre ces montures puissantes, idéales pour le combat, n'étaient pas légion.

Le baron prit une profonde inspiration et promena le regard autour de lui. En contrebas, le lac chatoyait de reflets d'émeraude comme un joyau à l'état brut, capturant les derniers rayons de cet après-midi d'automne pour iriser la surface de ses eaux, ridée par la brise. Juste au-dessus, Hadleigh Castle, la vieille forteresse de son frère aîné, s'érigeait derrière trois hauts murs. Flanquée de tourelles guerrières, elle surplombait la rive sud et narguait l'ennemi. A la naissance de la colline, au pied du pont-levis, se nichait, dans l'enceinte des premières murailles, Hadleigh, un minuscule village composé de misérables huttes entre lesquelles les moutons, les cochons et les poulets déambulaient, emplissant les ruelles exiguës de leurs fientes et de leurs cris suraigus. Au beau milieu de cette indigence s'élevaient néanmoins une auberge ainsi qu'une modeste église qui ne recevait de lumière que par une étroite fenêtre dont le vitrail représentait saint George en train de tuer le légendaire dragon.

La grande demeure de Cyrus, le marchand de laine, avait été bâtie quelques mètres plus loin. La construction imposante, au toit de tuiles rouges, abritait également un jardin et une cour intérieure que protégeaient des murs élevés. Il ne faisait pas de doute dans l'esprit de Damian que son épouse en herbe, Gloriana, la fille dudit négociant, serait ravie de revenir vivre dans ce havre de paix. En effet, ni Hadleigh Castle ni Kenbrook Hall n'étaient à ce point accueillants.

Damian réprima une grimace, tout à coup taraudé par la culpabilité. Cyrus serait furieux d'apprendre qu'il souhaitait annuler son mariage avec Gloriana...

Se penchant en avant, Damian s'appuya contre le pommeau de sa selle et balaya une nouvelle fois du regard le plaisant spectacle de la nature alentour. Un soupir lui échappa. Pourquoi les choses étaient-elles si compliquées ? Son mariage avec Gloriana ne signifiait rien. Cette dernière n'avait même pas encore sept ans, et lui seize, lorsqu'ils avaient été mariés ! Ni l'un ni l'autre n'étaient du reste présents à la cérémonie, la petite fille étant demeurée à Londres, sous l'égide de sa mère, tandis que lui naviguait déjà vers le continent pour y apprendre les ficelles du négoce militaire. Assurément, Gloriana n'aurait pas le cœur brisé quand elle saurait que Damian lui rendait sa liberté...

Pourtant, la perspective de casser leur union le mettait quelque peu mal à l'aise.

Il promena le regard au-delà des enceintes du village, là où se dressait l'abbaye, environ cinq cents mètres plus loin, le long du chemin cahoteux. Le sentier disparaissait sous le couvert des chênes et émergeait un peu plus loin, avant les grandes portes de Kenbrook Hall.

Damian ne put s'empêcher de sourire. Bâti sur le site même d'une forteresse romaine, flanqué d'une tour qui, depuis des années, menaçait de s'écrouler, son fief n'avait rien de bien reluisant. Ici et là, le toit s'était effondré et, en hiver, les vents glaciaux s'engouffraient à l'intérieur, soufflant les flammes des lampes et des torches. On racontait qu'entre ces murs, des fantômes sans le moindre charme et fort grossiers erraient comme des âmes en peine. Parfois même, les loups investissaient les lieux quelques semaines avant de retourner hanter la campagne voisine.

Damian n'en aimait pas moins ce château. *Son* château ! D'ailleurs, il songeait depuis longtemps à y effectuer des réparations. Dans quelques mois, lorsqu'il serait enfin libre d'épouser Marianne, Kenbrook Hall aurait recouvré sa splendeur originelle, il s'en faisait le serment. Il caressait déjà le rêve d'avoir plusieurs fils qui deviendraient chevaliers et qui, un jour, défendraient avec ferveur la cause de la justice, pour la plus grande fierté de leur père. Il espérait également concevoir quelques filles, aussi belles et intelligentes que leur mère, qui feraient de beaux mariages.

Avec un soupir, il se tourna vers l'exquise jeune femme à côté de lui. Montant avec grâce une jument à la robe gris perle, fraîche et élégante malgré plusieurs journées de chevauchée harassante sur des routes poussiéreuses creusées d'ornières et une traversée de la Manche plutôt houleuse, Marianne de Troyes le gratifia d'un tendre sourire avant de battre des cils avec coquetterie.

Le cœur de Damian se gonfla de fierté et d'émotion. Elle était si belle, si jeune... Et bientôt, elle serait sienne.

– Regardez, Marianne, fit-il en pointant le doigt sur Kenbrook Hall, voici l'endroit où nous vivrons sous peu.

La jeune femme rajusta le hennin de velours brodé

qui cachait ses cheveux – brune parure luxuriante que seuls sa femme de chambre et Damian lui-même avaient eu le privilège de contempler. Bien qu'il ne connût pas encore Marianne dans l'intimité, il avait eu en effet l'occasion d'apercevoir ses épaisses tresses de jais, un soir, à bord du bateau. Bientôt, lorsque Sa Sainteté accepterait d'annuler son mariage avec Gloriana, il pourrait plonger les doigts dans cette cascade de soie sombre, enfouir son visage dans sa douceur parfumée.

– C'est un peu lugubre, vous ne trouvez pas, monseigneur ?

Tout à ses sensuelles divagations, Damian enregistra distraitement les propos de sa compagne sans comprendre de prime abord à quoi elle faisait référence. Suivant le regard de la jeune femme, il se rendit compte qu'elle parlait du château.

– Malheureusement, oui, répondit-il en songeant, le cœur serré, à l'époque de faste et de gloire qu'avait connue son fief. Le malheur a souvent frappé Kenbrook au cours des dernières décennies. Mais ne parlons pas du passé. Bientôt, je vous le promets, nous réchaufferons cet endroit avec une ribambelle d'enfants, Marianne. Nos fils et nos filles.

Baissant les yeux, la jeune femme rougit jusqu'à la racine des cheveux. Damian s'en amusa, attribuant son embarras à sa pudeur de vierge et pensant déjà au moment enivrant où il lui ravirait son innocence avant de lui enseigner les secrets de l'amour. Des rires derrière lui le ramenèrent à la réalité. Il fit pivoter sa monture pour faire face à ses soldats qui, crottés des pieds à la tête, le considéraient d'un air moqueur. De toute évidence, ils l'avaient entendu. Damian réprima sa contrariété pour s'adresser à eux d'un ton ferme :

– C'est à bras ouverts que vous êtes attendus à Hadleigh Castle, déclara-t-il. Mais n'en profitez pas pour vous laisser aller. Mon frère est peut-être le maître ici, mais vous me devez encore pleine obéissance. Et celui qui s'aviserait d'enfreindre mes ordres se verrait sévèrement puni.

Les guerriers opinèrent tous du chef et, au signal de Damian, s'élancèrent au galop le long du goulet escarpé qui rejoignait le château en contrebas, la tête pleine des femmes et des bières qui les y attendaient. Seul un homme demeura à la traîne : Maxen, l'ami de Damian, un Gallois géant et roux, meilleure lame de la troupe, à l'exception de Damian lui-même.

En compagnie de Fabienne, la femme de chambre de Marianne, Maxen avait pour ordre de fermer le convoi dont Damian et sa future femme avaient pris la tête.

Penchée sur l'encolure de la bête, ses épaisses boucles d'or rouge voletant au gré du vent, Gloriana chevauchait le petit cheval pommelé que Gareth lui avait offert à Pâques. Sa robe, d'un bleu nuit, brodée au col et à la taille, se soulevait avec la brise et révélait ses fines chevilles nues. Elle éclata de rire lorsque son beau-frère et meilleur ami, Edward, la rattrapa sur sa propre monture, un hongre nommé Odin.

– Pour l'amour du ciel, Gloriana, cria le jeune garçon, voulez-vous bien ralentir ?

L'anxiété voilait les yeux bleu pâle d'Edward. Brusquement inquiète, Gloriana tira sur les rênes.

– Que se passe-t-il ?

Le jeune garçon passa une main dans ses épais cheveux bruns avant de désigner la colline au-dessus de Hadleigh Castle.

– Regardez ! fit-il d'un ton sombre.

Gloriana tourna la tête et aperçut une file de cavaliers qui descendaient le sentier, déchirant de leurs clameurs le silence de la campagne.

– Des visiteurs ? demanda-t-elle. Magnifique ! Ils sont certainement venus vous rendre hommage et célébrer votre adoubement. Peut-être auront-ils des histoires épiques à nous raconter...

Edward se redressa dans ses étriers, agrippé au pommeau de sa selle. Celle-ci avait autrefois appartenu à ses frères aînés avant de lui revenir et elle commençait à montrer des signes de fatigue. Heureusement, il n'aurait plus à la conserver longtemps car Gloriana lui en avait acheté une autre, bien plus belle, qu'elle gardait pour l'instant cachée dans sa chambre. Lorsque, deux jours plus tard, Edward et plusieurs autres jeunes hommes de la région seraient faits chevaliers, elle la lui offrirait. Son beau-frère avait presque seize ans et, depuis des années, il attendait le jour de grâce où il pourrait enfin s'enorgueillir du titre tant convoité.

– Ce ne sont pas des visiteurs, Gloriana. Ne voyez-vous pas leurs armoiries ? Vert et blanc. Ce sont les hommes de Kenbrook, mon frère. Votre époux est de retour.

Le cœur de la jeune femme manqua un battement. Des années durant, elle avait entendu raconter les exploits de son mari ; même les troubadours, au fil de leurs couplets, louaient sa bravoure, son esprit chevaleresque et sa force.

Elle résista à l'envie de discipliner sa crinière de boucles rebelles et de lisser les plis de sa robe froissée et maculée de poussière. Longtemps, elle avait rêvé de ce retour et chaque fois elle s'était imaginée marchant à la rencontre de son époux, vêtue d'une magnifique toilette de satin émeraude, délicatement filigranée d'or. La honte lui empourpra les joues cependant qu'elle songeait à sa piètre apparence et elle essuya d'un revers de main les larmes d'humiliation qui lui brouillaient la vue pour fixer les cavaliers qui venaient à leur rencontre.

Son trouble ne fit qu'augmenter en constatant que c'était Damian St. Gregory lui-même qui menait la troupe. Ses cheveux blonds, héritage d'un ancêtre normand, flottaient au vent, étincelant comme de l'or sous les rais enflammés du soleil couchant. Il émanait de tout son être un air de dignité qui forçait le respect, et également une puissance, une aura de danger qui donnait tout à coup une nouvelle dimension aux légendes qui circulaient sur son compte.

Gloriana éperonna sa monture et s'élança non vers les portes du village, mais en direction du verger niché au pied des anciens remparts. Edward la suivit, l'implorant à cor et à cri de revenir. Sans lui prêter attention, elle mena sa monture à toute bride parmi les pommiers pour se diriger vers le jardin s'étendant derrière la maison de son père.

Cette demeure lui appartenait aujourd'hui, songeat-elle avec mélancolie. Ignorant toujours les hurlements de protestation de son beau-frère, elle freina enfin sa monture et, se penchant, elle poussa une petite porte dérobée dans le mur couvert de lierre. Les souvenirs resurgirent d'un coup. Elle revit son père, Cyrus, le marchand de laine, et sa femme, Edwenna – emportés un an plus tôt par une épidémie de fièvre – penchés au-dessus d'elle, lui murmurant des mots affectueux.

Edward la rattrapa alors qu'elle s'engouffrait avec sa monture dans l'étroit passage.

– Grands dieux ! tonna-t-il. Cette porte aurait dû être condamnée il y a de cela des années. Imaginez que nos ennemis en aient eu vent !

– Ils l'auraient certainement empruntée pour s'introduire dans le village, rétorqua-t-elle d'un ton lugubre, et nous auraient décapités de la lame de leurs épées.

Laissant à Edward le soin de fermer le battant vermoulu, elle traversa la cour envahie par les mauvaises herbes, cet endroit tranquille où elle avait tant joué par le passé, pour se diriger en hâte vers le château dont elle franchit quelques minutes plus tard le pont-levis. Au même moment, les hommes de Kenbrook posaient pied à terre devant l'auberge et s'engouffraient à l'intérieur pour s'abreuver de bière et de vin jusqu'à plus soif.

– Mon frère n'a apparemment pas beaucoup d'autorité sur ses soldats, commenta Edward avec sarcasme en rejoignant la jeune femme.

Obnubilée par la toilette qu'elle voulait revêtir pour cette première rencontre avec son époux, Gloriana ignora les commentaires de son compagnon et dépassa les gardes au galop. Enfin, Kenbrook était de retour ! Gloriana, âgée de vingt ans, s'était mise depuis peu à craindre d'être trop vieille pour concevoir des enfants quand son époux daignerait revenir de ses voyages. Combien de cauchemars n'avait-elle pas connus la nuit, s'imaginant vieille et décatie lorsque Damian St. Gregory reviendrait en Angleterre pour honorer leur union !

Son cœur se mit tout à coup à battre la chamade ; tandis que les émotions les plus contradictoires se déchaînaient en elle. Elle était à la fois paniquée et impatiente de rencontrer cet homme, son époux. D'un bond, elle sauta à bas de sa monture et tendit ses rênes à un écuyer avant de se diriger à grands pas vers l'entrée du château. Tout aussi rapidement, elle traversa le grand hall où les serviteurs, armés de leurs balais, s'activaient fébrilement. Puis elle longea l'interminable couloir vers ses quartiers privés, un immense appartement qui avait appartenu à lady Elaina, autrefois maîtresse de cette maisonnée.

En chemin, elle heurta de plein fouet Gareth, l'aîné de ses beaux-frères et maître de Hadleigh Castle. Avec un rire tonitruant, il la souleva dans ses bras.

– Eh... ! Où allez-vous d'un si bon pas ? se moqua-t-il. Vous avez le diable aux trousses ?

– Damian est de retour ! s'écria-t-elle.

Derrière elle, Edward martelait les dalles de ses bottes. L'une des servantes le houspilla parce qu'il laissait sur le sol des traces de boue.

– Je dois vous laisser, Gareth ! Je ne veux pas que le seigneur Kenbrook me voie ainsi ! ajouta-t-elle, éperdue.

Les yeux bleus de son beau-frère s'illuminèrent. Il ressemblait un peu à Damian, même s'il avait presque vingt ans de plus que lui et ne possédait ni la carrure légendaire de son frère ni ses cheveux dorés.

– Ainsi, Damian est de retour ! s'exclama-t-il. Quelle bonne nouvelle ! J'imagine que mon frère a hâte de revoir sa dulcinée. Je gage même qu'il est si impatient que cela lui sera sûrement bien égal de découvrir que sa femme ressemble plus à une nymphe tout droit sortie de la forêt qu'à une digne baronne.

Sur ces mots, il s'esclaffa de plus belle. Piquée au vif, Gloriana se dégagea avec brusquerie et s'enfuit vers ses appartements. Là, elle entreprit de se métamorphoser rapidement.

Dans la cour de Hadleigh Castle, Damian se laissa glisser à bas de sa monture et aida courtoisement Marianne à descendre de la sienne. Lui enserrant la taille, il la souleva dans ses bras. Elle n'était pas plus lourde qu'un fétu !

Il s'en inquiéta brusquement. Elle paraissait de constitution si délicate. Saurait-elle survivre à plusieurs accouchements ? La dernière lady Hadleigh, qui n'était pourtant pas fragile, avait perdu la vie en donnant naissance à Edward.

– Fabienne, conduis ta maîtresse à l'intérieur, ordonna-t-il à la femme de chambre de Marianne. Mes serviteurs te guideront.

Quoique dotée d'un charmant prénom, Fabienne était une femme insipide, au visage émacié, aux yeux d'une couleur indéfinissable et aux cheveux filasse. Du moins était-elle obéissante.

– Oui, monseigneur, rétorqua-t-elle avec une brève révérence.

Glissant un bras sous celui de sa maîtresse, elle l'entraîna vers les marches qui menaient au grand hall. Damian les regarda s'éloigner, pensif.

Maxen, qui était demeuré en selle, se pencha pour prendre les rênes de l'étalon de Damian et l'emmener à l'écurie.

– Je n'aimerais pas être à ta place, mon ami, déclara-t-il, goguenard. Ecarter une femme pour l'amour d'une autre, c'est ce qui s'appelle jouer avec le feu.

Damian lui décocha un regard noir.

– Comment un homme aussi laid que toi peut-il savoir quoi que ce soit sur le sexe faible ?

Son ami se contenta de sourire avec placidité.

– L'expérience... répondit-il laconiquement avant de tourner bride. Si tu as besoin de moi pour panser coups de griffe et morsures, je serai à la taverne.

– Epargne-moi tes fines plaisanteries ! maugréa Damian.

Gloriana serait certainement heureuse de recouvrer sa liberté... se répétait-il en gagnant le grand hall. Elle avait vingt ans à présent. Pour une femme, ce n'était plus si jeune. En général, les vierges de cet âge ne demandaient qu'à rejoindre la quiétude d'un couvent où elles pourraient lire, coudre et réfléchir, sans être importunées par les désirs d'un époux.

Dans le grand hall régnait un véritable charivari. Le sol avait été balayé, et toute une kyrielle de domestiques étaient agenouillés, frottant les dalles avec des brosses, comme pour les débarrasser d'années de salissures. De toute évidence, un événement de la plus grande importance se préparait, et ce n'était certainement pas un banquet en l'honneur de son retour. Il n'avait pas pris la peine de prévenir qui que ce soit de son arrivée...

Une voix jeune et arrogante retentit soudain dans la galerie réservée aux musiciens.

– Ainsi, le héros a enfin daigné revenir ? Je n'en crois pas mes yeux.

Damian leva la tête et, les poings plantés sur les hanches, considéra un instant l'insolent, un adolescent aux cheveux roux et au visage constellé de taches de rousseur. Après une seconde d'hésitation, il reconnut

Edward, son jeune frère. Edward qui n'était encore qu'un petit garçon espiègle quand, voilà déjà plus de dix ans, Damian avait quitté le domaine pour une croisade sur le continent.

– Oui, et j'ai l'intention de restaurer Kenbrook Hall pour m'y installer, rétorqua-t-il, en faisant fi du ton sardonique de son frère.

Même à cette distance, il remarqua le rouge qui monta aux joues d'Edward.

– Avec ton épouse ? s'enquit ce dernier.

Damian faillit lui intimer l'ordre de se mêler de ce qui le regardait, mais il se ravisa en se rappelant qu'adolescent, lui aussi se montrait volontiers un tantinet agressif avec ses aînés.

– En effet, lâcha-t-il simplement.

– Et cette maîtresse que tu as ramenée de ton voyage sur le continent ? insista Edward. Où comptes-tu la mettre ?

Cette fois, Damian fut impuissant à dissimuler son irritation. Il n'allait quand même pas se justifier devant ce jeune blanc-bec qui ne connaissait rien de la vie !

– Au lieu de poser des questions indiscrètes, pourquoi ne vas-tu pas piquer une tête dans le lac, Edward ? rétorqua-t-il d'un ton cinglant. Peut-être que l'eau fraîche calmera tes esprits. A mon avis, tu en as grand besoin !

Sans attendre de réponse, il se dirigea à grands pas vers l'escalier. Il était exténué et perclus de courbatures. Une heure de repos lui ferait le plus grand bien avant de s'atteler aux corvées qui l'attendaient.

Edward n'avait pas riposté, mais lorsque Damian atteignit le couloir qui menait à ses appartements, son jeune frère, accoté contre un mur, lui barra le passage.

Le seigneur de Kenbrook réprima un sourire. Décidément, ce petit était têtu ! C'était de bon augure !

– Qu'y a-t-il encore, Edward ?

L'adolescent s'empourpra de plus belle. Ses yeux dardaient des éclairs. Alors qu'il s'approchait d'un air menaçant, Damian constata avec satisfaction qu'il était vigoureux pour son âge, et que son visage, quoique légèrement marqué d'acné juvénile, avait des traits aristocratiques. Dans quelques années, il ferait, à n'en pas douter, un bon soldat et saurait charmer la gent féminine.

– Je ne te permettrai pas d'humilier Gloriana de cette manière, lança-t-il après s'être éclairci la voix. Elle mérite bien mieux que cela.

– Tu as raison, convint Damian, on ne peut plus sincère.

Sans plus se soucier des réprimandes de son benjamin, il poussa la porte de sa chambre et fut aussitôt assailli par des odeurs pestilentielles de moisi et d'urine de souris. Exhalant un soupir dégoûté, il en franchit néanmoins le seuil, Edward sur ses talons.

La pièce, plongée dans la pénombre, disparaissait sous des centaines et des centaines de toiles d'araignées et une tonne de poussière. Evidemment, il ne pouvait s'en prendre qu'à lui ! Il n'avait qu'à avertir Gareth de son arrivée.

– Elle t'a attendu, reprit Edward derrière lui. Tout ce temps, elle t'a attendu.

Damian était soulagé que la pénombre régnant dans l'immense pièce lui permette d'enregistrer tranquillement les propos de son frère sans dévoiler ses sentiments. Pas un instant il n'avait envisagé que Gloriana pût l'attendre. Elle n'était qu'une enfant quand, par leurs parents ou tuteurs, ils avaient été unis l'un à l'autre. Et sans doute ne se souvenait-elle même pas de lui...

S'approchant de la fenêtre, il tira d'un geste agacé les vieux rideaux damassés. Un nuage de poussière l'aveugla.

– Balivernes ! grommela-t-il, tandis que la lumière pénétrait dans la chambre. Elle ne me connaît même pas. Sacredieu, jette un coup d'œil à ce lit ! Il a dû servir de repaire à tous les rats du royaume, ma parole !

Edward le rejoignit près de la fenêtre. Il semblait s'être quelque peu calmé, mais une lueur de colère brillait encore au fond de ses prunelles mordorées.

– Je t'épargnerai la remarque qui me vient à l'esprit, déclara-t-il d'une voix mordante.

– Serait-ce trop te demander d'aller chercher quelques servantes afin qu'elles nettoient cet endroit ?

– Pas du tout. C'est un honneur pour moi de prendre soin de toi, monseigneur.

Le menton relevé en signe de défi, il traversa la pièce jusqu'à la porte puis fit volte-face.

– Fais en sorte que Gloriana ne souffre pas de tes arrangements, déclara-t-il d'un ton sans réplique. Tu es fait de la même chair que moi, grand frère, mais si tu commettais le moindre parjure, je te promets que, liens du sang ou non, je te tuerais.

Et, sans ajouter mot, il sortit.

Damian demeura un long moment immobile. Il ne craignait pas son frère, ni personne d'ailleurs, et il avait bien l'intention de négocier avec « lady Kenbrook », mais force lui était de noter un détail important. Edward n'était plus le frêle gamin qu'il avait connu ; il était devenu un homme, un homme avec qui il lui faudrait désormais compter.

Il sourit, avant de rejoindre son lit et d'ôter le matelas entièrement rongé. Puis il s'allongea à même le sommier, plongeant aussitôt dans un bref mais revigorant sommeil.

La chambre de Gloriana donnait sur un minuscule jardin envahi de roses, où trônait un vieux banc de pierre. Profitant de la tiédeur du soir, la jeune femme avait donné l'ordre d'y installer le baquet pour son bain.

Tandis qu'elle plongeait avec délices dans l'eau bienfaisante au parfum fleuri, songeant à sa prochaine rencontre avec son époux, une douce brise agita les rosiers. Une pluie odorante de pétales s'abattit sur le patio et recouvrit la surface de son bain, comme un drap de velours. Gloriana y vit un bon présage, un signe des dieux. Cette nuit, elle se rendrait dans la chambre conjugale pour y partager le lit de son mari.

Fermant les yeux, elle se laissa bercer par le doux bourdonnement des abeilles et les bruits familiers de la vie quotidienne au château, une cacophonie curieusement rassurante où se mêlaient le chant des oiseaux, les hennissements des chevaux, les cris des hommes d'armes et le cliquetis de leurs épées cependant qu'ils s'entraînaient à leur art, ainsi que les voix souvent querelleuses des domestiques. Sa rêverie l'emporta doucement vers le sommeil.

L'eau était froide quand elle se réveilla en sursaut, habitée par la sensation étrange d'être surveillée. Avant même d'ouvrir les yeux, elle sut qu'elle n'était pas seule dans le jardin.

Il était assis sur le banc de pierre et l'observait, les bras croisés sur son torse puissant. Dans la lumière déclinante du soleil, ses boucles blondes étincelaient, et son regard avait la pureté d'un ciel d'été. C'étaient les yeux d'un Viking de légende, des yeux qui la transpercèrent jusqu'à l'âme.

– Oh... monseigneur ! balbutia-t-elle, soudain intimidée.

Ses cheveux ruisselaient sur ses épaules nues, couvrant à peine sa gorge palpitante. Elle déglutit à grand-peine. Durant ces années de mariage blanc, elle avait maintes et maintes fois imaginé cette scène de retrouvailles et rêvé des paroles qu'elle prononcerait alors, seulement voilà... Tout à coup, les mots lui échappaient. Mais comment aurait-il pu en être autrement, quand Kenbrook se révélait encore plus beau et plus fort que dans ses rêves les plus fous ? Il était même bien plus que cela ! Presque un dieu...

L'adulation enfantine qu'elle lui avait toujours vouée se mua soudain en une admiration passionnée de femme. Un sentiment exigeant qui n'avait plus rien de puéril.

– Vous êtes Gloriana ? demanda-t-il, presque comme s'il espérait se tromper.

– Oui, monseigneur.

– Nous devons avoir une discussion.

Il avait parlé calmement mais elle décela une note de réticence dans sa voix. Il s'éclaircit la gorge pour ajouter :

– Quand vous serez rhabillée...

Mi-déçue, mi-indignée, Gloriana s'empourpra. Certains hommes auraient été heureux de découvrir leur épouse dans le plus simple appareil. Apparemment, il n'était pas sensible à ses charmes... Enfin, il ne l'avait pas encore vue vêtue de sa merveilleuse toilette verte, avec ses cheveux bien coiffés et tressés de rubans.

– Je ne vous attendais pas, monseigneur. Si vous m'aviez écrit ou même envoyé un messager, j'aurais pris le temps de me préparer.

Il continuait de la dévisager, et pourtant elle avait l'impression qu'il n'avait pas écouté un traître mot de ce qu'elle venait de dire.

– Vous n'êtes pas aussi vieille que je l'imaginais, déclara-t-il enfin.

Ulcérée par la remarque, Gloriana n'en laissa pourtant rien paraître. Au contraire, elle lui offrit son plus beau sourire.

– Je vois, murmura-t-elle d'une voix songeuse.

Damian ne semblait pas vouloir quitter son poste d'observation.

– Non, vous ne voyez rien ! répliqua-t-il avec impatience. Vous avez vingt ans et vous devriez être déjà toute ridée. Comment aurais-je pu imaginer une femme aussi ravissante... ?

Pourquoi se montrait-il aussi désagréable ? Enfin, il venait au moins d'avouer qu'il la trouvait ravissante...

– Vous êtes trop bon... ironisa-t-elle. Et je suis ravie que vous ne me trouviez pas trop décatie.

Damian fronça les sourcils. Il se leva finalement mais ne fit aucun mouvement en direction de Gloriana qui frissonnait, les bras plaqués sur sa poitrine.

– Vous êtes bien insolente, madame ! repartit-il en la détaillant avec insistance. Pas de doute, Gareth vous a laissée n'en faire qu'à votre tête pendant que j'étais au loin. Mon frère a toujours été trop indulgent, que ce soit avec les femmes, les domestiques ou les enfants.

Il marqua une pause.

– J'espère seulement qu'il n'est pas trop tard et que vous pourrez encore remplir le rôle pour lequel la nature vous a faite !

Puis, pivotant sur ses talons, Damian St. Gregory, cinquième baron de Kenbrook et mari de Gloriana, traversa le jardin. Quelques instants plus tard, la porte de sa chambre claqua violemment.

– Je le hais, murmura la jeune femme entre ses dents.

Malgré le froid, elle s'immergea de nouveau dans l'eau et rinça ses longs cheveux. Puis elle sortit enfin de son bain, se frotta avec une épaisse pièce de coton rugueux et enfila sa chemise de mousseline.

Elle s'assit alors sur le banc, là où quelques minutes plus tôt Damian avait pris place pour la regarder. Méthodiquement, elle démêla ses boucles avec un peigne tout en maudissant son époux. Soudain, Edward fit son apparition dans le patio. Il tenait la robe d'un vert très pâle qu'elle avait souhaité mettre et la lui tendit avant de s'appuyer contre l'arbre derrière le banc, se détournant tandis qu'elle s'habillait.

– Venez, Gloriana, déclara-t-il enfin, vous allez attraper froid si vous restez ici. Vous feriez mieux de vous sécher les cheveux près du feu, dans votre chambre.

La jeune femme ne bougea pas.

– Gloriana ? insista Edward d'un ton plein de sollicitude.

– Je vais bien, souffla-t-elle, ourdissant déjà la vengeance qu'elle comptait prendre sur le baron Kenbrook.

Elle détourna la tête, bien déterminée à ne pas pleurer devant son ami. Non qu'elle eût honte, mais sa fierté venait d'être sérieusement affectée, et elle n'avait guère envie de se confier et d'épancher son chagrin. Il lui fallait simplement quelques instants de solitude, le temps de recouvrer ses esprits.

Edward dut sentir son désarroi car il s'approcha d'elle et, doucement, lui releva le menton.

– Pourquoi mentez-vous ? Vous savez quelque chose ? Les domestiques auraient-ils fait circuler des ragots ? Grands dieux, si c'était le cas, je les ferais fouetter. Qu'ils prononcent une parole malheureuse, et ils le regretteront amèrement.

Un mauvais pressentiment s'empara aussitôt de la jeune femme.

– Quels ragots pourraient-ils faire circuler ? demanda-t-elle d'une voix étranglée.

Elle avait deviné que quelque chose n'allait pas ; l'attitude haineuse de son époux à son endroit en était la preuve.

– Dites-moi, Edward ! insista-t-elle comme il hésitait.

Il lui saisit les mains, qu'il serra tendrement dans les siennes.

– Je suppose qu'il vaut mieux que vous appreniez la nouvelle de ma bouche, déclara-t-il, le visage déformé par le chagrin. Ce n'est pas comme si ces choses-là n'arrivaient jamais...

Il se tut et Gloriana serra les poings.

– Damian a amené sa maîtresse ici, acheva-t-il d'un trait.

Gloriana blêmit. Mais, le premier choc passé, une rage incommensurable la submergea. D'un bond, elle fut debout. Edward l'implora de s'asseoir, mais elle refusa de l'écouter. Peut-être que certains hommes entretenaient des maîtresses sous le même toit que leurs épouses légitimes, mais ce n'était pas ainsi que Gloriana concevait le mariage. Elle avait vu tellement d'amour entre son père, Cyrus, et sa mère, la douce Edwenna, ou dans la noble union de Gareth et de sa bien-aimée, Elaina... Jamais elle n'accepterait de transiger sur les sentiments et le respect qu'elle attendait d'un époux. Et si Damian croyait pouvoir la forcer à accepter cette situation dégradante, il se trompait ! La colère la déserta tout à coup aussi vite qu'elle était venue, remplacée par un désarroi sans bornes.

– Edward, murmura-t-elle en se blottissant contre lui. Que dois-je faire ?

Son plus vieil et plus cher ami, le garçon qu'elle considérait comme un frère, referma alors les bras autour d'elle, tandis que ses lèvres lui effleuraient la tempe d'un baiser.

– La solution est simple, répondit-il tendrement. Divorcez d'avec cette brute et épousez-moi...

2

L'une des portes de chêne massif du bureau de
Gareth était entrouverte, comme si son frère attendait
de la visite. Damian la poussa et franchit le seuil de la
pièce. Il était toujours sur des charbons ardents, et cela
depuis sa rencontre avec Gloriana.

Gareth se tenait posté devant l'une des fenêtres, les
mains derrière le dos, le regard rivé sur l'abbaye accrochée à la colline. Visiblement préoccupé, il ne l'avait
pas entendu entrer et Damian devina ses pensées. Une
fois encore, son frère se faisait du souci pour son épouse
bien-aimée, Elaina.

– Vit-elle encore là-bas ? demanda Damian tout de
go.

Il lui sembla que Gareth se raidissait, comme s'il
venait de lui assener un coup. Enfin, son frère se tourna
pour lui faire face.

– Oui. Son état ne s'est guère amélioré...

Il souriait mais ses mots et ses yeux trahissaient sa
détresse.

– Il n'a toutefois pas empiré, reprit-il avec un soupir.
Nous devrions remercier le ciel de la garder en vie.

Damian traversa la pièce et vint se planter devant
son frère. Durant quelques minutes, les deux hommes
se considérèrent en silence, ne sachant que dire.

Âgé de dix ans de plus que Damian, Gareth lui avait
pratiquement servi de père. De son vivant, le précédent

lord Hadleigh avait en effet passé la majeure partie de son temps loin de son château et des siens pour guerroyer au service du roi avant de trouver la mort sous la lame d'un Irlandais alors qu'Edward, son dernier-né, balbutiait à peine ses premiers mots. Aucun de ses fils n'avait cependant réellement souffert de sa disparition ; pour eux, il n'avait jamais été autre chose qu'un étranger.

– C'est bon de te savoir de retour ici, déclara finalement Gareth.

Il posa une main affectueuse sur l'épaule de Damian.

– Tu sembles en pleine forme, Dieu merci. Dis-moi, as-tu rencontré ta femme ? Si je peux me permettre de te donner mon avis, tu as beaucoup de chance. Gloriana n'est pas seulement vertueuse, elle est aussi d'une grande beauté et fort intelligente.

Dire que Damian avait espéré qu'ils n'aborderaient pas le sujet de Gloriana tout de suite ! La vision ensorcelante de la jeune femme nue, cachée sous un manteau de pétales de roses, l'obsédait beaucoup trop. Pendant toutes ces années, il l'avait imaginée sous les traits d'une vieille fille émaciée et amère, peut-être même édentée, avec des rides autour des yeux et des fils d'argent dans les cheveux.

En fait d'épouvantail, Gloriana était belle à couper le souffle. Et brusquement, il ne savait plus que penser ni que faire. Il grimaça un sourire.

– Assieds-toi, Gareth. Il faut que nous discutions.

Le seigneur de Hadleigh fronça les sourcils mais s'exécuta sans mot dire, prenant place derrière la grande table de chêne qui lui servait de bureau. Damian s'installa dans le fauteuil en face de lui.

– J'ose espérer, déclara Gareth d'un ton grave, que tu ne vas pas m'annoncer que tu dois repartir. Nous avons besoin de toi ici, Damian.

Il pointa du doigt l'autre château, dressé au sommet de la colline, au-delà des eaux miroitantes du lac.

– Kenbrook Hall tombe en ruine, les bandits ne cessent de dresser des embuscades sur les chemins et nos troupes sont toujours en butte aux attaques de Merrymont. Sans ton aide, je crains que nous ne plongions bientôt dans un irréversible chaos.

Le baron Merrymont était leur voisin et, depuis des années, l'ennemi juré de la famille Hadleigh. Il était peu probable que quelqu'un ici se souvînt encore de ce qui avait provoqué leur différend initial, mais une chose était sûre : les hostilités ne s'essoufflaient pas...

– J'ai l'intention de rester, déclara Damian avec gravité.

Gareth exhala un soupir de soulagement.

– Heureuse nouvelle ! répondit-il en se carrant confortablement dans son siège.

Comme Damian gardait le silence, il le considéra attentivement.

– Tu sembles soucieux. Que se passe-t-il ? Dis-moi ce qui te tracasse, et nous irons ensuite fêter dignement ton retour avec nos hommes à la taverne.

Il marqua une pause, tandis qu'une lueur de malice traversait son regard bleu.

– A moins, bien sûr, que tu ne préfères passer le reste de la soirée en compagnie de Gloriana.

Damian jura entre ses dents.

– Non, surtout pas, lâcha-t-il d'un ton sombre en passant une main dans ses cheveux. Pour tout t'avouer, je songe sérieusement à annuler mon mariage avec elle.

Le visage de Gareth devint livide et ses doigts se crispèrent sur le bras de son fauteuil.

– Et pourquoi, s'il te plaît ? tonna-t-il. Par tous les diables, Damian, si tu oses mettre en doute la moralité de cette jeune femme...

– Non, absolument pas. Comment le pourrais-je alors que je ne la connais même pas ? Et c'est précisément ce qui me pose problème : Gloriana et moi sommes de parfaits étrangers l'un pour l'autre. Nous ne nous sommes jamais aimés, comme toi et Elaina, et je ne veux pas passer ma vie avec une femme qui ne représente rien pour moi. En fait, je voudrais en épouser une autre.

Un lourd silence suivit, que Gareth rompit en braquant sur lui un regard noir.

– Tu es un chevalier, mon frère. Où est donc passé ton sens de l'honneur ?

Le reproche frappa Damian de plein fouet, réveillant la culpabilité qui couvait en lui.

– Où serait mon honneur si je partageais ma demeure avec une femme alors que j'en aime une autre ? Dis-moi, Gareth, préférerais-tu que je reste marié à Gloriana en l'obligeant à tolérer ma maîtresse ?

Son frère bondit sur ses pieds, les poings brandis.

– Tu n'es qu'un idiot ! Personne ne répudierait une femme comme Gloriana.

– Si elle te plaît tant, pourquoi ne l'épouses-tu pas ?

Gareth détourna la tête.

– Tu sais très bien que c'est impossible, souffla-t-il d'une voix douloureuse.

– Ce que je sais, moi, c'est que ta femme a totalement perdu l'esprit, qu'elle pleure, qu'elle rit, sans même savoir pourquoi, quand elle n'erre pas comme une âme en peine dans les jardins du couvent en criant des mots inintelligibles. Elaina ne t'a jamais donné d'héritier et elle ne recouvrera pas la raison, Gareth. Pourquoi ne pas te séparer d'elle pour épouser une autre femme ? Depuis treize ans, tu vis avec ce fardeau. Il serait peut-être temps que tu songes à refaire ta vie !

Gareth eut grand-peine à soutenir le regard de son frère et quand enfin il y parvint, des larmes brillaient dans ses yeux.

– J'aime Elaina, fit-il simplement. Quel remède as-tu à m'offrir contre cela, Damian ?

– Aucun, malheureusement. Moi aussi, j'appréciais énormément Elaina. Elle était d'une gentillesse extraordinaire pour tous les gens qui l'entouraient et je la défendrai jusqu'au bout s'il le faut, tu peux compter sur moi. Mais son esprit est malade, Gareth. Elle se fiche éperdument que tu aies ou non des maîtresses pourvu que tu continues à lui rendre visite à l'abbaye, comme tu l'as toujours fait.

Gareth soupira de nouveau.

– Je crains que sur ce sujet, nous ne soyons jamais d'accord.

– Ne me dis pas que tu n'as pas connu d'autre femme depuis qu'Elaina vit au couvent ? insista Damian.

– Je n'ai pas l'âme assez noble pour cela, avoua Gareth avec un sourire contrit.

Il y avait une carafe de vin sur la table et il en proposa à Damian. Ce dernier en prit une gorgée et grimaça. On aurait dit du vinaigre. Cela n'avait décidément rien à voir avec les grands crus qu'il avait goûtés en France, puis en Italie.

– Tu parles comme un pécheur repentant, commenta-t-il. Je suis ton frère, pas ton confesseur. Je ne te juge pas et je ne dispense aucun sermon.

Un semblant de sourire étira les lèvres de Gareth. Le vin paraissait lui avoir redonné des couleurs.

– Comment en sommes-nous venus à parler de mon mariage alors que c'est le tien qui est en péril ?

– Gloriana est bien plus heureuse sans moi.

Gareth se remplit un nouveau verre de vin.

– Elle pourrait te tuer, ce qui mettrait un terme à ton problème.

Loin de prendre la mouche, Damian s'esclaffa :

– Elle me remerciera, au contraire, pour ma sagesse et ma prévoyance, lança-t-il d'un ton raffermi. Si ce n'est pas aujourd'hui, ce sera demain.

Gareth haussa un sourcil interrogateur, visiblement sceptique.

– Qu'as-tu l'intention de faire exactement ? Son père étant mort, tu ne peux pas la renvoyer chez elle.

– Je l'ignorais. Et son épouse ?

– Ils ont tous deux succombé à une épidémie de fièvre.

Damian réfléchit un instant.

– Et si j'envoyais Gloriana chez les sœurs ?

Gareth partit d'un grand rire.

– Gloriana, religieuse ! s'exclama-t-il. Tu as été absent trop longtemps, mon cher frère, et tu ne connais pas grand-chose aux femmes.

Comme Damian s'apprêtait à protester, le seigneur de Hadleigh leva la main pour lui intimer le silence.

– Je ne te parle pas de charmer les donzelles, Damian, je sais que tu es rompu à cet art. Je crains simplement que tu ne comprennes pas grand-chose à leur manière de réfléchir. Et puis, il y a le problème de la dot.

Damian cilla.

– La dot ?

Son frère s'appuya contre la table et croisa les bras.

– Aurais-tu oublié ? Nous avons reçu beaucoup d'argent lorsque le contrat de mariage a été signé ; une fortune colossale, à vrai dire. Gloriana est riche, elle a hérité de nombreuses terres, de bijoux, d'une demeure au village et de plusieurs propriétés à Londres. Si tu te sépares d'elle, il nous faudra rendre l'or. Et cet or a depuis longtemps fondu. Nous l'avons dépensé pour éponger nos dettes, pour payer nos soldats.

De découragement, Damian se laissa aller dans son fauteuil. La fortune de Gloriana ne l'intéressait pas, mais il était un homme d'honneur. L'argent de sa dot devait être remboursé, et pour cela, il lui faudrait des années.

Gareth contourna la table et s'approcha de lui pour le frapper affectueusement dans le dos.

– Inutile de s'en inquiéter maintenant, affirma-t-il. Demain, Edward va être adoubé chevalier. Nous aurons le temps de réfléchir à cette histoire une fois les réjouissances achevées.

Damian soupira et hocha la tête.

– Tu as raison ! Allons plutôt jusqu'à la taverne. Tu avais bien parlé de fêter mon retour, non ?

Gareth lui sourit, et tous deux se dirigèrent vers la porte.

Seule dans sa chambre, Gloriana considérait la situation sous tous les angles. Elle avait refusé la demande en mariage d'Edward en lui rappelant que lord Kenbrook était légalement son époux et qu'en tant que catholique, elle n'était pas autorisée à défaire ce que Dieu avait uni. Elle n'avait toutefois pas osé ajouter qu'elle ne lui vouerait jamais qu'un amour purement fraternel. Il en aurait été trop blessé.

Résigné, Edward avait soupiré et lui avait planté un chaste baiser sur le front, avant de s'en aller pour la laisser se préparer.

Il y avait plus d'une heure de cela. A présent entièrement vêtue et coiffée, elle s'examina dans le miroir. Sa robe de lainage vert vif lui seyait parfaitement. Ses longs cheveux, retenus par des peignes sur le haut de sa tête, dégageaient joliment l'ovale de son visage. Evidemment, ses yeux demeuraient encore rouges d'avoir trop pleuré, mais ce n'était rien comparé à la douleur qui lui vrillait le cœur. Le seigneur de Kenbrook avait ramené sa maîtresse à Hadleigh Castle ! Un tel affront était inimaginable ! Si son indignation n'avait pas dépassé sa peine, elle se serait cachée au fond de son lit pour laisser libre cours à son chagrin.

Et encore, ce n'était pas comme si elle était née de la dernière pluie ! se répétait-elle, ulcérée, en contemplant son reflet dans la glace. La coutume voulait que les hommes prissent des maîtresses. Même son père, Cyrus, qui avait été profondément amoureux de sa mère, Edwenna, l'avait trompée avec une autre femme. Son propre beau-frère, Gareth St. Gregory, qui était à ses yeux l'un des hommes les plus respectables d'Angleterre et qui adorait sa pauvre Elaina, avait lui aussi goûté aux faveurs d'une beauté irlandaise appelée Annabel.

Mais qu'un homme veuille rompre les vœux sacrés du mariage à cause d'une simple aventure lui paraissait totalement insensé. Personne n'était à l'abri d'une attirance fugace, cela, elle l'admettait volontiers. D'ailleurs, elle n'avait jamais pensé que Damian puisse lui être demeuré fidèle durant sa longue absence. Mais elle avait au moins espéré qu'il lui laisserait une chance de le séduire. Ce qui, de toute évidence, n'était pas le cas !

« Quelle injustice ! » songea-t-elle en ouvrant tour à tour les tiroirs de sa commode pour trouver un hennin. En vain. Ils avaient tous disparu. Rangés ailleurs sûrement, mais où ? Jurant entre ses dents, elle referma le dernier tiroir et se dirigea vers la porte, tête nue.

Le souper allait être servi et elle avait faim. Tant pis ! Elle se passerait de hennin.

Des bouquets de fleurs fraîches avaient été disposés çà et là dans le grand hall et, tandis qu'elle traversait le vestibule, Gloriana fut assiégée par les doux effluves de lavande, de rose, d'œillet et de menthe. Des lampes à huile suspendues à des chaînes dispensaient une chaude lumière, repoussant les ombres de la gigantesque salle à manger dont elle franchit le seuil. Une immense table disposée en son milieu était assaillie d'invités et de soldats qui parlaient fort et riaient. Devant eux s'amoncelaient du gibier rôti à la broche, des chapons et des lièvres. Sous le dais tendu au fond de la pièce, une autre table avait été dressée. C'était là que Gareth dînait parfois en compagnie de lady Elaina, lors de ses rares visites au château. L'intendant, un Écossais du nom de Hamilton Eigg, avait pris sa place habituelle au côté du maître, comme frère Cradoc, le moine. D'ordinaire, Edward et Gloriana auraient été, avec Gareth lui-même, les seuls convives manquants.

Mais ce soir, le seigneur Kenbrook serait certainement de la partie lui aussi. Or, si Gloriana se moquait bien de partager le repas avec son époux, elle n'avait en revanche aucune intention de partager son pain avec la maîtresse de ce dernier.

Elle était là, plantée au beau milieu de la pièce, se demandant si elle devait prendre place ou s'enfuir, lorsque Edward arriva derrière elle et, lui prenant le bras, la conduisit jusqu'à l'estrade.

– N'ayez pas peur, lui souffla-t-il comme s'il avait deviné ses pensées. Mes frères sont à la taverne et s'enivrent de bière. Il n'est guère probable qu'ils soient avec nous ce soir. Quant à la Française, elle a la migraine, m'a-t-on dit, et gardera la chambre.

– Je suppose que vous n'avez pas réussi à apprendre son nom, déclara-t-elle en se tournant vers son ami.

– Elle s'appelle Marianne.

Avec déférence, Eigg et le moine se levèrent lorsque Gloriana atteignit la table d'honneur. Elle leur offrit un pâle sourire et les invita à se rasseoir.

– Vous avez oublié votre hennin, lady Kenbrook, commenta Cradoc avec un sourire mielleux, entre deux bouchées.

Sans répondre, Gloriana baissa la tête pour murmurer une rapide prière et, plantant son couteau dans le plat, se servit un morceau de lapin. Rares étaient les fois où elle se remémorait cette autre vie qui avait été la sienne, dans cet autre monde qui, pour sa chère Edwenna, n'était que le fruit de son imagination. Néanmoins, en cet instant, elle se rappela avoir un jour usé d'un ustensile fort pratique, baptisé fourchette, et qui, pour l'heure, lui aurait été d'une grande aide.

– Elle n'a pas oublié, rétorqua Eigg d'un ton sec en arrachant un morceau de mie de l'énorme miche de pain devant lui.

D'une dizaine d'années plus jeune que Cradoc, il était plutôt séduisant, avec ses cheveux sombres et son visage angélique.

– Lady Kenbrook aime à défier les conventions, ajouta-t-il pour la taquiner. Si on la laissait faire, elle bouleverserait le monde !

En temps ordinaire, Gloriana s'amusait de ses remarques et prenait même un malin plaisir à les susciter. Mais ce soir, elle était trop énervée pour avoir le sens de l'humour.

– Vous me ferez brûler sur le bûcher comme une vulgaire hérétique si vous vous obstinez à avoir ce genre de propos ! lança-t-elle avec acrimonie. Dois-je vous rappeler, sir Eigg, que j'assiste à la messe tous les matins, aussi religieusement que quiconque ?

– Si c'est le péché qui vous préoccupe, sir Eigg, intervint Edward en se penchant vers l'intendant, vous devriez peut-être vous intéresser au mari de madame.

Tandis que l'intendant baissait la tête, Cradoc, qui venait de se resservir un pigeon, intervint d'une voix railleuse :

– Voyez donc qui parle ! Edward St. Gregory en personne, le même Edward St. Gregory qui a commis en quelques semaines plus d'offenses que n'importe quel autre jeune homme entre ici et Londres.

Du coin de l'œil, Gloriana vit Edward s'empourprer et ne put s'empêcher de sourire. Le moine n'avait pas tort, Edward avait une propension pour les bêtises, et personne ne le savait mieux que Cradoc, qui leur servait de précepteur.

Avant que l'adolescent ne puisse rétorquer, il y eut des éclats de voix dans le vestibule et Gloriana en oublia aussitôt toute gaieté.

Il semblait que Gareth eût finalement décidé de se joindre à eux pour le dîner. Et Damian l'accompagnait.

Gloriana s'apprêtait à prendre ses jambes à son cou, mais Eigg l'arrêta dans son élan en lui saisissant le poignet.

– Ce serait trop simple pour le seigneur Kenbrook si vous partiez, déclara-t-il, à voix basse mais posée. Restez ! C'est votre droit le plus strict de vous trouver ici à cette table.

Le cœur battant, Gloriana regarda son époux traverser la pièce d'une démarche que l'alcool rendait hésitante, un bras passé autour des épaules de son frère aîné. Ils étaient entourés par les membres de l'armée de Kenbrook et tous entonnèrent d'une voix éraillée le refrain d'une chanson grivoise. Les hommes à la grande table reprirent l'air en chœur.

Gloriana releva le menton, tandis que le seigneur de Kenbrook approchait. Elle ne put retenir un frémissement lorsque les prunelles bleues de son époux, plus glaciales qu'une tempête de neige en plein hiver, se posèrent soudain sur elle, insolentes et moqueuses. De quel droit osait-il la dévisager de façon aussi impertinente ?

Elle serra le gobelet qu'elle tenait dans la main, se contenant pour ne pas le lui envoyer au visage. Quand il franchit les quelques marches qui menaient au dais et vint s'installer près d'elle, Gloriana prit une profonde inspiration pour garder un visage de marbre.

Il la frôla alors et une étrange et inexplicable émotion s'empara d'elle, qu'elle s'efforça en vain de refouler.

– Allez vite mettre quelque chose sur votre tête, lui souffla-t-il à l'oreille d'une voix menaçante.

Gloriana le considéra froidement. Même si son haleine était chargée de bière, il avait les yeux parfaitement clairs et ne mâchait pas ses mots. Elle ouvrit la bouche, près de protester, mais se ravisa, non parce que cet homme l'effrayait, mais parce qu'elle ne souhaitait pas faire un esclandre.

Edward s'apprêtait lui aussi à s'insurger, mais avant qu'il ait pu prononcer le moindre mot, la main de Damian s'abattit sur son épaule comme une masse.

– Tais-toi, gamin, gronda le baron de Kenbrook. Tu m'as suffisamment agacé ce matin ! Je ne souffrirai pas tes interventions ce soir !

C'en était trop ! Gloriana sentit la moutarde lui monter au nez.

– Lâchez-le immédiatement ! Vous n'êtes qu'une brute !

Damian se contenta de rire avant de libérer son frère.

Edward n'avait émis aucune plainte mais la jeune femme imaginait sans peine le bleu qu'il aurait à l'épaule le lendemain.

Lentement, avec une dignité acquise au fil des années, Gloriana se leva alors. Les joues brûlantes, elle hocha brièvement la tête en direction de son époux, incapable de s'incliner devant lui comme le voulait l'usage, et le dépassa pour quitter le dais.

Contre toute attente, le seigneur de Kenbrook la suivit jusqu'au vestibule, où il l'agrippa au poignet. Il la serrait si fort qu'elle n'aurait pu lui échapper. Ne voyant pas l'intérêt de gaspiller son énergie à se débattre, elle demeura de marbre.

Dans la lumière dansante des torches qui brûlaient aux murs, le baron Kenbrook ressemblait plus que jamais à un Viking. Il était incroyablement grand, puissant, et de tout son être émanait une force dangereuse. Toutefois, à le regarder, une chaleur insidieuse se faufila en elle qui n'avait rien à voir avec la crainte.

– Allez-vous revenir à table ?

La question était superflue et elle jugea inutile de répondre.

– Après que vous aurez couvert vos cheveux, je veux dire ?

– Non, monseigneur, lâcha-t-elle enfin en fixant son poignet prisonnier.

Son compagnon dut comprendre le message, car il la relâcha aussitôt. Heureusement ! Il n'avait pas besoin de savoir que le simple contact de ses doigts sur sa peau la mettait dans tous ses états !

– Je trouve votre compagnie ennuyeuse à mourir, reprit-elle d'un air de défi, et de toute manière, je n'ai aucune intention de me couvrir les cheveux.

Quelques instants s'écoulèrent sans que son compagnon rétorque ; il semblait stupéfait. De toute évidence, il n'avait pas l'habitude qu'on rechigne à lui obéir, et encore moins qu'on fasse montre d'une telle insubordination à son endroit.

Quand il prit enfin la parole, sa voix était calme, impérieuse.

– Tant que vous serez ma femme, Gloriana, vous m'obéirez.

Trop en colère pour peser ses mots, Gloriana se rebiffa. Le retour de son époux à Hadleigh Castle n'avait été qu'une source amère de déceptions. En un éclair il avait anéanti tous ses rêves, et il se croyait de surcroît permis de la traiter sans le moindre égard.

– Si vous n'êtes plus lié par les liens sacrés du mariage, répliqua-t-elle d'un ton cinglant, je ne vois pas dans quelle mesure je devrais l'être.

– Que voulez-vous dire par là ?

– Vous savez bien de quoi je parle. Ou plutôt de qui...

– De Marianne ?

– Exactement. Votre maîtresse, fit-elle d'une voix triomphante.

Elle était pourtant loin d'éprouver le moindre sentiment de victoire.

– Marianne n'est pas ma maîtresse. Et je peux vous assurer que mes rapports avec cette demoiselle n'ont absolument rien de répréhensible.

Rien de répréhensible ? Gloriana réprima les larmes qui lui montaient aux yeux. Si elle pleurait devant cet homme, elle s'en voudrait jusqu'à la fin de sa vie !

– Vous auriez pu au moins me laisser une chance de vous plaire avant de l'amener ici, déclara-t-elle avec amertume.

– Vous ne comprenez pas...

– Au contraire, je ne comprends que trop bien ! Et maintenant, j'aimerais me retirer dans ma chambre et me reposer. La journée a été plutôt éprouvante.

– Parfait, lâcha-t-il après un long et sinistre silence. Vous avez raison. Nous rediscuterons de tout cela demain.

Gloriana se mordit la lèvre et hocha la tête. Il y avait tant de choses qu'elle souhaitait lui dire, tant de questions qu'elle brûlait de lui poser, mais ce n'était pas l'heure.

– Dans le jardin d'Elaina, après l'office du matin, ajouta-t-il.

Leurs regards se rivèrent soudain l'un à l'autre et le temps sembla brusquement s'arrêter. Ils demeurèrent là, sans bouger, comme ensorcelés. Des rires fusant depuis le grand hall rompirent le charme et, tournant les talons, Gloriana s'enfuit.

Elle parvint dans sa chambre hors d'haleine.

Hadleigh Castle était sa demeure depuis qu'elle avait douze ans. Elle s'y sentait chez elle... jusqu'à ce que son mari revienne. A présent, elle en venait à se demander si sa place était encore ici.

Elle laissa son regard errer tristement autour d'elle. Sa domestique, Judith, avait rangé ses affaires et fait un feu dans la cheminée pour repousser la fraîcheur de la nuit. Une bassine d'eau chaude l'attendait pour ses ablutions, sous le crucifix qu'Edwenna lui avait offert autrefois. Des larmes lui picotèrent les yeux.

Sa mère adoptive lui manquait ce soir encore plus que d'habitude. Elle seule aurait su trouver les mots pour la consoler. Pourquoi avait-il fallu que la maladie la fauche à la fleur de l'âge, l'emportant avec son époux pour des royaumes inconnus ? Le frère Cradoc assurait qu'Edwenna et Cyrus reposaient désormais au ciel, car ils avaient été tous deux de grands dévots, et le paradis était le lieu où se retrouvaient tous ceux qui avaient suivi à la lettre les commandements de l'Eglise. Puisse-t-il avoir raison !

Doucement, Gloriana effleura la croix du Christ. Elle se refusait à imaginer que Cyrus ou Edwenna eût passé de longs moments au purgatoire, presque aussi effrayant que l'enfer lui-même. Non, le Tout-Puissant n'aurait jamais permis une telle chose...

Baissant humblement la tête, la jeune femme pria pour le salut de l'âme de ses parents adoptifs avant de s'asperger le visage d'eau et de saisir sa chemise pour la nuit. Après avoir soigneusement plié sa belle robe émeraude, elle souffla la bougie et, dans la pénombre de la pièce, rejoignit son lit. Là, sous les couvertures, elle se déshabilla.

Puis, reposant dans l'ombre, elle laissa enfin libre cours à ses larmes. Dire qu'elle attendait cette nuit depuis si longtemps, espérant voir son mari la serrer enfin contre lui et lui enseigner les choses de l'amour ! Au lieu de cela, elle se retrouvait seule, avec pour tout espoir la désolante perspective d'une sombre discussion avec le seigneur de Kenbrook le lendemain dans le jardin.

Après s'être tournée et retournée, elle plongea enfin dans l'univers des songes. Elle se retrouva au beau milieu d'un rêve qu'elle n'avait pas fait depuis longtemps.

Elle était au purgatoire – au moins était-ce ce qu'elle s'imaginait. L'endroit était bruyant et ténébreux, tout allait vite et les gens, qui portaient des vêtements étranges, parlaient une langue qu'elle ne pouvait comprendre, même si elle lui était curieusement familière. Dans son rêve, elle n'était plus Gloriana St. Gregory, une jeune femme adulte, mais une enfant du nom de Megan.

Elle portait une magnifique poupée dans ses bras et errait, seule et perdue, entre les ruines d'une vieille abbaye, cherchant quelqu'un qui ne tenait aucunement à être retrouvé.

Des mots étranges sortaient de sa bouche, que le malheur qui habitait son cœur rendait pourtant intelligibles. *Ils ne veulent pas de moi...*

Elle s'éveilla en sursaut, se débattant pour échapper à ce cauchemar, le souffle court, le front emperlé de sueur.

Quelques instants, elle demeura immobile, tremblant de tout son être cependant que des bribes de souvenirs lui revenaient confusément. Enfant, il lui était arrivé de parler de cet autre monde à des proches, et elle avait même écrit quelques mots là-dessus, dans son journal intime. Lady Elaina et même Edwenna l'avaient alors mise en garde : elle ne devait plus jamais parler à quiconque de cet étrange univers. Effrayée, Gloriana s'était débarrassée de ses écrits et s'était finalement persuadée qu'elle était victime de son imagination trop fertile. Les années avaient passé sans qu'elle songeât plus avant à « l'autre monde », mais de loin en loin, des images d'une netteté troublante resurgissaient et la bouleversaient, comme cette nuit.

Elle se pelotonna et ferma les yeux, bien déterminée à s'endormir. Cette fois, elle glissa dans un sommeil profond et sans rêves, qui la mena jusqu'au matin.

Au premier chant du coq, elle se força à quitter la tiédeur de ses draps pour affronter l'air frais de l'aube. Rapidement, elle s'habilla, choisissant des couleurs sombres et une tenue sobre pour assister à l'office, non par égard pour son époux, mais pour le Tout-Puissant.

La mystérieuse Marianne devait être encore malade, car elle n'apparut pas à la messe du matin. Damian, lui, arriva immédiatement après Gloriana, accompagné d'Edward et de Gareth, et elle lui coula un regard en coin tandis qu'il venait s'asseoir près d'elle. Il avait les traits crispés et le regard sombre.

Apparemment, le seigneur de Kenbrook n'attendait pas leur prochaine entrevue avec plus d'impatience qu'elle...

3

Les membres de la maisonnée, le sourire aux lèvres, s'inclinèrent respectueusement lorsque Gloriana et Damian quittèrent l'église ensemble après l'office du matin. Qu'importaient les ragots qui circulaient, les occupants de Hadleigh Castle étaient de toute évidence heureux de les voir réunis. Ils ne remarquèrent probablement pas que Damian avait plaqué une main dans le dos de la jeune femme et ne lui donnait d'autre choix que de le suivre.

Furieuse des manières autoritaires de son époux, Gloriana inclina la tête en direction de tous ceux qui les saluaient, mais ne prononça pas un mot tandis qu'il la guidait vers la cour. Ils gravirent ensuite quelques marches et poussèrent la vieille porte de bois vermoulu qui menait au jardin d'Elaina.

L'endroit était désert, mais on y avait déjà installé des bancs pour la cérémonie d'adoubement, prévue le lendemain. Gloriana fut étonnée qu'elle ait lieu ici, dans cet endroit dont Gareth interdisait d'ordinaire l'entrée, le considérant comme le sanctuaire de l'amour qui, autrefois, l'avait uni à sa femme. Sans doute sa tendresse pour Edward lui avait-elle fait surmonter ses réticences.

Une expression de douleur se peignit sur le visage de Damian lorsqu'il promena le regard autour de lui, mais ce fut si fugitif que Gloriana, qui l'observait du coin de l'œil, se demanda si elle n'avait pas rêvé. Quoi qu'il en soit, il recouvra instantanément sa froideur habituelle et continua à la pousser devant lui. Puis soudain il s'immobilisa et, se tournant vers Gloriana, ouvrit la bouche, avant de la refermer aussitôt. Apparemment, les mots avaient du mal à franchir ses lèvres.

– Vous vouliez peut-être me parler de cette Française... ? lança Gloriana en lui tendant une perche.

Elle n'en menait pas large, mais pour rien au monde elle ne l'aurait montré. Damian lui posa alors la main sur le bras, avec une douceur plutôt inattendue chez un homme capable, d'après ses soldats, d'une violence inouïe.

– Tout me semblait si simple quand j'étais loin d'ici ! murmura-t-il, comme pour lui-même.

Le cœur battant, Gloriana attendait qu'il poursuive. Des émotions contradictoires se bousculaient en elle. Difficile de se résoudre à renoncer à un homme qui la troublait si fort...

Il lui prit alors la main et la conduisit jusqu'à un banc de pierre sculpté de licornes, de muses et d'oiseaux où ils s'assirent tous deux. Il avait gardé sa main dans la sienne.

– J'ai amené Marianne ici, avoua-t-il finalement, avec le projet de l'épouser.

Gloriana déglutit à grand-peine.

– Mais vous êtes mon mari ! protesta-t-elle, bouleversée.

Un instant, Damian baissa les yeux.

– Gloriana, fit-il doucement, vous savez que notre union n'a rien à voir avec l'amour, il ne s'agit que d'un contrat.

Elle le regarda, les yeux écarquillés, se demandant s'il se moquait d'elle. Cette notion de mariage par amour était parfaitement insensée. L'amour se développait *après* le mariage et, à supposer qu'il existât avant l'union, ce ne pouvait être que le fruit d'un heureux hasard.

– Mais ce contrat, vous l'avez signé, déclara-t-elle froidement en lissant les plis de sa robe, et mon père vous croyait un homme intègre. Il pensait que vous honoreriez vos engagements.

Damian eut la décence de pâlir, mais l'instant d'après il souriait déjà.

– Adorable Gloriana, voudriez-vous d'un époux qui n'ait d'yeux que pour une autre ?

Elle lui retira sa main et se leva avec une telle brusquerie que le capuchon de son manteau glissa sur ses épaules. Elle ne prit même pas la peine de le remettre.

– Non ! fit-elle férocement, non, ce n'est pas ce que je souhaite.

Elle lui tourna vivement le dos dans l'espoir de lui dissimuler son trouble et se raidit en le sentant s'approcher d'elle.

Toutefois, il ne chercha pas à la toucher.

– Ce n'est pas si terrible que cela, lâcha-t-il d'un ton conciliant. Il y a d'excellents couvents à travers l'Angleterre, où une femme de votre qualité saura s'épanouir...

Gloriana fit volte-face. Ses yeux lançaient des éclairs.

– Des couvents ? répéta-t-elle, indignée. Vous pensez m'envoyer dans un couvent comme si j'étais malade ou folle ?

Damian croisa les bras avec nonchalance, de toute évidence peu impressionné par son accès de colère. Mais peu de choses devaient l'émouvoir...

– Je ne vous envoie pas au bagne. Les couvents ne sont pas des endroits aussi terribles que vous semblez le croire. Marianne elle-même a été élevée dans un...

– Alors, laissez-la y retourner ! coupa Gloriana avec violence. Qu'elle y passe le restant de sa vie à broder et à prier. Mais en ce qui me concerne, c'est hors de question !

– Vous êtes sous ma responsabilité ; c'est à moi de décider de votre sort.

Elle éclata d'un rire sans joie.

– Sous votre responsabilité ? Vraiment ? Et vous

pensez que m'enfermer dans un couvent vous délivre-
rait de cette obligation et soulagerait du même coup
votre conscience ? Eh bien, détrompez-vous ! J'ai de
l'argent, j'ai des maisons, ici et à Londres. Je n'ai pas
besoin que qui que ce soit s'occupe de moi, et je suis
assez grande pour décider de mon destin.

Damian ferma les yeux et Gloriana sut qu'il cherchait
à se contrôler. Mais il ne lui faisait plus peur ! Elle était
prête à se battre.

– Vous ne vivrez pas seule ! répliqua-t-il au bout de
quelques minutes en ouvrant les paupières.

Et son ton était sans réplique.

– Je ne serai pas seule. J'aurai mes domestiques
auprès de moi.

– Ce n'est pas pareil. Une femme ne peut rester sans
protection...

Gloriana laissa échapper un juron qu'elle avait
entendu dans son autre monde, mais qu'Elaina lui avait
fait promettre de ne pas prononcer. Elle se mordit la
lèvre, priant pour que Damian n'y ait pas fait attention,
et enchaîna rapidement :

– Les veuves vivent bien seules.

– Vous n'êtes pas veuve.

– Inutile de me le rappeler ! Et croyez bien que je
préférerais cent fois ce statut à celui de femme répudiée
par un époux indigne qui s'apprête à me jeter dans un
couvent comme un domestique se débarrasserait d'une
souris morte en la poussant du bout du pied dans
l'âtre... Autant me marquer au front comme une femme
adultère ou une prostituée !

Damian blêmit. Ses yeux étincelaient de rage.

– Pour être considérée comme une prostituée, fit-il,
crachant ses mots comme un dragon lancerait des flammes, encore faudrait-il que vous ayez à l'avenir le loisir
de frayer avec des hommes. Or, n'ayez crainte, je veil-
lerai à ce qu'il n'en soit rien !

Pour Gloriana, la discussion était close. Elle ne
s'abaisserait pas à discuter davantage avec un individu

qui l'insultait de la sorte et, tournant les talons, elle gagna la sortie d'un pas furieux. Sur le seuil du jardin, elle se retourna néanmoins pour lancer une dernière flèche :

– Vous n'avez aucun honneur, martela-t-elle avec mépris. Comment pouvez-vous encore vous réclamer de l'ordre des chevaliers quand vous trahissez un serment prononcé devant Dieu ? Vous irez rôtir en enfer, et j'en serai heureuse !

Sur ces mots, elle s'éloigna rapidement.

Damian demeura seul dans le jardin, se remémorant avec chagrin l'époque lointaine où il venait ici s'agenouiller aux pieds de sa belle-sœur pour l'écouter chanter et narrer de fabuleuses histoires de magie. Combien la vie était douce alors, et que n'aurait-il donné pour retrouver ces instants de sérénité...

Mais Elaina avait sombré dans la folie, et à supposer même qu'elle fût encore telle qu'il l'avait connue, qu'aurait-elle pu faire pour lui ? Il aurait fallu bien plus que des contes à dormir debout ou des airs de harpe pour apaiser ses tourments actuels !

En quittant à son tour le jardin de lady Elaina, il tomba sur Edward qui devait attendre au bas des marches depuis un bon moment. Le jeune garçon pelait une poire avec son couteau, et il lui lança un regard si hostile que Damian se demanda un instant si son frère ne mijotait pas de se servir de cette arme contre lui...

– Je m'apprêtais à rendre visite à lady Elaina, lança-t-il à l'adolescent sans montrer pourtant le moindre trouble, veux-tu m'accompagner ?

Edward parut surpris. De toute évidence, l'invitation le prenait au dépourvu. A moins qu'il n'eût escompté que Damian lui conte par le menu son entrevue avec Gloriana...

– Elaina ? s'écria-t-il avec une grimace, comme si ce nom ne lui disait rien qui vaille. Mais elle est folle !

Damian l'avait déjà dépassé, marchant vers la deuxième enceinte, où se situaient les écuries.

– Peut-être, répondit-il sans se retourner. A moins que notre belle-sœur ne soit simplement plus sage que nous tous.

– Elle voit des choses qui n'existent pas ! fit remarquer Edward en le rattrapant. On raconte même qu'elle entend des voix.

Damian haussa les épaules et continua son chemin.

– Et quand bien même ? Peut-être est-ce nous qui sommes aveugles et sourds ?

Il tressaillit en achevant sa phrase. Les mots lui rappelaient soudain fâcheusement sa propre attitude envers Gloriana !

– En tout cas, enchaîna-t-il en rejetant cette pensée saugrenue, ce n'est pas une raison pour refuser d'aller la voir.

A l'intérieur des écuries, Damian retrouva Peleus et le sella, sous le regard maussade d'Edward, qui, après bien des hésitations, finit par sortir de sa stalle sa propre monture, un vieux hongre à la robe tachetée.

– Tu comptes lui parler de Gloriana ? demanda le jeune garçon alors que, quelques minutes plus tard, ils franchissaient tous deux le pont-levis.

– Je n'en sais fichtrement rien.

La route qui menait à l'abbaye serpentait entre deux rangées de chênes aux troncs noueux qui, dans la brise, agitaient leurs feuilles, dispensant tour à tour ombre et lumière. En dépit du dilemme qui le déchirait aujourd'hui, Damian se sentit soudain heureux d'être rentré au pays.

– Demain, je serai chevalier, annonça Edward avec fierté. Comme toi. Peut-être même irai-je combattre les Turcs...

Des visions cauchemardesques surgirent aussitôt devant les yeux de Damian, comme autant de spectres de ce qu'il avait vu en Orient, au cours des combats qui les avaient opposés, lui et ses hommes, à ces maudits Turcs. Des fantômes qu'il avait relégués au tréfonds de sa mémoire et qu'il ne souhaitait pour rien au monde déterrer...

– C'est ta vie, affirma-t-il d'un ton fataliste ; agis comme bon te semblera.

Il se remémora alors le visage de Gloriana, son indignation lorsqu'il lui avait déclaré qu'il ne la laisserait pas choisir elle-même son destin, et un sentiment de malaise l'envahit qu'il s'efforça en vain de chasser.

– Repartirais-tu en croisade si c'était à recommencer ? demanda Edward. Je veux dire, quitterais-tu Kenbrook Hall et l'Angleterre pour aller reconquérir Jérusalem ?

Damian considéra son frère un instant.

– Quand je connaîtrai la réponse à cette question, je te la donnerai, répondit-il enfin. La guerre n'est pas un jeu, Edward. Elle n'a rien à voir avec les combats courtois que tu disputes avec ceux qui s'enorgueillissent eux aussi de devenir bientôt chevaliers. Non, la guerre est une sale besogne, et j'en suis las.

– Tu es vieux, rétorqua Edward, comme si c'était la seule explication possible.

Damian se mit à rire, avant de se souvenir qu'il avait pensé la même chose de Gloriana. En fait, malgré les années, malgré ses innombrables périples et batailles, il était aussi naïf et idiot qu'Edward.

– Oui, acquiesça-t-il, sachant qu'il ne servirait à rien de protester, je suis vieux, et je ne suis plus bon qu'à m'allonger près du feu, comme un chien trop âgé pour les parties de chasse.

Fronçant les sourcils, son jeune frère se retrancha dans un silence réprobateur. Tant mieux, pensa Damian. Soldat et commandant d'armée, il était avant tout un homme d'action, et deviser pour le plaisir l'avait toujours ennuyé. Il espérait presque qu'ils n'échangeraient pas d'autres mots avant de franchir les portes de l'abbaye.

Peine perdue ! Edward ne tarda pas à revenir à la charge.

– Je pourrais courtiser Gloriana ! lança-t-il brusquement, avec toute l'exubérance de sa jeunesse. Elle est belle, généreuse, pleine d'esprit et de vitalité.

– Partage-t-elle tes sentiments ?

Les vantaux de l'abbaye étaient fermés. Tout en parlant, Damian se pencha sur l'encolure de Peleus pour tirer la chevillette. Elle céda aussitôt sous ses doigts. Décidément, ici, personne ne s'inquiétait de rien... Encore un autre signe de négligence, ou de croyance naïve en une paix illusoire entre les troupes de Merrymont et les hommes de St. Gregory...

– Pour l'instant, Gloriana se croit obligée de t'être fidèle, répondit Edward avec une franchise que Damian ne put s'empêcher d'admirer.

– Elle changera d'avis, avec le temps.

Peut-être même était-ce déjà fait. Il avait encore à l'esprit les paroles de la jeune femme lui affirmant qu'elle aimerait le voir aller tout droit en enfer. Un sourire amer lui vint aux lèvres cependant qu'il franchissait le seuil du couvent. Oui, le temps où son épouse se croyait toute dévouée à lui était plus que probablement terminé. Pourquoi en ressentait-il tout à coup une certaine tristesse ?

L'abbesse, sœur Margaret, vint à leur rencontre dans la cour, vêtue comme tous les membres de son ordre d'une simple robe grise, une guimpe blanche entourant son fin visage. Un visage flétri qui s'éclaira quand la religieuse reconnut Damian.

– Ainsi, déclara-t-elle tandis qu'il mettait pied à terre, ce que nous avions entendu était vrai. Vous voilà enfin de retour au pays, baron de Kenbrook.

Damian jeta un coup d'œil à la sombre bâtisse qui se détachait sur l'horizon, là-bas, au sommet de la colline.

– Oui, je suis rentré pour m'installer définitivement à Kenbrook Hall. J'y résiderai dès que j'aurai réglé quelques petits problèmes.

Edward, qui était également descendu de cheval,

grommela derrière lui, mais n'émit aucun commentaire.

– Comment se porte lady Elaina ? s'enquit Damian.

Pour toute réponse, l'abbesse soupira et pivota sur ses talons, les invitant à la suivre entre les vieux murets que seul le lierre maintenait encore debout. L'endroit, comme Kenbrook Hall, tombait en ruine.

– Lady Hadleigh prétend appartenir au monde des fées, déclara enfin la religieuse. Une chose est certaine, Elaina semble rajeunir chaque jour un peu plus. Parfois, je me demande si elle ne dit pas la vérité...

Elle se signa, comme si cette seule perspective l'effrayait au plus haut point.

– A force de vivre avec vous, nul doute qu'elle ne finisse par vous persuader, observa Edward d'un ton sarcastique.

Damian lui décocha un regard noir et le jeune garçon baissa la tête, penaud.

Elaina se trouvait dans la cour intérieure, offrant son visage aux doux rayons du soleil. Un sourire flottait sur ses lèvres et elle avait les yeux fermés. Ses cheveux, brillants comme de l'or fondu et balayés par le tendre souffle du vent, donnaient l'impression d'être aussi aériens qu'une envolée de papillons.

Soudain, elle ouvrit les paupières et se tourna vers ses visiteurs. Elle n'afficha pas la moindre surprise en les voyant, comme si elle les attendait. Tout son être rayonnait de sérénité et, tandis qu'elle se levait pour s'approcher d'eux d'une démarche gracieuse, Damian songea soudain qu'elle n'était pas plus folle que lui.

– Damian ! s'exclama-t-elle en se hissant sur la pointe des pieds pour l'embrasser sur la joue. Dieu, que vous avez changé depuis la dernière fois que je vous ai vu ! Mais vous n'avez aucune cicatrice, apparemment. Tout va bien alors ?

– Madame... répondit Damian avec une émotion profonde.

Elle scruta un instant son visage et décela sans doute

les larmes qui lui embuaient les yeux car elle murmura alors avec affection :

– Cher Damian, vous vous faites du souci pour moi, mais c'est bien inutile. Je suis la plus heureuse des femmes.

Elle reporta ensuite son attention sur Edward, qui était demeuré en retrait.

– Vous n'avez pas besoin de rester, dit-elle, je sais que vous n'êtes pas à votre aise, ici.

C'était une simple constatation, pas un reproche, et elle l'accompagna d'un sourire rempli d'indulgence.

Sans se faire prier, Edward tourna les talons, suivi de sœur Margaret qui referma doucement la porte de fer forgé derrière elle.

Damian embrassa sa belle-sœur sur le front. Elle sentait bon la lavande. Comme Gloriana, d'ailleurs...

– Pourquoi restez-vous vivre ici ? interrogea-t-il, d'un ton grave. Vous n'êtes pas plus démente que moi, n'est-ce pas ?

Elaina s'écarta et réprima un frisson, comme si le vent tout à coup s'était rafraîchi.

– Mon destin est ici, commença-t-elle lentement, et je m'en accommode fort bien, si ce n'est que...

Elle n'acheva pas, baissa la tête, et quand, quelques secondes plus tard, elle la redressa, ses prunelles claires brillaient de larmes contenues.

– Comment se porte mon cher époux ? s'enquit-elle d'une voix tremblante.

– Gareth va bien. Vous lui manquez, comme à nous tous.

– Oui, je suppose que je lui manque, même s'il a sa maîtresse irlandaise près de lui. Vous connaissez lady Annabel ?

Damian ouvrit la bouche pour protester, mais avant qu'il ait pu prononcer la moindre dénégation, elle fit un pas vers lui et, du bout des doigts, lui intima le silence.

– Chut, taisez-vous, Damian. Ne provoquez pas le

diable en mentant. Je ne peux en vouloir à Gareth de chercher à tromper son ennui et sa solitude. Il a toujours fait montre d'une extrême gentillesse à mon égard, même si je n'ai jamais été l'épouse idéale pour lui. Pensez-vous que lady Annabel pourra porter un jour son héritier ?

– Je ne pourrais prédire l'avenir, mais je ne le crois pas. De telles femmes savent garder l'avantage en ne concevant pas.

– Cette nouvelle m'attriste, confessa Elaina avant de tendre l'oreille comme si elle distinguait un bruit. Mon cher Gareth ferait un merveilleux père.

Damian hocha la tête.

– Oui. Il l'a déjà prouvé avec Edward et moi, en remplaçant celui que nous n'avons malheureusement jamais eu.

Elaina retourna sur le banc où elle était assise quelques minutes plus tôt et, les doigts croisés sur la poitrine, elle parut s'absorber dans ses pensées. On aurait dit un ange tombé du ciel, nimbé d'une pureté sans égale.

– Je désespérais de vous revoir un jour, Damian, murmura-t-elle alors qu'il commençait à croire qu'elle avait oublié sa présence. Je me demandais si vous reviendriez un jour pour remplir votre rôle d'époux auprès de ma chère Gloriana.

– Vous la connaissez ?

Question stupide, mais ce fut tout ce qu'il trouva à dire.

– Bien sûr, rétorqua Elaina en éclatant d'un léger rire.

Quand elle leva la tête et qu'elle croisa son regard, il eut l'impression de retrouver la jeune femme d'autrefois.

– Gloriana vit à Hadleigh Castle depuis ses douze ans. Quel âge avait-elle quand elle est devenue votre épouse, Damian ?

– Sept ans, dit-il avec réticence.

La conversation prenait décidément un tour qui ne lui plaisait guère.

– C'est d'ailleurs barbare et cruel de marier des enfants aussi jeunes, ajouta-t-il. Jamais je ne ferais une telle chose si par hasard j'avais un jour des enfants.

Elaina haussa un sourcil et sourit avec indulgence.

– Attention aux promesses, Kenbrook, prévint-elle avec moquerie. On ne sait pas ce que le destin nous réserve... En tout cas, ce mariage-là fut une véritable bénédiction. Le sort est parfois clément.

Damian s'assit près d'elle, cherchant ses mots. Elaina ne lui facilitait pas la tâche ! Prenant une profonde inspiration, il se lança enfin à l'eau :

– En l'occurrence, je n'en suis pas si sûr. Je crois que j'aime une autre femme, ajouta-t-il d'un ton un peu moins ferme.

Ce matin encore, il ne doutait pas de l'amour qu'il portait à Marianne, mais tout à coup, il n'en était plus aussi certain. Bien malgré lui, il avait été séduit par le feu qui brûlait en Gloriana. Jamais il n'avait imaginé qu'elle pût être aussi belle, dotée de tant d'esprit et de courage...

– Gloriana vous est destinée de toute éternité, et la réciproque est vraie. Je l'ai su dès qu'elle a franchi cette porte, là-bas, reprit-elle en pointant une petite grille flanquée d'étoiles sur sa droite. Savez-vous ce qu'il y a derrière cette porte, Damian ?

Il secoua la tête, brusquement affligé. Les paroles d'Elaina lui semblaient de plus en plus étranges. Etait-ce donc cela, la folie qui l'habitait ?

– Non, ma chère.

– Un autre monde.

Tout à coup, elle lui sembla plus pâle et il discerna à travers sa peau translucide la veine bleutée qui battait doucement à sa tempe.

– C'est un passage entre l'univers d'aujourd'hui et celui de demain, continua-t-elle. Et il existe d'autres portes, d'autres seuils et couloirs qui mènent à d'autres...

Damian lui prit la main et la porta à ses lèvres.

– Chut ! souffla-t-il, le cœur serré. Vous êtes lasse, Elaina. Pardonnez-moi, je vous ai fatiguée. Il faut que vous vous reposiez.

Elle opina.

– Oui, chuchota-t-elle d'une voix presque inaudible, tandis que des larmes jaillissaient de ses yeux.

D'un bond, elle fut debout.

– Je vais aller m'allonger.

Et brusquement elle plaqua les mains sur ses oreilles, comme pour repousser des voix venues d'ailleurs.

– Tous ces cris, tous ces bruits de voitures sans chevaux pour les tirer, enchaîna-t-elle, qui avancent si vite...

Damian sentit son cœur se serrer encore plus douloureusement.

– Je reviendrai, Elaina, promit-il, impatient de quitter cet endroit et cette femme torturée par des visions insensées.

Elaina parut brusquement recouvrer la raison.

– Demandez à Gloriana de venir me voir demain, implora-t-elle avec gravité. Il faut que je lui parle.

Il acquiesça et elle s'éloigna, aussi fragile et éthérée qu'un esprit.

Damian mit quelques instants à retrouver son sang-froid. Franchissant la porte du jardin, il regagna alors la grande cour où Edward devisait avec l'abbesse, près des chevaux. Comme il les rejoignait, il prit une pièce d'or dans sa bourse et la posa dans la main calleuse de sœur Margaret. Il ne lui fit pas promettre de prendre soin d'Elaina, car il savait déjà l'abbesse entièrement dévouée à sa belle-sœur. Sans mot dire, il remonta ensuite en selle et fit tourner bride à son étalon.

– Qu'espérais-tu en rendant visite à Elaina ? lui demanda Edward quand ils eurent laissé l'abbaye derrière eux.

Damian réprima un soupir. Comment donner à son jeune frère les véritables motifs de cette visite quand il ne les comprenait pas lui-même ?

– Je tiens beaucoup à Elaina, lâcha-t-il d'un ton plus brusque qu'il n'aurait voulu. Et tu devrais ressentir le même attachement envers elle, car elle s'est occupée de toi comme une véritable mère.

Edward devint écarlate.

– Tout le monde raconte qu'Elaina est une sorcière et qu'elle jette des sorts. L'année dernière, elle a fait mourir un cochon et...

– Tais-toi ! gronda Damian. Comment peux-tu croire à de telles inepties ? Je serais d'ailleurs curieux de savoir qui a osé les colporter en premier !

L'adolescent se renfrogna.

– Penses-tu que je vais te le dire ? Pour que ces malheureux périssent sous la lame de ton épée ?

Damian fut pris d'un rire sans joie qui s'arrêta net tandis que son regard sévère se braquait sur son frère.

– Prends garde, Edward. Il y aura toujours des gens prêts à brûler Elaina vive sur le bûcher. Ce sera à toi, si tu as quelque affection pour elle, de les en dissuader.

Edward avala sa salive et, piteusement, hocha finalement la tête.

Le silence s'installa entre eux alors qu'ils chevauchaient l'un près de l'autre, dépassant bientôt le pont-levis pour s'arrêter près des écuries. Là, Edward donna ses rênes à un jeune écuyer tandis que Damian, soucieux de se changer les idées, se chargeait lui-même de Peleus.

Gloriana s'agenouilla dans le grenier de la demeure qui, autrefois, avait été celle de son père et considéra avec émotion le contenu de la dernière malle. Dire qu'Edwenna avait toujours pris soin de cacher la vérité à son époux à propos de leur fille adoptive. Pourtant, tout était là...

Le premier objet qu'elle extirpa des profondeurs de la malle était enroulé dans un drap. Elle n'eut pas besoin de l'ouvrir pour savoir qu'il s'agissait de sa poupée. L'élégante reproduction d'une reine qui n'était pas encore née, coiffée à la mode Tudor, au teint de porcelaine, vêtue d'une robe brodée de pierres précieuses et de minuscules chausses assorties...

– Elisabeth Ire, songea-t-elle à voix haute.

Cette femme qui monterait sur le trône quelques siècles plus tard et qui régnerait sur une Angleterre triomphante de nombreuses années durant...

Gloriana ferma les yeux et dodelina doucement de la tête dans la chaleur poussiéreuse du grenier. Précautionneusement, de ses doigts tremblants, elle posa la poupée près d'elle et prit le deuxième paquet. Il s'agissait d'un pantalon – un jean, comme on l'appelait dans l'autre monde – et d'une chemise étroite, ou plutôt d'un T-shirt, taillés pour un enfant. Les chaussures blanches, à la semelle épaisse, étaient comme neuves.

Tiraillée entre le sentiment de tendresse et la peur que lui inspiraient ces souvenirs, Gloriana les rangea au fond de la malle et ferma le couvercle. Les gens du village de Hadleigh ne manqueraient pas de la traiter de sorcière s'ils découvraient ces habits.

Bien qu'elle n'eût jamais vu personne être brûlé sur le bûcher ou pendu pour avoir des liens avec le diable, elle n'était pas sans savoir que ces procès étaient monnaie courante dans le pays. La prudence aurait voulu qu'elle se séparât définitivement de ces effets, mais ils lui étaient si précieux... Ils étaient le seul lien qu'il lui restait avec l'époque où elle s'appelait encore Megan, le seul lien avec le monde moderne qu'elle avait abandonné derrière elle.

Prenant une profonde inspiration, elle se pencha en avant, comme un paroissien devant l'autel, le front pressé contre le couvercle de la malle. Si seulement elle avait su vers qui se tourner, vers qui trouver réconfort et affection... Mais elle n'osait placer sa confiance en personne. Pas même en Edward, son meilleur ami. Quant au seigneur de Kenbrook, son maudit époux, c'était encore plus exclu. Il ne pensait qu'à se débarrasser d'elle pour prendre la Française comme épouse et n'hésiterait pas à la trahir, à seule fin de gagner sa liberté.

Sans doute la protégerait-il du bûcher mais il pouvait fort bien décider de l'envoyer au couvent, comme Gareth l'avait fait avec Elaina. Et s'il parvenait à prouver qu'elle n'avait pas toute sa tête ou, pis encore, qu'elle servait la cause de Satan, cela lui serait encore plus facile. Il obtiendrait alors sans la moindre difficulté une annulation de leur mariage, et personne ne le blâmerait de se remarier.

Toute tremblante, Gloriana se remit debout et frotta ses jupons maculés de poussière.

Oui, la seule attitude raisonnable consistait à se débarrasser à la première occasion de ses effets d'un autre temps, et à ne plus jamais évoquer ce dont elle se souvenait. Elle n'avait pas le choix.

Rassurée d'avoir pris cette résolution, elle traversa le grenier et se faufila par la petite porte qui ouvrait sur un escalier étroit et sombre. Laissant traîner ses doigts poussiéreux sur le mur, comme elle en avait l'habitude enfant, elle descendit jusqu'au premier étage, puis gagna le rez-de-chaussée. Curieusement, elle avait l'impression qu'Edwenna allait apparaître au bout du couloir, prête comme toujours à l'écouter et à la rasséréner. Mais non, elle était seule dans la grande demeure vide.

Dieu, que sa mère adoptive lui manquait ! Gloriana s'assit sur la dernière marche et plongea son visage entre ses mains. Pourquoi la vie s'acharnait-elle ainsi sur elle ? Elle se retrouvait sans personne et n'avait pour l'instant aucune idée de ce que l'avenir lui réservait. Mais une chose était certaine : sa fierté l'empêchait de vivre sous le même toit que Damian St. Gregory alors qu'il courtisait une autre femme dont il partageait le lit.

Une larme roula sur sa joue et elle l'essuya rageusement du revers de sa manche. Sa décision était prise : elle allait quitter Hadleigh Castle et se construire une nouvelle vie, seule. Si seulement elle n'aimait pas le seigneur de Kenbrook de tout son être ! Mais son amour était sans espoir, alors autant tout faire pour se l'extirper du cœur.

Et cependant, une petite voix, au tréfonds de son esprit, lui conseillait de ne pas capituler trop vite, de se battre pour garder cet homme...

La porte d'entrée s'ouvrit soudain dans un grincement de gonds, tirant brusquement Gloriana de ses pensées. Elle leva les yeux. Stupéfaite, elle découvrit Damian St. Gregory sur le seuil !

Un instant, elle fut tentée de remettre un peu d'ordre dans sa coiffure et sa tenue, mais elle se ravisa. A quoi bon essayer de lui plaire !

– Que voulez-vous ? demanda-t-elle d'une voix glaciale en le détaillant de pied en cap.

Il soupira et, d'un geste las, passa une main dans ses boucles blondes.

– Vous êtes pleine de poussière, déclara-t-il, ignorant sa question. Que faisiez-vous ? Le grand ménage de printemps ?

Gloriana songea à la poupée et aux vêtements inconnus au XIIIe siècle cachés dans le grenier. Son époux était-il venu l'espionner ? Chassant sa peur, elle redressa le menton avec défi.

– Je ne vois pas en quoi cela vous regarde. Je suis ici chez moi, et ce que je fais ne vous concerne en rien.

Damian s'adossa contre le lourd battant de chêne et laissa échapper un nouveau soupir.

– Je ne discuterai pas ce point avec vous. Pas maintenant. Vous êtes de toute évidence bouleversée, et cela par ma faute. J'en suis désolé.

La jeune femme attendit en silence qu'il poursuive.

– Un jour, vous comprendrez que je n'agis que dans votre intérêt, Gloriana.

Elle faillit le gifler, mais elle se contint.

– Billevesées, rétorqua-t-elle sans élever la voix, vous êtes un bandit, un menteur, et vous n'avez pas d'honneur. Je serai heureuse le jour où je n'aurai plus à vous supporter.

Damian hocha la tête, l'air soudain accablé.

– Vous avez raison ; je ne vaux pas grand-chose.

Il paraissait sincère et Gloriana sentit sa colère s'évanouir comme par enchantement. Elle s'en trouva profondément agacée. Il suffisait d'une phrase pour qu'elle fonde d'attendrissement. Ce n'était pas ainsi qu'elle réussirait à se protéger !

– Je vous en prie, allez-vous-en.

Loin de lui obéir, il s'approcha, posant la main sur la rampe d'escalier, et l'enveloppa d'un regard intense.

– J'ai vu lady Elaina aujourd'hui, déclara-t-il gravement. Elle aimerait que vous lui rendiez visite demain.

– Est-ce qu'elle va bien ? s'alarma aussitôt Gloriana.

Damian ne lui répondit pas, mais l'expression de son visage était suffisamment éloquente... Lady Elaina ne guérirait jamais.

4

Chaque dimanche soir, les vêpres, célébrées dans la chapelle par le frère Cradoc, rythmaient la fin de la semaine et Gloriana assistait bien sûr à l'office, vêtue d'une toilette lilas et d'un hennin blanc dont le voile de mousseline encadrait son visage. Mais elle n'avait pas le cœur à la prière aujourd'hui, tant son esprit était sens dessus dessous.

Damian hantait ses pensées, tout comme Elaina. Pourquoi lui demandait-elle de lui rendre visite le lendemain ? Que voulait-elle lui dire ? Gloriana était inquiète. Et la présence de Marianne de Troyes, assise au fond de la chapelle en compagnie de sa femme de chambre et d'un géant roux appelé Maxen, n'était certes pas faite pour apaiser ses tourments.

Du moins Damian avait-il eu la décence de ne pas s'installer près de sa maîtresse. Il avait pris place au premier rang de la vieille église, entre ses deux frères, et paraissait écouter attentivement le frère Cradoc qui, du haut de sa chaire, baissait et élevait tour à tour la voix pour répandre sur ses fidèles sermons et prières.

Un grand banquet devait suivre la messe, le premier d'une longue série de festivités destinées à célébrer l'adoubement d'Edward et de sept autres jeunes garçons de la région. Mlle de Troyes serait indéniablement installée à la table d'honneur, songea Gloriana, le cœur vrillé par l'amertume. Allait-elle pousser l'audace jusqu'à s'asseoir auprès de Damian comme si elle était déjà sa femme...

A cette perspective humiliante, Gloriana sentit tout appétit la déserter alors que, quelques minutes plus tôt, son estomac criait encore famine.

Le service s'acheva enfin et Gareth, en sa qualité de seigneur des lieux, se leva le premier pour se diriger d'un pas auguste vers la porte. Damian, qui le suivait, s'arrêta au niveau de Gloriana et lui jeta un coup d'œil à la fois amusé et curieux auquel elle répondit par un regard glacial.

S'ils avaient été seuls, elle lui aurait volontiers jeté son hennin à la figure, juste pour qu'il cesse de la dévisager ainsi.

Loin de s'en émouvoir, il lui tendit posément la main. Gloriana hésita. Une part d'elle mourait d'envie de l'accepter ; mais l'autre la poussa à tourner la tête vers l'endroit où Marianne était assise un moment plus tôt, entre sa domestique et le Gallois.

— Ne comptez pas sur moi pour prendre place à votre gauche, tout à l'heure à table, si votre maîtresse s'installe à votre droite, lança-t-elle en reportant son attention sur Damian.

Ce dernier laissa retomber sa main, l'air sidéré.

— Vous ne me croyez quand même pas capable d'une telle vilenie... ?

— Au contraire, fit-elle d'un ton égal, je ne vois pas ce qui vous en empêcherait. En tout cas, certainement pas l'honneur.

Sur ce, elle redressa le menton, dépassa son époux et gagna la sortie d'autant plus vite que Damian lui avait emboîté le pas.

Le crépuscule embaumait. Les parfums entêtants de l'été se mêlaient aux effluves doux-amers montant du lac en contrebas et à l'odeur poivrée de la pinède. Des torches éclairaient la cour, dans un coin de laquelle des saltimbanques prenaient place.

Gloriana se sentit tout à coup submergée par un flot

de nostalgie, par la peur d'être arrachée à tout moment à ces gens, à cette époque, à ce lieu, pour ne plus jamais y revenir. Tout dangereux, fruste et inconfortable qu'il était, cet univers était sa vie, et elle l'aimait.

– Vous me prenez pour une brute, n'est-ce pas ? demanda Damian après quelques minutes de silence. Croyez-vous vraiment que cela me plaise de vous faire de la peine ?

Elle s'arrêta net et se tourna vers lui, maudissant le voile de son hennin qui, une fois encore, se plaqua sur son visage. Sans plus réfléchir, elle ôta son couvre-chef et ses cheveux ruisselèrent sur ses épaules en une pluie d'or rouge. Damian se rembrunit, mais elle n'avait cure de ce qu'il pouvait bien penser d'elle.

– Oui, seigneur Kenbrook, je vous tiens pour une brute, et bien pire encore, pour un monstre d'égoïsme et de déloyauté !

Elle voulut pivoter mais il l'arrêta. La lueur des torches conférait un éclat menaçant à son visage dur et inflexible, et Gloriana se rappela tout à coup que cet homme était un guerrier, sans peur et sans merci.

– Alors vous devriez être heureuse de vous débarrasser de moi ! rétorqua-t-il, avec une logique imparable.

Un nœud se forma dans la gorge de la jeune femme cependant que les larmes lui montaient aux yeux.

– J'ai gâché ma vie à vous attendre, répondit-elle d'une voix blanche. J'aurais pu avoir une demeure où j'aurais été la maîtresse, un mari qui m'aurait aimée et des enfants. Vous m'avez volé ces chances de bonheur. Et maintenant, non content de m'avoir dérobé les plus belles années de ma vie, vous voudriez me cloîtrer dans un couvent ? Plutôt mourir que d'être emmenée vivante ! Dès qu'Edward sera armé chevalier, je me retirerai dans la maison de mon père. Venez donc m'y chercher de force, si vous l'osez, mais soyez certain qu'un jour, vous brûlerez en enfer pour cela !

Il relâcha la pression de ses doigts, comme s'il venait de recevoir un coup d'épée, et Gloriana en profita pour s'éloigner, le plantant là, au beau milieu de la cour. Avant de rejoindre le grand hall où étaient déjà réunis tous les convives, elle se faufila dans l'ombre d'un escalier, le temps d'essuyer les larmes qui roulaient sur ses joues. Puis, après avoir pris une profonde inspiration, elle retourna vers la lumière et les rires. Là, dans l'immense salle voûtée, les chevaliers, pour la plupart vassaux de Gareth, avaient pris d'assaut les tables entre lesquelles les servantes se glissaient, leurs plateaux chargés de victuailles et de vin. Un baladin en habit bigarré distrayait l'assemblée, jonglant avec sept balles dorées tout en esquissant quelques pas de danse au rythme des ménestrels.

Gloriana ne s'était pas trompée. Marianne de Troyes était bien placée à la table de Gareth, souriant affablement à son voisin de droite, Eigg, qui la régalait sans doute de l'une de ses sempiternelles histoires de chasse. Le seul siège vacant près de la Française était celui qu'occupait d'ordinaire le seigneur de Kenbrook. Gloriana, elle, se trouvait reléguée à l'autre bout de la table, auprès d'Edward.

Même si la plupart des convives paraissaient plongés en pleine conversation, elle sentit plus d'un regard interrogateur se poser sur elle. Chacun attendait l'esclandre. Eh bien, elle ne les décevrait pas ! Relevant le menton, elle traversa la pièce et monta sous le dais. En dépassant Gareth, puis Edward, elle les salua brièvement. Puis, au lieu de s'installer près de son jeune beau-frère, qui, de toute évidence, l'attendait, elle s'assit près de Marianne, en lieu et place de Kenbrook.

Eigg, visiblement stupéfait, se tut au beau milieu de sa phrase. La musique baissa d'un ton. Mais peut-être n'était-ce qu'une impression... Gloriana se sentit soudain nauséeuse. Le sang lui battait aux tempes, et les voix des convives lui parvenaient lointaines et déformées.

Marianne s'était tournée vers elle, son gracieux visage empreint d'une surprise intense. La Française recouvra toutefois rapidement ses esprits et, avec un sourire timide, lui déclara d'une voix hésitante :

– J'espère que vous ne m'en voudrez pas, mais je ne connais pas très bien votre langue.

Contre toute attente, Gloriana ne put se défendre d'une sympathie spontanée pour sa rivale. Marianne lui faisait penser aux crocus fragiles qui percent la neige quand le printemps n'est encore qu'un lointain espoir.

– Ni moi la vôtre, répliqua-t-elle en lui rendant son sourire. En fait, je la parle juste assez pour que vous puissiez rire de moi.

– Je ne rirai pas, je vous le promets. J'ai tant besoin d'avoir une amie.

Soudain, des chuchotements s'élevèrent dans la salle. Jetant un coup d'œil par-dessus son épaule, Gloriana vit Damian s'approcher du dais. Il avait les yeux fixés sur elle, des yeux où brillait la colère. Au lieu de s'en alarmer, elle choisit de s'en amuser.

– Notre époux vient vers nous, déclara-t-elle discrètement à sa compagne.

Marianne partit aussitôt d'un rire léger qu'elle réprima en plaquant une main sur sa bouche.

– Il est effrayant, n'est-ce pas ? souffla-t-elle quand, l'instant d'après, elle eut recouvré son sérieux.

A sa manière, Damian était en effet effrayant, songea Gloriana. Trop beau, trop puissant... Curieusement, il ne lui faisait plus peur.

– Il a... trop longtemps séjourné sur les champs... de bataille, commenta-t-elle tout haut dans un français approximatif. Il en a oublié ses bonnes manières, si tant est qu'il en ait eu un jour...

– Je ne le crois pas, intervint Gareth en se glissant derrière elles. Mon frère a toujours été un barbare, doublé d'un tyran.

Il posa une main sur l'épaule de Gloriana.

– Venez, je voudrais danser.

D'aucuns avaient déjà quitté la table pour rejoindre la piste de danse.

– Désolée, je n'ai pas encore fini mon repas, protesta-t-elle d'un ton buté.

Combien de fois le frère Cradoc ne l'avait-il pas punie pour son obstination, lui faisant réciter d'innombrables prières dans l'espoir que Dieu lui accordât Son pardon !

– En tant que maître des lieux, déclara Gareth d'un ton aimable mais ferme, je vous rappelle que vous me devez obéissance.

Comprenant qu'il parlait sérieusement, Gloriana se leva. Gareth avait beau être indulgent, le contrarier n'allait pas toujours sans risques.

– Je ne m'aventurerais pas à défier vos ordres, monseigneur, lança-t-elle, non sans ironie.

– Quelle sage philosophie ! répliqua son beau-frère.

Gloriana était à peine debout qu'il l'entraînait vers le milieu de la salle, où évoluaient les danseurs. Damian les regarda passer sans les arrêter et, du coin de l'œil, Gloriana le vit s'approcher de Marianne. Allait-il s'asseoir près d'elle ? se demanda Gloriana, alarmée. Mais non, il se contenta de lui adresser quelques mots à l'oreille avant de rejoindre ses hommes d'armes et de partager leur pain.

Au même instant, l'un des saltimbanques fendit la foule et s'approcha de Gloriana pour lui offrir un masque au visage tragique. Elle le prit et l'ajusta, vexée. De toute évidence, ses efforts pour paraître enjouée ne trompaient personne.

– Je le hais, souffla-t-elle, le regard braqué sur Damian qui riait avec ses soldats.

– Je ne vous en blâme pas.

Elle sursauta en s'apercevant qu'elle avait parlé tout haut puis haussa les épaules. Gareth avait toujours été un homme sensible et raisonnable ; il l'avait vue grandir et, plus que tout autre, il devait comprendre sa révolte.

– J'ai cru entendre dire que vous aviez décidé de vous installer dans la demeure de votre père et y vivre entourée de quelques domestiques, continua-t-il tout en menant la danse.

– C'est exact. Je compte quitter le château sitôt les festivités achevées.

Son beau-frère la gratifia d'un regard scrutateur.

– Alors il faut que nous parlions !

Docile, Gloriana se laissa conduire hors de la grande salle et ils gagnèrent bientôt le jardin par un étroit passage faiblement éclairé par des lampes à huile, suspendues aux murs, qui crachaient une fumée nauséabonde. Tandis que Gloriana ôtait son masque et s'asseyait sur un banc, Gareth se campa devant elle et l'observa en silence quelques instants. Elle nota alors combien son visage s'était ridé ces derniers temps, comme si ses traits accusaient le tourment qui l'habitait depuis le départ d'Elaina pour l'abbaye.

– Vous devez être raisonnable, Gloriana, déclara-t-il enfin. Il n'est ni prudent ni bienséant pour une jeune femme de votre rang de s'installer seule. Il vous faudrait des gardes.

– J'ai de l'argent ; je peux engager des hommes d'armes pour assurer ma protection, si je le souhaite. Quant à ma réputation, sachez que je m'en soucie comme d'une guigne !

– Et qui vous protégera de vos propres gardes ? Gloriana, vous êtes forte et intelligente, mais vous êtes une femme.

Il pointa du doigt en direction de la grande salle où se déchaînaient des éclats de voix et des concerts de rires.

– Vous entendez ces brutes ? poursuivit-il. La moitié d'entre eux n'ont pas plus de manières que mes chiens. Jamais ils ne vous obéiront.

Il marqua de nouveau une pause, laissant à Gloriana le temps d'assimiler ses paroles.

– J'ai juré à votre père de préserver votre réputation et votre vertu, au cas où votre époux manquerait à son devoir, reprit-il. Je tiendrai ma promesse, Gloriana. Moi vivant, vous ne quitterez pas ce château pour habiter seule.

Ulcérée, la jeune femme serra les poings.

– Vous avez fait cette promesse alors que je n'étais qu'une enfant, rétorqua-t-elle le plus calmement possible. Aujourd'hui, je suis adulte, et parfaitement capable de gérer ma vie comme bon me semble. Vous ne m'empêcherez pas d'aller où je veux.

– Pourquoi faut-il toujours que vous vous obstiniez ? grommela Gareth, visiblement à bout de patience. Dois-je vous mettre au cachot pour que vous consentiez enfin à m'obéir ?

Les yeux de Gloriana étincelèrent.

– Vous ne valez pas mieux que votre frère ! accusa-t-elle. Kenbrook est prêt à m'envoyer dans un couvent pour le restant de mes jours, et vous, Gareth, vous qui avez toujours été un ami précieux, vous n'hésiteriez pas à m'enfermer comme une criminelle si j'enfreignais vos ordres.

De peur de se laisser attendrir, Gareth se retrancha derrière un mur de colère. Comment osait-elle le défier ainsi ? Qu'elle ne continue pas, ou elle finirait, à l'exemple de ces femmes stupidement rebelles, claquemurée à jamais dans une tour, n'observant le monde qu'à travers d'étroites meurtrières...

Quand il rompit le silence qui s'était abattu sur eux, ce fut d'un ton glacé :

– Je vous aime comme si vous étiez ma sœur, ou plutôt ma propre fille, mais il n'empêche que vous vous plierez à ma volonté, Gloriana St. Gregory, ou vous le regretterez amèrement.

Pâle de rage mais impuissante, Gloriana se leva, fit une brève courbette devant le seigneur de Hadleigh et retourna précipitamment dans la grande salle en priant pour que personne ne remarquât son trouble.

Au moment où elle entrait, Marianne s'en allait, accompagnée de sa domestique. Damian, quant à lui, se tenait toujours parmi ses hommes, engagé dans une polémique avinée avec Hamilton Eigg. Tout autour d'eux, les convives écoutaient, applaudissant de loin en loin quand celui à qui allait leur préférence marquait un point.

Réprimant un soupir dégoûté, Gloriana chercha Edward du regard et l'aperçut derrière son frère. Elle rejoignit la salle où seul le frère Cradoc demeurait à table.

– Quel désolant spectacle ! commenta l'homme de foi. Le péché est entré au château.

– Ne vous inquiétez pas, repartit-elle, en s'abstenant de jeter de l'huile sur le feu. Edward va y remédier.

En effet, le jeune garçon s'approcha de Damian et lui parla à l'oreille. Pour toute réponse, ce dernier s'esclaffa avant d'assener à son cadet une violente tape fraternelle dans le dos cependant que de l'autre main, il lui tendait un gobelet de bière. A la grande stupéfaction de Gloriana, Edward le porta à ses lèvres et, renversant la tête, en but le contenu d'un trait. Les hommes autour de lui se mirent alors à frapper dans leurs mains et poussèrent des cris de sauvages.

– Non ! Pas Edward ! explosa-t-elle avant de relever ses jupons et de se précipiter comme une furie vers les convives.

Le prêtre, qui avait quitté le dais pendant qu'elle assistait, horrifiée, à la corruption d'Edward, la retint au passage par le bras.

– Il n'y a rien que vous puissiez faire, mon enfant, déclara-t-il fermement. Retournez dans vos appartements, si vous voulez faire plaisir à votre vieux tuteur, et restez-y jusqu'à ce que les cloches vous appellent à l'office du matin.

Gloriana ouvrit la bouche pour protester, puis y renonça. Damian, son jeune frère et Eigg venaient de se remplir un nouveau gobelet. Elle avait connu suffisamment d'affrontements aujourd'hui ; elle n'allait pas essayer une fois encore de faire entendre raison au seigneur de Kenbrook ou à Gareth. Quant à Edward, elle ne pouvait plus rien pour lui...

Malgré elle, pourtant, elle demeurait là, à observer

cette honteuse manifestation d'ivrognerie, quand Damian se tourna soudain vers elle et, avec un sourire sardonique, brandit d'un geste moqueur son verre dans sa direction. Cette fois, c'en était trop ! D'un pas précipité, elle quitta la salle du banquet.

Judith l'attendait dans sa chambre. Elle avait déjà allumé toutes les lumières, ouvert le lit et rempli le broc d'eau chaude. Après avoir aidé Gloriana à ôter sa robe, la jeune domestique leva les yeux vers elle.

– Avez-vous encore besoin de quelque chose, madame ?

Bien que Gloriana lui eût souvent offert de dormir sur un lit, près d'elle, Judith avait jusqu'ici toujours préféré retourner dormir sur son grabat devant le feu, à l'office, avec les autres domestiques.

– Oui. Reste un moment, s'il te plaît, implora Gloriana qui s'installa à sa coiffeuse et entreprit de démêler ses cheveux. J'ai une question à te poser.

– Oui, madame.

– Si je devais quitter Hadleigh Castle pour aller vivre dans la maison de mon père au village, accepterais-tu de m'y suivre ?

Judith baissa la tête, et se dandina d'un pied sur l'autre.

– Quitter Hadleigh Castle, madame ? Mais jamais ils ne vous y autoriseront ! En tout cas, pas sans le seigneur de Kenbrook...

– Je vais partir, répondit Gloriana d'un air têtu. Avec ou sans la permission de lord Kenbrook.

Dans la lumière chatoyante des flammes, Judith blêmit et se mit à psalmodier quelques paroles inintelligibles avant de protester :

– Mais, madame, vous ne pouvez pas partir, si votre seigneur et époux s'y oppose.

– Très bien ! répliqua Gloriana en reniflant avec mépris. Libre à toi de rester ici et de dormir sur une paillasse dans la cuisine, comme les chiens. Bien entendu, dans ma maison, je t'offrais une chambre, avec un lit que tu n'aurais pas été obligée de partager...

Les yeux de la jeune fille s'agrandirent.

– Oh, ce serait merveilleux !

Elle baissa la tête.

– Mais lord Kenbrook ne manquerait pas de nous retrouver, reprit-elle d'un ton résigné, et il nous ramènerait jusqu'ici en nous traînant par les cheveux.

Gloriana fronça les sourcils.

– S'il s'y hasardait, je lui ficherais une flèche en plein cœur.

Les yeux de la domestique s'écarquillèrent plus encore.

– Oh, non ! ils vous pendraient !

– Pour l'amour du ciel, Judith ! gronda Gloriana, à bout de patience, je ne parlais pas de le tuer vraiment. J'essaie juste de te dire qu'il ne me fait pas peur. M'accompagneras-tu, oui ou non ?

Judith se mordit la lèvre.

– Je vous suivrai, madame, bien sûr. Mais j'ai peur qu'ils ne nous envoient finir nos jours à l'abbaye, comme la pauvre lady Hadleigh.

Elle n'était pas la seule, songea Gloriana, que cette perspective remplissait d'effroi. Elaina était peut-être faite pour supporter la réclusion du couvent ; elle, non. Si on lui ôtait sa liberté, c'est là qu'elle deviendrait folle...

– Lord Hadleigh est un homme juste, déclara-t-elle avec une conviction qu'elle était loin de ressentir. Jamais il ne te punira parce que tu as obéi à mes ordres.

Judith hocha la tête.

– Euh... oui... madame, bredouilla-t-elle avant de prendre ses jambes à son cou.

La porte de la chambre claqua derrière elle. Gloriana, drapée de ses longs cheveux qui lui caressaient la naissance des reins, traversa la pièce pour pousser le verrou. Puis, après avoir procédé à ses ablutions et fait ses prières au pied du lit, elle se glissa sous les couvertures.

Dans le grand hall, la soûlerie se poursuivait et elle entendait les voix éraillées des guerriers comme si elle y était. Brusquement, les larmes qu'elle avait retenues la soirée durant se mirent à rouler sur ses joues. Elle les essuya d'un revers de main rageur, soudain déterminée à ne plus en verser une seule pour un homme qui n'en valait pas la peine.

Même si, au plus profond de son être, elle se savait amoureuse de lui. Même si l'idée de devoir le quitter lui déchirait le cœur...

« Quelle injustice ! Ce n'est pas ainsi que les choses auraient dû se passer », hurla-t-elle en son for intérieur.

Soudain, un coup frappé à la porte l'arracha à ses sombres pensées. Comme elle ne répondait pas, les coups s'intensifièrent.

Il s'agissait certainement d'Edward, trop ivre pour réfléchir à la portée de son acte. A n'en pas douter, il serait tout piteux quand il devrait, demain matin, l'affronter en plein jour.

– Allez-vous-en, Edward ! cria-t-elle de son lit.

– Je... vous en prie, balbutia alors une petite voix effrayée, dans un anglais hésitant. Laissez-moi entrer, mademoiselle, je ne suis pas... rassurée.

Marianne !

D'un bond, Gloriana fut debout et courut jusqu'à la porte qu'elle ouvrit sans la moindre hésitation pour laisser entrer la jeune Française. Elle referma aussitôt le battant derrière sa visiteuse.

Marianne pleurait à chaudes larmes et tremblait de tout son être dans sa fine chemise de dentelle.

– Je n'aime pas cet endroit, déclara-t-elle d'une voix entrecoupée de sanglots. Il y a trop de bruit, et puis tous ces hommes me font terriblement peur.

Gloriana se sentit émue. Doucement, elle guida sa compagne jusqu'à la cheminée et l'assit sur un fauteuil avant d'aller lui chercher une couverture.

– Je veux rentrer chez moi, murmura Marianne quand ses larmes se tarirent enfin.

Bouleversée, Gloriana s'installa près d'elle et glissa un bras autour des frêles épaules de sa compagne, tout en essayant de se rappeler quelques mots de français.

– Vous serez bientôt mariée, et vous retrouverez la sérénité, lui déclara-t-elle finalement en esquissant à grand-peine un sourire.

Marianne le lui rendit timidement.

– Oui, mais pour cela, il faut que vous souffriez, et je ne peux le supporter. Vous êtes tellement gentille envers moi.

– Je serai votre amie quoi qu'il arrive, Marianne. Vous pouvez compter sur mon soutien.

« A moins que je ne finisse au sommet d'un donjon, claquemurée jusqu'à ma mort », songea-t-elle, le cœur serré.

Marianne leva vers elle un regard embué.

– Je pensais que l'épouse du seigneur de Kenbrook était une vieille femme pleine de rides. En tout cas, c'est ce qu'il m'avait assuré. J'ai eu un choc en vous rencontrant.

Cette fois, Gloriana sourit spontanément et un éclair malicieux illumina son visage.

– Et moi, vous n'imaginez pas la surprise que j'ai eue en vous voyant ! répondit-elle avec franchise.

Au moins Damian n'avait pas menti sur un point : Marianne n'était pas encore sa maîtresse. Elle était bien trop innocente pour accepter une liaison hors des liens du mariage.

– J'aime sincèrement le seigneur de Kenbrook, reprit la Française avec un soupir, mais je vois que vous aussi vous tenez à lui, et je ne veux pas vous causer de tort. Je préfère rentrer dans mon pays avec Fabienne.

Même si Gloriana était touchée par ce geste d'abnégation, elle ne pouvait l'accepter.

– Non. C'est vous que Damian aime et qu'il souhaite épouser. J'ai bien envisagé de lui faire changer d'avis, mais je sais maintenant que c'est impossible. Jamais je ne pourrai le contraindre à m'apprécier.

– Pauvre Gloriana, souffla Marianne, votre cœur est brisé, n'est-ce pas ?

Gloriana ne tenait pas à s'épancher sur ses sentiments. Pas ce soir, en tout cas.

– Dites-moi plutôt comment vous avez rencontré le seigneur de Kenbrook.

Comme par miracle, le visage de la jeune Française s'éclaira.

– Je me trouvais au marché, en compagnie de ma chère Fabienne. Il était là, lui aussi.

Elle sourit avant de soupirer d'un air rêveur :

– Il était fort, et si beau...

Brusquement, ses sourcils se froncèrent et l'angoisse voila ses prunelles noisette.

– Sans lui, Dieu sait où je serais à présent ! Des bandits ont essayé de nous dépouiller, Fabienne et moi. L'un d'entre eux m'a même traînée jusqu'à son cheval.

Un frisson la parcourut, tandis qu'elle se remémorait la scène.

– Fabienne s'est alors mise à hurler et, grâce au ciel, lord Kenbrook est intervenu. En quelques instants, il a désarmé les brigands. Il m'a sauvé la vie.

Son récit était émouvant et Gloriana imaginait sans peine la suite. Comment aurait-elle pu blâmer Marianne d'être tombée sous le charme d'un homme à l'esprit aussi chevaleresque ?

Elle sourit à sa visiteuse.

– Je suis heureuse. Qu'il vous ait sauvé la vie, je veux dire.

Marianne se leva, reposant la couverture sur le bras du fauteuil.

– Je ne veux pas vous déranger plus longtemps. Me voilà tout à fait bien, maintenant. Vous êtes généreuse, lady Gloriana. Et je suis soulagée que vous ne me détestiez pas.

Gloriana la raccompagna jusqu'à la porte.

– Comment pourrais-je vous haïr ? Vous n'êtes en rien responsable de cette situation.

C'était vrai, mais sans Marianne, sa vie aurait certainement été plus simple, et toutes deux le savaient... Elles se souhaitèrent une bonne nuit, et la jeune Française s'éloigna dans le couloir sombre où l'attendait Fabienne.

Gloriana savait qu'elle ne trouverait plus le sommeil, cette nuit-là. Mais l'aube ne tarderait plus, à présent. Elle resta donc à méditer, surveillant le ciel qui pâlissait peu à peu, et avant même que le coq n'annonce l'aurore, elle sauta à bas de son lit. Rapidement, elle s'habilla et quitta sa chambre, longeant le dédale de couloirs, évitant les principales entrées pour se glisser au-dehors par une petite porte dérobée.

Les cloches de la chapelle tintinnabulaient, appelant tous les fidèles au rendez-vous, et Gloriana éprouva quelques remords à l'idée de se dérober à l'office du matin. Toutefois, elle poursuivit son chemin, s'éloignant de l'église pour se faufiler entre les arbres du verger qui ployaient sous les fruits mûrs. La brume effleurait son visage d'une caresse humide et fraîche. Elle atteignit bientôt les grandes portes du château. L'instant d'après, elle quittait l'enceinte de Hadleigh pour emprunter le petit sentier sinueux jusqu'à l'abbaye.

Les religieuses achevaient leur prière du matin quand Gloriana atteignit le couvent et frappa au lourd battant. Par le judas grillagé, deux yeux apparurent, et bientôt la porte s'ouvrit. Sœur Margaret ne semblait guère ravie de cette intrusion matinale.

– Ce n'est pas une heure pour traverser ces bois seule ! la gronda la religieuse. Il y a des bandits, et des loups.

Gloriana se borna à hocher la tête d'un air repentant.

– J'ai fait très attention, mentit-elle. Lady Elaina est-elle réveillée ?

– Elle est encore à la chapelle, l'informa la sœur en

refermant la porte derrière Gloriana. Là où vous devriez être à cette heure, milady !

La jeune femme faillit faire remarquer que la mère supérieure, elle non plus, ne se trouvait pas à la messe, mais sagement, elle se tut.

– Puis-je l'attendre ? demanda-t-elle, la mine faussement soumise. Elle a envoyé un message au château disant qu'elle voulait me voir.

La religieuse soupira.

– Oui, fit-elle en indiquant les bancs dans le jardin. Asseyez-vous près de la fontaine, elle ne devrait pas tarder.

– Merci, souffla Gloriana tandis que l'abbesse s'éloignait.

Elle n'eut pas à patienter bien longtemps. Elaina arriva bientôt, silhouette désincarnée qui donnait l'impression d'effleurer à peine les immenses dalles de pierre de son pas dansant. Elle avait maigri, et des cernes mauves soulignaient ses grands yeux tristes. Avec un sourire, elle tendit les bras vers Gloriana, qui courut s'y réfugier.

– Cela faisait plusieurs mois que je n'étais pas venue, murmura la jeune femme, pleine de remords.

– Et maintenant que Damian est de retour, ta place est près de lui.

Toutes deux rejoignirent le banc et s'y assirent. Elaina saisit les mains de Gloriana et les serra dans les siennes.

– Tu ne peux permettre à Damian de prendre une autre femme et de t'abandonner, ma chérie, reprit-elle avec fermeté. Les conséquences seraient tragiques pour nous tous.

Les paroles d'Elaina emplirent Gloriana d'un sombre pressentiment. Chacun savait qu'Elaina n'avait plus toute sa tête, mais sa folie lui avait apporté de bien étranges pouvoirs, comme de prévoir l'avenir avec justesse. Et si, une fois encore, elle disait vrai ?

– Que puis-je faire ? demanda Gloriana. Il ne veut pas de moi.

La main d'Elaina tremblait quand elle repoussa une mèche sur le front de sa compagne.

– Les dangers les plus grands sont malheureusement à venir. Mais tu as le courage d'une lionne, Gloriana. Suis ton instinct, même s'il te faut traverser les flammes de l'enfer, car derrière se trouvent les secrets du paradis, et c'est le seul chemin pour y parvenir.

– Je ne comprends pas.

Elaina se leva.

– Suis-moi.

5

Lorsque, deux heures plus tard, sur le dos de la mule grise que lui avait prêtée l'abbesse, Gloriana regagna Hadleigh Castle, et franchit la première porte, elle vit qu'un pavillon orné des armoiries des St. Gregory avait été érigé dans l'enceinte extérieure, derrière le champ d'entraînement où les hommes d'armes de Gareth s'exerçaient au combat. Une estrade avait également été construite, là où, quelques minutes plus tard, se tiendraient les hérauts, engoncés dans leur belle livrée rouge chamarrée d'or et chargés de sonner de leur trompe pour annoncer le début de la cérémonie. Au beau milieu de la cour, un mannequin en armure, accroché à un poteau, se balançait mollement au bout de sa corde.

Cette journée, songea Gloriana non sans nostalgie, marquait officiellement la fin de l'adolescence d'Edward et mettait ainsi un terme à des années de complicité entre eux. Après son adoubement, Edward deviendrait un soldat et sans doute partirait-il au loin, comme Damian, pendant de longues années.

La jeune femme franchit la seconde enceinte et fit une halte aux écuries pour y laisser la mule et demander que l'animal soit reconduit à l'abbaye, avant le crépuscule.

Elle s'arrêta ensuite à la chapelle, où elle implora le Tout-Puissant de lui pardonner son absence à l'office du matin. Puis, après s'être aspergé le visage d'eau fraîche à la fontaine, sur le parvis, elle rejoignit le grand hall.

Edward, ainsi que les autres aspirants au titre de chevalier, se tenaient debout au pied de l'estrade. Tous portaient le costume traditionnel, composé d'une tunique et d'un pantalon de soie blanche, et avaient noué sur leurs épaules, une cape aux couleurs de leur seigneur.

Gloriana croisa le regard de son jeune beau-frère – les cernes sous ses yeux trahissaient la nuit de beuverie qu'il venait de partager avec ses frères – et lui offrit un sourire d'encouragement. En son for intérieur, elle ne manqua toutefois pas de maudire la conduite légère de son ami. Il aurait dû passer la nuit à la chapelle à veiller et à prier afin que son âme soit pure au moment de prononcer le serment solennel qui le ferait chevalier.

Le sourire que lui rendit Edward était pâle, mais ses yeux clairs brillaient d'un grand éclat. Il rayonnait de fierté et de bonheur.

Détournant la tête, la jeune femme chercha alors Damian du regard et le localisa sous le dais, resplendissant dans sa tunique blanc et vert, assis dignement auprès de Gareth. Marianne, elle, n'était pas présente, et malgré sa sympathie pour la Française, Gloriana en fut soulagée. Elle aurait préféré s'en aller, plutôt que de partager la table avec le seigneur de Kenbrook et sa future épouse.

Après une brève révérence destinée à Gareth – qui la considéra en fronçant les sourcils –, Gloriana monta sous le dais et prit place au côté de son mari, cet homme qu'Elaina lui avait recommandé de conquérir à tout prix.

Elle n'était pas encore certaine de vouloir réellement s'en donner la peine. D'autant qu'il ne le méritait probablement pas...

– Enfin, souffla Damian d'un ton peu amène. Où étiez-vous donc passée ?

Sans se laisser émouvoir, Gloriana se servit en pain et en fromage qui abondaient sur les grands plateaux de bois disposés devant elle.

– Lady Elaina voulait me voir, répondit-elle avec une politesse exagérée, tout en éludant son regard. Puisque vous m'aviez délivré vous-même son message, je croyais que vous auriez deviné où j'étais.

– Vous avez quitté le château toute seule !

– Bien sûr. Tout le monde était bien trop occupé pour m'escorter. Edward autant que les domestiques. A qui auriez-vous voulu que je demande ?

– Vous auriez pu attendre, remarqua-t-il en s'efforçant visiblement de conserver son calme.

Gloriana mordit à pleines dents dans son morceau de fromage avant de répondre d'une voix doucereuse :

– L'important, c'est que j'en sois revenue sans encombre. D'ailleurs, pour le retour, l'abbesse a eu l'obligeance de me prêter une mule.

Damian porta son verre de vin à ses lèvres et le but d'un trait, sous les regards attentifs du frère Cradoc et d'Eigg, qui, de toute évidence, se demandaient à quel moment l'orage allait éclater.

– Vous êtes incorrigible, Gloriana, déclara-t-il, se contrôlant tant bien que mal.

La jeune femme eut un sourire moqueur.

– Alors pourquoi ne pas me laisser tranquille ? Si j'étais vous, je songerais plutôt à l'adorable Marianne. Elle est d'une nature plutôt fragile, et notre pays de sauvages la terrifie littéralement.

A la grande satisfaction de Gloriana, le rouge monta aux joues de son compagnon.

– Elle vous l'a dit ?

– Oui, elle s'est confiée à moi. En fait, elle aimerait rentrer en France. Je l'ai suppliée de rester, bien sûr. Plus vite nous aurons mis fin à ce simulacre de mariage, plus vite vous serez libre de l'épouser, et mieux cela vaudra. Je pourrai enfin vivre comme je l'entends.

Il faillit s'étrangler avec son vin et quand il se tourna vers elle, ce fut pour la fusiller du regard.

– Nous en avons déjà longuement discuté, martela-t-il. Vous rentrerez au couvent, que vous le vouliez ou non. Je ne reviendrai pas sur ma décision.

Gloriana le gratifia de son plus beau sourire et déclara suavement :

– Que le diable vous emporte !

Son compagnon laissa échapper un long soupir excédé.

– Vous devez être ma punition pour des péchés oubliés.

– C'est possible. Je veux dire, je ne serais pas surprise que vous ayez oublié bon nombre de vos méfaits. Il doit y en avoir tellement, au moins autant que d'étoiles dans le ciel.

– Encore heureux, milady, gronda-t-il, que je ne sois pas du genre à frapper une femme. Mais l'envie me démange de vous botter les fesses pour vous apprendre à peser vos mots.

– La violence n'a jamais rien résolu, c'est peut-être là votre problème... Pour ma part, je préfère ne me fier qu'à ma tête. Et face à un individu aussi barbare que vous, la seule réponse adaptée est le dédain. Pourtant, je le confesse, si le meurtre n'était pas un péché suprême, c'est avec joie que je vous tirerais une flèche en plein cœur et que je danserais autour de votre cadavre.

Gareth, qui prêtait une oreille attentive à leur conversation, intervint :

– Calmez-vous, tous les deux, ou je vous fais enchaîner ensemble et jeter au cachot.

Damian voulut protester, mais Gloriana, plus prudente, lui posa la main sur le bras pour l'en empêcher. Malgré elle, ce contact la fit frissonner. De peur, certainement, car sous la fine soie de sa chemise, elle avait senti un bras d'acier.

– C'est un jour de fête pour Edward. Gareth a raison, ne le lui gâchons pas avec nos disputes.

Son compagnon hésita et, un instant, elle crut déceler une lueur de tristesse dans ses yeux.

– Vous avez raison. Pourrions-nous envisager une trêve, lady Kenbrook ?

Elle acquiesça, un sourire aux lèvres.

– Jusqu'à demain, alors, monseigneur.

Pour toute réponse, son époux éclata de rire avant de lever son gobelet à ses lèvres.

– Jusqu'à demain.

– Quelle merveilleuse harmonie ! fit remarquer Gareth avec ironie.

Une fois le repas achevé, une trompe retentit dans la cour. Damian se leva aussitôt et offrit son bras à Gloriana, qui l'accepta sans rechigner.

Le seul contact des doigts de la jeune femme sur sa peau l'emplit d'étranges et douces sensations. Il était tout à coup tiraillé entre l'envie de la repousser et celle de l'attirer contre lui. Malgré tous ses efforts pour chasser la jeune femme de son esprit, il ne rêvait plus que de partager son lit et de consommer finalement leur union.

Damian avait beaucoup de défauts, mais du moins n'était-il pas homme à se masquer la vérité. Dès l'instant où il avait posé les yeux sur Gloriana, toute nimbée de pétales de roses, il l'avait désirée avec une ardeur dont l'intensité l'atterrait. La nuit précédente, après qu'Edward et ses compagnons l'avaient quitté pour veiller dans la chapelle, il s'était rendu au lac pour se baigner nu dans les flots miroitants, sous le regard complice de la lune. Mais même l'eau glacée n'avait su calmer la passion que Gloriana déchaînait en lui.

Il observa la jeune femme du coin de l'œil tandis qu'il l'escortait cérémonieusement vers la cour ensoleillée où flottaient les bannières aux couleurs du château. Elle était si belle...

Pestant entre ses dents, il détourna la tête, et refusa de songer plus avant à son ensorcelante épouse. Mais le désir l'enflammait tandis qu'il imaginait le corps gracile de Gloriana se lovant contre lui.

Fort heureusement, la nature solennelle de la journée ne lui offrit que peu de temps pour s'interroger sur ses sentiments. Les trompes rugirent, couvrant les mélodies des ménestrels qui déambulaient au milieu de la foule réunie pour l'occasion. Gareth et le frère Cradoc, suivis des invités, prirent place sous le dais d'honneur.

Emu, Damian regarda son jeune frère tomber à genoux, de concert avec ses amis, la tête humblement baissée, tandis que le prêtre entamait sa prière. Les ménestrels s'étaient tus, cependant que les spectateurs croisaient les mains avec déférence et fixaient le sol à leurs pieds.

La voix solennelle de frère Cradoc s'éleva alors, implorant Dieu d'accorder Sa grâce aux nouveaux chevaliers, de les purifier, de leur conserver honneur et humanité au fil des épreuves et de leur garantir l'entrée au paradis où ils déposeraient leurs armes en attendant la résurrection. Après avoir ajouté une prière pour la prochaine récolte, le prêtre acheva son discours, et les jeunes chevaliers levèrent enfin les yeux vers lui.

– Jurez-vous loyauté à Notre-Seigneur ? demanda le prélat à chacun d'entre eux, d'un ton emphatique et pourtant plein de tendresse.

Damian sentit son cœur se serrer, tandis qu'il songeait aux périls qui attendaient ces innocents quand ils s'en iraient en guerre. Les récits héroïques des vieux soldats courageux qui, aujourd'hui, s'occupaient de l'écurie de Gareth, ou montaient la garde, ne les avaient en aucune façon préparés à la réalité du combat. Au prix de quelles terribles épreuves parviendraient-ils à la gloire ? S'ils y parvenaient vivants...

– Je jure, fit Edward d'un ton solennel, de respecter

les lois divines, d'honorer les volontés de mon seigneur et frère lord Hadleigh afin que de préserver mon honneur jusqu'à ce que la mort m'emporte.

Gareth brandit l'épée. Il fit un pas en avant et toucha du plat de la lame étincelante l'épaule gauche d'Edward, puis la droite.

– Je te confère le titre de sir Edward St. Gregory, chevalier du royaume et humble serviteur du Christ.

Du coin de l'œil, Damian découvrit les larmes qui roulaient sur les joues de Gloriana. Edward, quant à lui, gardait la tête baissée, comme le requérait l'usage.

L'un après l'autre, ses compagnons se virent donner l'accolade par leurs familles respectives. Leurs pères, frères et oncles étaient pour la plupart des vassaux de Gareth.

Les jeunes garçons se mirent enfin debout, leurs visages juvéniles empourprés par l'émotion. La plupart attendaient ce moment depuis l'âge de sept ans, servant d'abord d'écuyers à un chevalier, avant d'apprendre à monter et à se battre à la lance, à l'épée et à la masse.

Edward se tenait toujours devant son frère aîné, la tête haute, le regard rivé à celui de Gareth. Sans montrer la moindre réticence, ce dernier frappa soudain le visage d'Edward d'un violent coup de poing. L'adolescent esquissa une grimace de douleur, mais ne broncha pas. Le sang coulait de son nez, maculant le devant de sa tunique.

Loin de faiblir, le jeune garçon redressa les épaules, devant son seigneur et frère, empli d'une jubilation nouvelle, et fier comme Artaban d'avoir supporté l'épreuve en vrai chevalier.

– Sale brute ! grommela Gloriana entre ses dents.

– Ce geste fait partie du rituel, intervint aussitôt Damian. Il est destiné à s'assurer que le chevalier ne faiblira pas devant l'adversité.

– Je sais tout cela. Il n'empêche que cette pratique est totalement barbare !

Damian ne répondit pas. Les épreuves que connaîtraient ces jeunes gens dans l'avenir seraient bien plus douloureuses qu'un simple coup assené par leur seigneur. Mais à quoi bon le préciser ? La guerre était une affaire d'hommes.

Après Edward, ce fut au tour de ses compagnons d'être ainsi frappés. Gloriana assista à la scène sans ciller et Damian ne put s'empêcher d'admirer son courage.

La cérémonie s'acheva dans de grands cris de liesse qui se répercutèrent bien au-delà des hauts murs du domaine. Les trompes furent brandies, étincelantes sous les rais du soleil. Les ménestrels entamèrent des airs enjoués, et bientôt la cacophonie balbutiante du départ laissa place à un refrain harmonieux.

Edward, qui avait essuyé son visage maculé de sang du revers de sa manche, fouilla du regard la foule réunie sur l'estrade et ses yeux s'illuminèrent lorsqu'il aperçut Gloriana. Damian en éprouva une brève mais violente pointe de jalousie. Sans réfléchir, il se rapprocha de la jeune femme et lui prit le bras, alors qu'elle s'apprêtait à rejoindre son jeune frère.

Celui-ci vint à leur rencontre et Gloriana se dégagea brusquement pour sauter au cou du nouveau chevalier qui l'embrassa avec fougue avant de la faire tournoyer dans les airs. Ils riaient tous deux aux éclats, oubliant le monde qui les entourait. Damian serra les dents et, pour se raisonner, s'obligea à se rappeler qu'il n'avait aucune intention de garder cette jeune femme pour épouse et que sa jalousie n'avait, par conséquent, pas lieu d'être.

– J'ai un cadeau pour vous, Edward, déclara Gloriana, le visage rayonnant. Je l'avais dissimulé depuis la foire d'été et je dois avouer que j'ai eu bien du mal à garder le secret jusqu'à aujourd'hui.

– Où est-il ? fit le nouveau chevalier en gardant la main de la jeune femme dans la sienne.

Tout à coup, il se souvint de la présence de Damian et reporta son attention sur son frère. Ce dernier lui offrit ses félicitations, sans effusion particulière, toutefois. Plus tard, après le souper, il donnerait à Edward le poignard au manche serti de pierres précieuses qu'il lui avait acheté en Italie. Gareth, quant à lui, récompenserait le jeune garçon en lui cédant l'une de ses plus belles montures ainsi qu'une armure.

Edward remercia brièvement Damian avant de s'éloigner en compagnie de Gloriana, trop impatient de découvrir le cadeau qu'elle lui avait réservé. Le seigneur de Kenbrook les observa d'un air pensif. Malgré la différence d'âge, Edward ferait à n'en pas douter un excellent mari pour la jeune femme. Son frère ne possédait aucune terre, et bien sûr pas de fortune personnelle, mais Gloriana pourrait sans peine subvenir à leurs besoins. Et puis, Edward l'avait confessé lui-même, il était fort épris d'elle et était prêt à bien des sacrifices pour la conquérir.

Damian aurait dû envisager tout cela d'un bon œil. Alors pourquoi était-il si furieux de voir la complicité qui unissait les deux jeunes gens ? N'était-ce pas son souhait le plus cher que de se débarrasser enfin de Gloriana ? Oui, mais pas dans ces conditions ! Il s'en tiendrait à son plan initial. Gloriana serait enfermée dans un couvent où elle serait en sécurité...

Et où elle ne connaîtrait pas les caresses d'un autre !

Jurant entre ses dents, Damian passa une main dans ses cheveux et chercha Gareth parmi la foule. Mais avant qu'il n'ait pu le rejoindre, quelqu'un l'agrippa par la manche.

– Monsieur ?

C'était Fabienne, la domestique de Marianne. Agacé, il fit volte-face et affronta sans plaisir la mine revêche de la femme de chambre. Jamais ils n'avaient été amis. Il aurait pourtant suffi d'un petit effort de part et d'autre pour briser la glace, mais jusqu'ici, ni lui ni elle ne s'était montré disposé à le faire. Le regard accusateur de Fabienne déclencha toutefois en Damian un certain malaise.

– Comment se porte votre maîtresse ? demanda-t-il avec une soudaine inquiétude.

– Elle va bien, monseigneur, répliqua Fabienne en français, et je suis ravie de voir que vous vous en souciez enfin.

Bien que Damian comprît parfaitement cette langue, il savait pertinemment que l'obstination de la domestique à ne pas user de l'anglais n'était qu'une preuve de plus de son hostilité. Sans compter qu'elle se permettait de lui faire des reproches. Sur le point de la rembarrer, il décida brusquement de ne pas relever la pique. Cette journée appartenait à Edward et aux autres chevaliers nouvellement promus. Du reste, il n'avait aucun motif de se sentir coupable. Si Marianne n'était pas à son côté aujourd'hui, c'était uniquement parce qu'elle avait décliné son invitation à assister aux festivités.

Si seulement la jeune Française n'était pas d'une timidité aussi maladive...

– Alors que voulez-vous ? aboya-t-il.

Fabienne sourit.

– Un simple tribut pour Mademoiselle, afin de lui montrer toute l'affection que vous avez pour elle. Un colifichet, un ruban, un penny, peut-être...

Damian, qui n'avait bien évidemment ni colifichets ni rubans sur lui, sortit sa bourse et en extirpa une pièce. La domestique s'en saisit et la glissa aussitôt dans une poche accrochée à la ceinture de sa robe, sous l'œil ironique de Damian.

Il était clair que Marianne ne verrait jamais la couleur de cet argent. Enfin, il venait au moins de s'offrir un bref répit ! Cette femme avait une langue de vipère, et mieux valait se la concilier pour l'instant. Il se promit néanmoins que dès qu'il aurait épousé Marianne, l'impudente Fabienne serait illico rembarquée vers la France.

– Dites à lady Marianne qu'elle pourra, si elle le souhaite, nous retrouver sur le pré pour contempler la joute.

Son interlocutrice se borna à grommeler avant de tourner les talons.

– Quelle détestable créature ! commenta Gareth en s'approchant. Pourquoi lui as-tu donné de l'argent ?

Damian se tourna vers son frère, à la fois agacé qu'il ait assisté à la scène et content de le retrouver.

– Ne le répète à personne, déclara-t-il en lui tapotant affectueusement l'épaule. Je l'ai payée pour qu'elle me fiche la paix !

Gareth hocha la tête.

– Parlant de femmes, où est donc la tienne ?

Damian s'efforça de conserver le sourire.

– Lady Gloriana s'est éclipsée avec Edward. Du diable si je sais ce qu'ils sont devenus ! Et ta bien-aimée Elaina est-elle là aujourd'hui ? s'enquit-il en changeant abruptement de sujet.

– Non, elle n'avait pas envie d'assister à la cérémonie ; elle nous rejoindra pour le souper.

– Ce qui laisse le champ libre à ta maîtresse, j'imagine.

– Surveille ta langue ! Ton insolence pourrait te coûter cher ! Mais, pour ta gouverne, sache qu'Annabel est bien trop discrète pour apparaître en public avec moi, et les consolations qu'elle m'offre n'ont pas à être étalées au grand jour.

Damian réprima un soupir. Si seulement il avait pu lui aussi trouver ce genre de réconfort... Mais il était seul. Seul avec ses tourments... Gloriana était son épouse, néanmoins il ne pouvait partager son lit. Et il ne se tournerait pas vers Marianne car il n'était pas homme à déflorer une vierge sans l'avoir épousée au préalable.

Il lui serait certes aisé de rencontrer une créature conciliante et peu farouche – en fait, plusieurs lui avaient déjà proposé leurs services – mais il avait perdu le goût de courir la gueuse.

– Je t'envie, confessa-t-il, en se voyant aussitôt gratifier d'un sourire moqueur. Mais dis-moi, très sage frère, comment fais-tu pour coucher avec l'une de ces femmes tout en vénérant l'autre ?

Damian regretta immédiatement ses paroles car le sourire de Gareth disparut comme par enchantement, remplacé par une expression douloureuse.

– Il vient un temps, avoua son frère aîné d'une voix étranglée, où la solitude devient intolérable.

– Je suis désolé. Je n'avais pas le droit de dire de telles choses.

– Tu m'offriras une pinte de bière pour ta peine, suggéra Gareth en recouvrant son sourire.

Il donna une grande tape dans le dos de Damian.

– Je te rejoins tout de suite, répondit ce dernier avec un éclat de rire. Mais avant, je voudrais m'assurer de quelque chose...

– Vous plaît-elle ? demanda Gloriana tandis qu'Edward effleurait le doux cuir de la selle qu'elle venait de lui donner.

Ils se trouvaient dans le minuscule jardin contigu à la chambre de la jeune femme et l'air embaumait un enivrant parfum de roses.

– Oh, Gloriana ! s'exclama l'adolescent, les yeux brillants, c'est la plus belle selle qu'un homme ait jamais possédée !

– Qu'un chevalier ait jamais possédée, vous voulez dire, corrigea la jeune femme avec fierté.

Elle savait mieux que personne combien le cœur de son compagnon était bon, combien son âme était noble. Cette distinction, il la méritait plus que quiconque.

– Aujourd'hui vous recevrez un étalon, une armure, et bientôt une magnifique épée, un bouclier et une lance. Mais qu'adviendra-t-il du pauvre Odin ?

Edward sourit en songeant au vieil hongre pommelé, la monture de son enfance.

– Il jouira d'une retraite méritée, ne portera rien de plus lourd désormais que mon écuyer et se nourrira d'herbe bien grasse, répondit-il en soulevant sa nouvelle selle. Merci, Gloriana.

La jeune femme se mordit la lèvre. Elle avait les larmes aux yeux, tant son affection pour son beau-frère était grande.

– Ne me remerciez pas, sir Edward. Promettez-moi seulement de bien faire attention à vous à l'avenir.

Il se tenait tout près d'elle. Lentement, il se pencha et lui embrassa le front.

– S'il me faut tuer des dragons et repousser des hordes de Turcs, je le ferai, tout comme Arthur, le roi guerrier. Mais alors, m'aimerez-vous ?

Elle redressa la tête, regrettant de ne pouvoir éprouver pour lui la passion qu'elle nourrissait à l'endroit de son frère.

– Je vous aimerai jusqu'à mon dernier souffle, déclara-t-elle tandis qu'une larme roulait sur sa joue.

Edward soupira.

– Comme un frère ?

Gloriana se mordit la lèvre, avant de hocher la tête.

– Oui.

Du bout des doigts, il lui effleura la joue, comme pour effacer son chagrin.

– A présent que je suis lié par l'honneur, je me dois de vous dire la vérité, lady Gloriana. Il n'est pas dans mes habitudes de renoncer facilement. Je vous veux, corps et âme, et rien ni personne ne pourra me faire changer d'avis.

– Vous vous trompez. Un jour, bientôt je l'espère, vous rencontrerez l'amour auprès d'une jeune fille...

– Je pense plutôt qu'on arrangera un mariage pour moi, coupa-t-il avec un sourire amer.

– Peut-être. Mais qu'importe, ne perdez pas votre temps avec moi.

Il lui avait pris la main et la porta à ses lèvres pour la baiser.

– Si tu l'embrasses, Edward, intervint brusquement

une voix menaçante derrière eux, je te préviens que, frère ou non, je te tue.

Gloriana recula vivement et regretta aussitôt son geste. Après tout, elle ne faisait rien de mal ; elle n'avait pas à se sentir coupable. Et sûrement pas devant son époux, cette brute insensible !

Edward toisa Damian d'un air méchant, sans lâcher la main de la jeune femme.

— Attention, Kenbrook ! Il faudrait peut-être que tu te décides enfin à faire ton choix. Avoir deux femmes n'est pas très bien vu dans la chrétienté...

« Pourquoi ne se tait-il pas ? » songea Gloriana, effrayée par le sang-froid et l'audace d'Edward. Apparemment, son adoubement lui avait conféré bien plus que le droit d'être appelé sir, il l'avait littéralement métamorphosé.

— Ecarte-toi d'elle ! ordonna Damian.

Le jeune chevalier continua de le défier du regard, apparemment sans la moindre intention d'obéir. Mais Gloriana, décelant la menace sous les paroles de son époux, s'empressa de dégager sa main.

— Je t'ai posé une question, Kenbrook, insista Edward. Vas-tu enfin te décider à choisir !

— Je n'ai aucun compte à te rendre ! Va, à présent ! Gareth t'attend sur le pré avec ta nouvelle monture, ton arme et ton épée. Tu pourras y faire sans danger le faraud devant les damoiselles et montrer que tu es devenu un homme sans risquer de recevoir un mauvais coup !

Edward pâlit de rage et fit un pas vers son frère. Prise de panique, Gloriana le retint par le bras et intervint, les yeux rivés sur son époux et sans cacher la fureur qu'il lui inspirait.

— Nous avons conclu une trêve, vous et moi, lança-t-elle à Damian, aussi tiendrai-je ma langue. Mais je vous promets que dès demain matin, je ne me gênerai pas pour vous dire ce que je pense de vos façons de brute !

Contre toute attente, Damian rejeta la tête en arrière et partit d'un grand rire qui exaspéra encore davantage la jeune femme. Edward, les poings serrés, se dégagea alors pour venir se planter devant son frère.

– Tu m'insultes, déclara-t-il en gonflant la poitrine. Et si tu doutes que je sois devenu un homme, je suis à ta disposition pour te le prouver !

Le cœur de Gloriana manqua un battement, tandis qu'un silence pesant tombait sur eux, chargé de haine et de rancœur. Si Edward défiait son frère en combat singulier, leur affrontement n'aurait qu'une issue... Refrénant la rage que lui inspirait Damian, elle l'implora du regard.

– Tu n'as pas besoin de me prouver quoi que ce soit, Edward, répliqua enfin ce dernier. Et même si je réprouve ta manière de faire la cour à mon épouse, tu as au moins raison sur un point : je vais devoir choisir entre Marianne et Gloriana. Quand, cela ne regarde que moi ! Mais pour l'heure, je te rappelle que tu es le héros du jour et que tu te dois à nos invités.

Damian avait eu le dernier mot. Médusée, Gloriana ne savait plus que penser. Les aveux de son époux étaient plutôt troublants ; jamais elle n'aurait imaginé qu'il eût encore un choix à faire ! Lui qu'elle croyait si fort épris de Marianne n'avait donc pas encore arrêté sa décision de l'épouser ? Malgré l'arrogance dont Damian faisait montre à son endroit, elle sentit renaître en elle un vague espoir...

Conscient que compagnons et spectateurs l'attendaient sur le champ de joute, Edward hissa à regret sa nouvelle selle sur son épaule et jeta un coup d'œil interrogateur à Gloriana.

– Je vous rejoins dans quelques minutes, déclara-t-elle avec un sourire contraint.

Damian s'effaça pour laisser passer son jeune frère.

– Je pensais vraiment qu'il se battrait, commenta-t-il en le regardant s'éloigner.

Les jambes coupées, Gloriana s'assit sur le banc de pierre.

– S'il avait péri sous votre lame, je ne vous l'aurais jamais pardonné, fit-elle lentement.

– Vous l'aimez donc ?

– Oui, répondit-elle d'un ton grave. Mais pas comme vous le croyez. C'est un noble et tendre cœur.

– Peut-être conviendrait-il mieux que moi à une femme comme Marianne... confessa Damian, la voix songeuse.

Gloriana faillit se pincer pour croire qu'elle avait bien entendu. Rêvait-elle tout éveillée ?

– Peut-être, souffla-t-elle, la gorge étranglée par l'émotion.

Damian, qui avait pris place sur le banc, lui sourit. Et tout à coup, Gloriana eut l'impression que le soleil se faisait plus éclatant, plus chaud.

Embarrassée par le tour que prenait la conversation, elle se leva.

– Y a-t-il quelque chose que vous souhaitiez me dire, monseigneur ? Car même si je n'aime pas beaucoup voir Edward et ses amis fondre les uns sur les autres avec leurs lances, je ne voudrais pas leur faire faux bond. Or, j'imagine que les festivités du tournoi ne vont pas tarder à commencer, si ce n'est déjà fait.

En un éclair, Damian fut debout à son tour et, avant qu'elle ait pu prévoir son geste, il la prit dans ses bras et la plaqua contre son torse.

– Oui, murmura-t-il, il y a quelque chose que j'aimerais vous dire, lady Kenbrook. Il n'est pas question que vous embrassiez un autre que moi.

Leurs bouches n'étaient qu'à quelques centimètres l'une de l'autre. Gloriana fut parcourue d'un long frisson.

– C'est un engagement impossible à tenir, protesta-t-elle d'une voix tremblante. Et... je ne l'accepterai que si vous me faites la même promesse.

– Qu'à cela ne tienne, la taquina Damian. Je vous fais la promesse de ne pas embrasser un autre homme.

Le rire du seigneur de Kenbrook était comme une caresse. Les lèvres de la jeune femme s'entrouvrirent malgré elle.

L'instant d'après, il s'emparait de sa bouche, gentiment d'abord, puis avec une fougue qui lui coupa le souffle. Elle avait l'impression que son cœur allait exploser dans sa poitrine ; ses seins se gonflaient et une douce chaleur se répandait dans son ventre tandis qu'il l'embrassait avec passion, comme pour la marquer de son sceau.

Lorsqu'il la lâcha enfin, Gloriana s'écarta et s'adossa contre la grille pour reprendre sa respiration. Du bout des doigts, Damian lui caressa le visage.

– Que Dieu me vienne en aide, chuchota-t-il d'une voix rauque, car je suis sûrement maudit...

6

Au cours des joutes qui se poursuivirent l'après-midi durant, le regard de Gareth se posa à plusieurs reprises sur Damian et Gloriana, et chaque fois la même stupéfaction l'envahissait. Son frère arborait une expression rayonnante. Quant à Gloriana, elle semblait métamorphosée, comme si tout à coup elle s'était enfin extirpée de sa chrysalide pour apparaître dans toute sa splendeur de femme.

Il ignorait ce qui s'était passé mais une chose était sûre, Damian et Gloriana paraissaient s'entendre comme larrons en foire. Ils regardaient le champ de bataille avec la même ferveur, discutant comme si plus rien ni personne n'existait sinon eux. Si seulement ces deux-là pouvaient se réconcilier et envisager de consommer leur union...

Hélas, Gareth ne se faisait guère d'illusions. Cette trêve entre eux n'était probablement que temporaire et inspirée par le caractère exceptionnel de la journée. Dès que le quotidien reprendrait ses droits, Gloriana et Damian seraient de nouveau à couteaux tirés.

Tandis que les trompes annonçaient la fin du dernier combat de l'après-midi, Gareth sortit son mouchoir de la poche de sa tunique et le passa sur son visage ruisselant de sueur. Malgré la profonde affection qu'il vouait à Damian et à Gloriana, ses raisons de vouloir leur réconciliation n'étaient pas seulement d'ordre sentimental. Si son frère s'entêtait à casser son mariage, les larges dividendes que rapportait pour l'heure la société du père de Gloriana seraient bientôt perdus. Tout comme les terres, les propriétés et la flotte de commerce qui repasseraient alors sous le seul contrôle de la jeune femme, et le domaine des St. Gregory dépérirait.

D'un geste nerveux, Gareth se frotta la nuque et laissa échapper un juron. Il ne pouvait permettre un tel désastre. Il lui fallait prendre des mesures, même si cela lui rebutait de se mêler d'une histoire qui ne le concernait pas.

Il se pencha vers l'un de ses hommes d'armes et, à voix basse, lui donna les ordres nécessaires.

Les chevaliers avaient soulevé derrière eux des nuages de poussière et après avoir assisté à leurs vaillantes démonstrations de joute, Gloriana, comme tous les spectateurs, était sale de la tête aux pieds. Profitant d'un intermède avant les prières du soir, au cours desquelles Edward et ses compagnons offriraient leur totale dévotion à Dieu, elle décida de se glisser jusqu'à sa chambre pour s'y laver et s'y changer.

Damian, qui s'était montré de charmante compagnie tout l'après-midi, l'escorta jusqu'au vestibule. L'atmosphère s'était considérablement réchauffée entre eux depuis l'instant où il l'avait embrassée, mais Gloriana craignait de laisser l'espoir l'aveugler. Il y avait encore Marianne, et la menace d'être claquemurée jusqu'à la fin de ses jours dans un couvent subsistait envers et contre tout.

Au moment où elle s'éloignait, Damian la saisit par le bras et l'attira contre lui.

– Ne soyez pas longue, déclara-t-il d'un ton caressant.

Gloriana sentit le rouge lui monter aux joues, tandis

que son cœur battait la chamade. Elle secoua finalement la tête.

– Non, monseigneur, répondit-elle dans un souffle,
sans moquerie aucune.

Satisfait, il la relâcha et elle prit ses jambes à son
cou.

Judith avait fait apporter le baquet dans sa chambre.
Rapidement, Gloriana entra dans l'eau et se lava. Le
soleil baignait la pièce d'une douce lumière, la caressant de ses derniers rayons. Dans le lointain s'élevaient
les chants joyeux des ménestrels.

– J'étais très fière de sir Edward, commenta Judith
qui, elle aussi, avait suivi les exploits du jeune homme.
D'ailleurs, je n'étais pas la seule. Il a trouvé une grande
admiratrice en la Française que votre mari a ramenée
ici.

Une pointe de culpabilité frappa Gloriana. Toute à la
splendeur du spectacle, elle en avait totalement oublié
Marianne, qui avait dû se sentir bien seule.

– Comment le sais-tu, Judith ? C'est à peine si la malheureuse a quitté sa chambre depuis son arrivée à Hadleigh Castle.

La domestique hocha la tête, apparemment impatiente de révéler ses sources.

– Vous avez raison, milady. Mais elle est demeurée
tout l'après-midi à sa fenêtre, d'où elle n'a pas perdu
une miette de la cérémonie d'adoubement.

Malgré la sympathie qu'elle éprouvait pour
Marianne, Gloriana en conçut une irritation soudaine.

– Dans ce cas, elle regardait certainement le seigneur de Kenbrook, et non son frère.

– Oh, non, milady ! protesta la domestique en aidant
Gloriana à boutonner sa robe de satin vert foncé. Elle
n'a pas quitté sir Edward du regard. C'est ma sœur,
Mag, qui me l'a assuré. Elle a passé l'après-midi près
de la Française car Fabienne avait la migraine et gardait le lit.

Peut-être Judith disait-elle vrai en fin de compte, songea Gloriana. Edward s'était montré sous un jour particulièrement flatteur aujourd'hui et il n'y avait rien de surprenant à ce que Marianne jugeât le jeune garçon attirant.

Car enfin le seigneur de Kenbrook n'était pas le seul homme beau et désirable de la terre. Un sourire lui monta aux lèvres, tandis qu'elle se mettait à chantonner. Si seulement Edward pouvait s'intéresser de plus près à la délicate Marianne...

La voix implorante de Judith l'arracha à ses pensées :

– Puis-je m'en aller, milady ? Ce soir, tous les serviteurs se réunissent pour faire la fête de leur côté et je voudrais me préparer...

– Vas-y, bien sûr. Et amuse-toi !

Quand la porte se fut refermée sur la domestique, Gloriana tressa ses cheveux de rubans verts et rouges qu'elle laissa flotter dans son dos, puis elle se couvrit les épaules d'une longue cape verte assortie à sa robe et festonnée de satin vermillon. Les cloches retentirent au même instant, appelant chacun à rejoindre la chapelle. La jeune femme examina une dernière fois son reflet dans le miroir puis, avec un sourire rassuré, quitta sa chambre.

L'église était comble. Edward ainsi que ses compagnons de chevalerie se tenaient droit comme des i devant l'autel, resplendissants dans leurs costumes rouges chamarrés d'or. Derrière eux étaient assis Gareth, Elaina ainsi que Damian. Les domestiques, eux, se disputaient les bancs au fond de la chapelle. Gloriana hésita. Devait-elle s'asseoir vers le milieu ou rejoindre les rangs d'honneur. Elle n'eut pas à réfléchir longtemps ; le regard du seigneur de Kenbrook venait de croiser le sien et, de la main, il lui enjoignit d'approcher. Sans plus attendre, elle longea les bancs sur l'aile gauche. Son époux s'était lui aussi changé et arborait une tunique sombre brodée de minces fils d'or.

Avant de s'asseoir, Gloriana se pencha pour gratifier lady Elaina d'un baiser sur la tempe. Au passage,

Gareth se tourna vers elle et la salua d'un bref hochement de tête. Il semblait préoccupé.

Elle n'eut pas le temps de s'en alarmer car Edward, jetant au même instant un coup d'œil par-dessus son épaule, lui offrit un sourire éclatant. La jeune femme sentit aussitôt Damian se raidir à ses côtés.

— Quel impudent ! grommela-t-il entre ses dents.

Gloriana se mordit la lèvre pour ne pas éclater de rire.

— Un peu d'indulgence, seigneur Kenbrook, le gourmanda-t-elle gentiment. Nous sommes ici dans la maison du Seigneur. C'est d'ailleurs dans cette même chapelle que notre mariage a été célébré ; je me trompe ?

— Je suppose, répondit Damian d'un ton neutre. J'étais déjà en route pour l'Italie quand mon fondé de pouvoir a prononcé le serment à ma place.

De toute évidence, la chapelle ne lui rappelait aucun souvenir marquant. Il n'en était pas de même pour Gloriana. Elle se rappela tout à coup être venue ici autrefois avec Edwenna, afin de prier pour que personne ne découvre le secret qu'elles partageaient avec lady Elaina. Ce terrible secret...

— Gloriana ?

La voix de Damian, teintée d'inquiétude, la tira de ses pensées.

— Vous allez bien ? Dieu soit loué, vous reprenez des couleurs !

Cette sollicitude nouvelle lui réchauffa le cœur. Elle avait bien cru s'évanouir, ce qui ne lui était jamais arrivé auparavant, même le jour où elle était tombée d'un pommier et s'était cassé le bras. Etait-ce ici, en Angleterre, ou dans cet autre pays au-delà de la mer et du temps ?

— Gloriana ! insista Damian.

Cela se passait en été... Elle se trouvait dans le vaste jardin des Saunders et, surprise par le carillon du portail, avait basculé dans le vide...

— Je vais bien, murmura-t-elle, bouleversée, tandis

que le frère Cradoc prenait place derrière l'autel pour le début des vêpres.

En dépit de ses efforts pour les chasser, les souvenirs se firent soudain plus présents, comme si un voile venait de se déchirer.

Elle s'était cassé le bras en Amérique.

Elle était arrivée à Londres non par bateau, mais à bord d'une immense carlingue bruyante qu'on appelait un avion. Elle et ses parents avaient des sièges en première classe, et ces derniers avaient passé le voyage à boire des cocktails et à se disputer à voix basse. Ils avaient l'intention de divorcer et chacun exigeait de l'autre qu'il se charge de l'éducation de « l'enfant », comme ils la nommaient. Elle avait pourtant un prénom : Megan. C'était ce jour-là qu'ils avaient décidé de la mettre dans un pensionnat.

Gloriana ferma les yeux, cependant qu'une vague de désespoir la submergeait, si forte qu'elle vacilla. Elle serait tombée si Damian, au même moment, ne lui avait pas passé le bras autour de la taille, la rattrapant in extremis alors que le prêtre entamait son sermon.

– Qu'y a-t-il ?

Si seulement elle pouvait tout lui révéler... pensa-t-elle en tentant tant bien que mal de recouvrer ses esprits.

Savoir que ses propres parents ne voulaient pas s'embarrasser d'elle... Cette réminiscence était de loin la plus douloureuse. Jamais elle ne l'avait confié à quiconque. Mais à part Elaina et sa mère adoptive, nul ne connaissait sa véritable histoire. Même Cyrus, son père adoptif, avait été tenu dans l'ignorance de son passé. Il avait cru Gloriana orpheline, et lorsque Edwenna la lui avait amenée en affirmant l'avoir tirée d'un couvent à l'âge de cinq ans, il avait accepté cette enfant comme un don du ciel.

D'aussi loin qu'elle s'en souvînt, le marchand n'avait jamais posé de questions et l'avait toujours traitée avec une gentillesse dont son propre père avait été incapable.

Une dot avait été constituée et un testament signé instituant Gloriana seule et unique héritière de Cyrus. Lui et Edwenna l'avaient élevée avec amour, lui offrant un foyer plein de tendresse, de joie, de sécurité, et elle leur serait éternellement reconnaissante d'avoir changé le cours de sa vie...

Revenant au présent, elle s'aperçut que la cérémonie était presque achevée. L'un après l'autre, les chevaliers se levaient pour poser leurs épées sur l'autel et jurer fidélité au Tout-Puissant.

Edward fut le dernier à procéder au rituel, nimbé par la lumière rougeoyante du soleil couchant qui filtrait à travers les vitraux de la chapelle. Mais au lieu de ranger son épée, il quitta brusquement le dais de l'autel et se posta devant Gloriana.

Il tomba alors à genoux et déposa son arme aux pieds de la jeune femme.

– Je vous servirai et vous défendrai jusqu'à ce que la mort en décide autrement, déclara-t-il d'une voix solennelle.

Un long silence s'ensuivit, puis des murmures étouffés se firent entendre. Damian, lui, ne disait mot.

Gloriana se pencha en avant, prit le visage d'Edward entre ses mains et lui baisa le front. Rouge de plaisir et de confusion, le jeune garçon glissa l'épée dans son fourreau et rejoignit ses compagnons devant l'autel.

Le service s'acheva enfin et Gareth fut, comme à l'accoutumée, le premier à se mettre debout, suivi de lady Elaina, fine et racée dans sa robe de soie bleu pâle. Après eux, ce fut au tour du frère Cradoc et des huit chevaliers dans leurs magnifiques livrées de quitter la chapelle. Edward hésita en dépassant Gloriana, comme s'il désirait ajouter quelque chose à son serment, mais il se ravisa et poursuivit son chemin.

D'un geste possessif, Damian prit alors le bras de la jeune femme comme si c'était la chose la plus naturelle qui fût et l'entraîna vers le parvis. Dehors, les torches flambaient dans le crépuscule, éclairant les lieux comme en plein jour. Une ambiance de liesse régnait dans la grande cour où bouffons, saltimbanques, acrobates s'agitaient en tous sens. Et dans l'air tiède flottait le délicieux fumet des gibiers rôtis.

Ce soir, la cour serait envahie de danseurs et de rires, pour une fête aussi somptueuse que celles de Pâques et de Noël. Gloriana, tout comme chacun au château, avait attendu cette journée avec impatience. Mais brusquement, elle n'était plus sûre de vouloir y assister. Et si Edward se lançait dans une autre action d'éclat ? Devait-elle s'en aller, devait-elle rester ? Elle était si lasse, soudain...

Damian, qui ne lui avait pas adressé un mot depuis l'office, la planta tout à coup près de la fontaine, pour revenir, quelques instants plus tard, avec un morceau de viande et un gobelet de vin qu'il lui tendit.

– Mon jeune frère est décidément téméraire, commenta-t-il d'un ton sarcastique, comme s'il avait deviné ses pensées.

– Je vous en prie, ne perdez pas patience avec lui, temporisa-t-elle. Edward n'a que seize ans, et sa fougue est celle de la jeunesse. Il s'assagira bientôt.

– Peut-être... En attendant, son amour pour vous lui inspire sottise sur sottise.

– J'espère qu'il ne s'agit que d'une passade, répondit Gloriana en songeant, le cœur serré, au geste insensé du jeune garçon à la chapelle et à son expression éperdue lorsqu'il lui avait fait le serment de la protéger à jamais.

– Rien ne le dit. Et rien ne dit non plus que vous ne lui rendez pas au centuple l'amour qu'il vous porte...

Il y a peu encore, cette remarque aurait profondément agacé la jeune femme ; aujourd'hui, elle n'en éprouvait qu'une profonde désolation.

– Non. Jamais je n'aimerai Edward comme il le souhaite, c'est impossible.

Les yeux bleus de Damian la scrutèrent avec intensité. Dans la lumière pourpre du crépuscule, il était particulièrement séduisant.

– Parce que vous en aimez un autre ?

– Malheureusement, oui, lâcha-t-elle, regrettant aussitôt d'en avoir dit aussi long.

Son compagnon se pencha et effleura du bout des doigts ses lèvres tremblantes. Elle frissonna. Dieu, pourquoi avait-il un tel pouvoir sur elle ?

– Ce soir, souffla-t-il avec un sourire ravageur, dansons et amusons-nous, profitons pleinement de la nuit. Demain, nous aurons tout le temps de nous déclarer de nouveau la guerre.

Gloriana lui rendit son sourire mais son cœur était lourd de tristesse. Quelles épreuves l'attendaient demain ? Une fois déjà, elle avait vécu le drame d'un divorce. Celui de ses parents. A présent, il s'agissait du sien ; le cauchemar recommençait.

– Vous avez raison. Demain est un autre jour.

Assise près de son mari, lady Elaina regrettait déjà la tranquillité de sa minuscule chambre au couvent tout en observant d'un air pensif Damian et Gloriana évoluer parmi les danseurs.

– Vous avez raison, déclara-t-elle d'un ton posé à Gareth qui venait juste de lui confier ses projets. La nuit est magique, mais si pour le moment votre frère et Gloriana s'entendent à merveille, je crains que demain, quoi que vous fassiez, ils ne recommencent à se déchirer.

– Voilà pourquoi je dois agir. J'ai honte de ce que je vais tenter, mais ai-je le choix ? La situation est grave.

Elaina lui tapota le bras d'un geste réconfortant.

– Trop pour être laissée au hasard, je l'admets avec vous. Toutefois, malgré vos efforts, rien ne nous assure du succès de votre entreprise.

Avec un soupir, elle posa la tête sur l'épaule de son époux. Dire qu'autrefois ce torse puissant et cette carrure impressionnante avaient éveillé tant de désir en elle... Mais depuis que cette maladie étrange l'avait assaillie, la submergeant d'une sombre mélancolie, elle était soulagée de laisser de tels charmes à sa rivale irlandaise.

– Je suis lasse, déclara-t-elle. Peut-être l'un de vos hommes accepterait-il de me ramener chez moi à l'abbaye.

Gareth lui coula un regard tendre mais chargé de peine.

– Chez vous, Elaina ? Mais c'est ici, chez vous ! Ne reviendrez-vous donc pas vivre à Hadleigh Castle ?

Elle le regarda en silence, le cœur serré. Jamais elle ne pourrait lui expliquer... Pour cela, il aurait fallu lui parler de Gloriana et du monde qui se trouvait derrière la grille étoilée de l'abbaye, ainsi que de l'étrange destinée qui les attendait tous. A quoi bon ? Il ne la croirait pas.

– Non, mon amour. Mais, je vous en conjure, ne pleurez pas ma perte.

Malgré sa prière, des larmes embuèrent les yeux de son époux.

– Vous me demandez l'impossible, répondit-il, sans toutefois insister.

Elle lui en fut reconnaissante. Plus tard, quand la fête s'achèverait, il se tournerait vers sa maîtresse irlandaise, Annabel, et chercherait le réconfort que son épouse ne pouvait plus lui donner.

– Venez, ajouta-t-il. Je vais vous reconduire.

Gentiment, il la porta sur son propre cheval et ils chevauchèrent jusqu'aux vantaux de l'abbaye, qui s'ouvrirent à leur approche. Autrefois, songea Elaina tristement, elle et son mari empruntaient ce sentier lorsque Gareth l'emmenait au fond des bois et lui faisait l'amour sur un tapis d'herbe. Dieu, que ce temps lui semblait lointain...

L'abbesse les attendait sur le seuil. Elaina effleura d'une main douce le visage de son époux.

– Que Dieu vous garde, mon chéri, souffla-t-elle en l'embrassant sur la bouche avec amour.

Sur ces mots, elle se laissa glisser jusqu'au sol avec l'agilité d'une cavalière accomplie.

Gareth la regarda rejoindre la religieuse puis ferma le portail derrière elles. Tout en s'éloignant dans la nuit, Elaina pleurait pour tout le mal qu'elle causait, et tout ce qu'elle avait perdu. Sœur Margaret, qui marchait à son côté, semblait toute pensive.

– C'est étrange, dit-elle alors qu'elles pénétraient dans le couvent. Tandis que je vous attendais, il m'a semblé distinguer une lumière, au loin, dans la tour de Kenbrook Hall. Qui, croyez-vous, pourrait se trouver dans cette ruine à pareille heure ?

Elaina se garda bien de répondre. Il y avait des choses qu'elle ne pouvait révéler, même à sa meilleure amie.

A l'exception de quelques discrets coups d'œil dans sa direction, Edward évita Gloriana la soirée durant, et la jeune femme s'en trouva grandement soulagée. Elle ne l'épouserait pas, sa décision était irrévocable, mais pour rien au monde elle ne voulait le faire souffrir.

La fête s'achevait. Peu à peu, les hommes quittaient la cour pour prendre la direction de la taverne, conduits par les huit nouveaux chevaliers. Les saltimbanques avaient disparu. La lumière des torches faiblissait quand Gloriana s'écarta de Damian et lui souhaita une bonne nuit avant de s'éloigner à travers les jardins plongés dans l'obscurité pour gagner ses appartements.

Jamais elle n'avait eu peur en empruntant ce chemin, car elle connaissait les lieux depuis sa prime enfance. Ce soir, pourtant, un pressentiment bizarre l'assaillit et, alors qu'elle dépassait une haute haie de buis, un bruit de pas derrière elle la fit soudain sursauter.

Priant pour qu'il s'agisse d'Edward ou de Damian, elle fit volte-face, les poings plantés sur les hanches.

– Qui que vous soyez, allez-vous-en immédiatement ! ordonna-t-elle d'une voix qu'elle voulait brave.

La seconde d'après, un bras se refermait sur sa taille, tandis qu'une main se plaquait sur sa bouche.

– N'ayez pas peur, milady, souffla une voix familière qu'elle ne put toutefois identifier. Personne ne vous fera de mal.

Guère rassurée pour autant, Gloriana se débattit comme un beau diable, mais en vain. Son assaillant possédait une force et une ténacité hors du commun...

Tandis qu'elle essayait vainement de se libérer, des hommes surgirent des ténèbres et aidèrent son agresseur à la bâillonner et à la ligoter.

Tous ses sens étaient en alerte, dans l'espoir d'un secours miraculeux, mais ni Damian ni Edward ni Gareth ne vinrent à son aide. Elle fut hissée dans une charrette, et recouverte de foin. La paille l'empêchait de respirer, et la panique s'empara d'elle tout à coup.

Elle s'efforça de la refouler. Elle devait conserver son calme pour réfléchir au moyen de s'enfuir. Etait-ce un tour ourdi par Edward et ses compagnons ? Non, probablement pas. Jamais son jeune beau-frère n'aurait agi aussi perfidement...

Un frisson la parcourut, cependant qu'elle se rappelait ces terribles histoires entendues dans la bouche de serviteurs, au coin du feu, le soir. Et si son assaillant n'était autre que Merrymont, l'ennemi juré des St. Gregory ? Ou un bandit de grands chemins qui avait l'intention de l'emmener loin d'Angleterre pour la vendre à un sultan ?

Elle tenta de se concentrer. La charrette n'avait pas emprunté la grande cour ni franchi le pont-levis. Autrement dit, ils ne se dirigeaient pas vers le village, mais plutôt du côté du lac. Elle ne tarda pas, en effet, à percevoir dans le lointain le bruissement cristallin de l'eau et crut même, à travers l'épaisse couche de foin qui l'enveloppait, sentir ses effluves humides. Plus loin se dressait Kenbrook Hall !

Gloriana cessa un instant de respirer. Kenbrook Hall, le domicile officiel de Damian St. Gregory, cinquième baron de Kenbrook... C'était indéniablement lui le coupable ! Elle aurait dû se douter que, derrière ses mots tendres et le baiser qu'il lui avait volé, se tramait quelque sombre machination. Elle aurait dû se méfier de cet homme. Certes, elle savait que l'affrontement les opposant devait reprendre de plus belle le lendemain matin, mais elle n'avait pas imaginé un seul instant que Damian enfreindrait leur trêve pour se jouer d'elle impunément.

La colère la submergea.

Le seigneur de Kenbrook paierait cher sa perfidie. Sur l'âme de saint Andrew, elle jurait de prendre sa revanche.

Le voyage jusqu'aux ruines abandonnées lui parut une éternité... La lune s'était glissée derrière les nuages et il faisait nuit noire quand ils atteignirent enfin Kenbrook Hall. Là, Gloriana fut libérée de son carcan de paille. Elle ne reconnaissait toujours pas ses geôliers, mais cela n'avait plus aucune espèce d'importance ; elle savait qui ils étaient.

Comme un ballot, la jeune femme fut portée à travers la cour jonchée de moellons, jusqu'à l'intérieur de la lugubre bâtisse. L'endroit ne l'impressionnait cependant pas plus que ça. Elle et Edward étaient souvent venus jouer ici par le passé. Il était Arthur, et elle Guenièvre, son épouse. A eux deux, ils triomphaient toujours de hordes de dragons féroces et de chevaliers félons...

Ce souvenir la réconforta quelque peu, et elle ne chercha plus à résister à ses ravisseurs. Elle préférait garder ses forces pour le moment où elle pourrait leur fausser compagnie et s'enfoncer dans le dédale des passages dérobés, le moment où elle damerait le pion à lord Kenbrook...

Après qu'ils eurent monté un escalier, deux grandes portes s'ouvrirent en grinçant sur leurs gonds, et Glo-

riana cilla, éblouie. La pièce était éclairée par une profusion de torches.

– Reposez-la tout de suite, espèces de brutes, ou je
vous ferai fouetter ! gronda une voix qui n'était pas celle
du seigneur de Kenbrook, mais celle de... Gareth !

Gareth !

Tandis que les guerriers l'installaient sur une chaise,
la jeune femme ouvrit de grands yeux devant son beau-
frère. Le bâillon qu'elle avait toujours sur la bouche
l'empêchait de lui dire sa manière de penser. Dans un
sens, ce n'était pas plus mal ! Les mots qui lui venaient
à l'esprit n'étaient guère dignes d'une dame de son
rang.

– Laissez-nous, commanda Gareth à l'adresse de ses
soldats avant de se mettre à arpenter la pièce à grands
pas.

Les hommes sortirent.

– Je vous promets, Gloriana, qu'il ne vous sera fait
aucun mal. Cet enlèvement ne me plaît pas, mais je
n'avais guère le choix.

Il vint vers elle, lui ôta précautionneusement son bâillon, puis la débarrassa de ses liens. Trop abasourdie
pour s'enfuir, ou même demander des explications,
Gloriana se contenta de le fixer en silence. Sa colère à
l'encontre du seigneur de Kenbrook l'avait jusqu'ici gal-
vanisée et elle ne s'attendait certes pas à se retrouver
nez à nez avec Gareth. Son gardien, son tuteur, presque
son père depuis des années...

Il s'éloigna un instant pour lui rapporter une coupe
de vin. La jeune femme s'en saisit d'une main tremblante et but son contenu d'un trait.

– Pourquoi ? demanda-t-elle enfin dans un souffle.

Elle était harassée, mais la peur avait disparu.

– Vous allez rester ici quelque temps, dit Gareth gentiment. Ce ne sera pas long, Gloriana, s'empressa-t-il
d'ajouter comme elle s'apprêtait à protester. Et vous ne
manquerez de rien, je vous en fais le serment.

– Si ce n'est de liberté... protesta-t-elle, tandis qu'une

larme roulait sur sa joue. Quel mal ai-je commis pour en être ainsi privée ?

– Je ne peux rien vous expliquer. Mais j'ai de bonnes raisons d'agir de la sorte. Vous devez me croire, Gloriana. Je vous en prie, faites-moi confiance.

– Comment le pourrais-je après tout ce que vous m'avez déjà infligé ?

Il soupira et se leva, sans la quitter des yeux.

– Vous me ferez confiance. Parce que vous savez fort bien, malgré la colère qui vous anime, que vous n'avez pas sur terre ami plus loyal et fidèle que Gareth St. Gregory.

– Un ami ne m'aurait jamais fait enlever ! Attendez que lady Elaina l'apprenne ! lança Gloriana d'un ton menaçant.

– Elle le sait déjà. C'est elle qui m'a aidé à tout organiser. Bonne nuit, ma chère.

Sur ces mots, il quitta la pièce dans un sinistre grincement de gonds.

Gloriana demeura assise un long moment, recouvrant peu à peu ses forces. Elle posa enfin son verre de vin et, armée d'une torche, fit le tour de la pièce. Celle-ci était immense, presque trois fois plus grande que sa chambre à Hadleigh, et dotée d'étroites fenêtres situées aux quatre points cardinaux, qui laissaient s'infiltrer l'air frais de la nuit.

Se penchant sur le rebord de celle qui donnait au nord, elle aperçut le château de Hadleigh dans le lointain, ainsi que les eaux miroitantes du lac sous les rais de la lune. Posant sa torche près d'elle, elle mit ses mains en porte-voix.

– A l'aide ! Au secours !

Elle ne tarda pas à renoncer.

A quoi bon s'époumoner ? Personne ne l'entendrait et, même si, par hasard, le vent portait son cri jusqu'à l'oreille d'un voyageur, ce dernier croirait à la présence d'un esprit qui hantait le vieux château et s'enfuirait à toutes jambes comme s'il avait le diable aux trousses.

Son seul espoir demeurait Edward, qui s'apercevrait à coup sûr de son absence au matin, et qui penserait peut-être à venir la chercher là en fouillant les environs. Incapable de dormir, elle se rassit et demeura devant la fenêtre, à fixer la nuit.

Elle ignorait combien d'heures s'étaient écoulées lorsqu'elle entendit de nouveau un bruit de pas dans l'escalier à l'extérieur de la pièce.

– Mon Dieu ! grommela une voix masculine. Il est encore plus lourd qu'un cheval de bât !

– Prends garde de pas lui faire de mal, gronda une seconde voix.

– Tu es bien placé pour parler, toi qui l'as assommé avec une grosse pierre tout à l'heure !

Prise de panique, Gloriana courut se réfugier dans un recoin plongé dans l'ombre au moment même où l'un des battants s'ouvrait. Deux hommes entrèrent, tirant derrière eux un corps inanimé. Quelle ne fût pas la stupeur de Gloriana en reconnaissant le seigneur de Kenbrook ! Alors, lui aussi...

Profitant de ce que les soldats, occupés à porter Damian, ne lui prêtaient guère attention, elle tenta de se faufiler par la porte ouverte, mais l'un des geôliers fut plus vif qu'elle. En deux enjambées, il la rattrapa et la ramena dans la pièce. Rageusement, elle se dégagea et, s'approchant du seigneur de Kenbrook, qui reposait, inconscient, sur un lit, elle s'agenouilla près de lui. Il avait les yeux clos et ses cheveux blonds collaient à son front, poisseux de sang.

– Damian ? appela-t-elle, soudain plus inquiète pour lui que pour elle.

– Il ira mieux demain, commenta placidement l'un des soldats de Gareth.

L'instant d'après, les deux hommes disparaissaient, verrouillant soigneusement les portes derrière eux.

La jeune femme se pencha alors et toucha l'épaule de son époux.

– Damian ? M'entendez-vous ? Je vous en prie, dites quelque chose...

Au grand soulagement de Gloriana, il grogna et ouvrit lentement les paupières.

– Ma tête... gémit-il en essayant de se relever.

– Ne bougez pas.

Elle se releva et alla récupérer la torche qu'elle avait laissée sur la table.

– Je vais vous chercher un peu d'eau.

Elle avait remarqué un broc rempli à ras bord au cours de son exploration, tout à l'heure, ainsi que du vin, de la nourriture, des bûches pour le feu et un jeu d'échecs.

Ignorant son ordre, lord Kenbrook s'était redressé lorsqu'elle retourna près de lui.

– Que diable... ? tonna-t-il.

Gloriana se mit à genoux et, de son mouchoir humide, tamponna précautionneusement la blessure qu'il avait à la tempe.

– Vous êtes de retour à Kenbrook Hall, monseigneur, dit-elle sèchement, et le diable n'y est pour rien...

7

– Si ce n'est pas le diable qui nous a envoyés ici, qui est-ce alors ? demanda Damian, furieux.

Gloriana soupira. Même si elle ne comprenait toujours pas les raisons de la perfidie de Gareth, et même si elle ne songeait qu'au moyen de s'enfuir, elle hésitait à brosser un portrait trop sombre de son beau-frère. Elle cherchait toujours ses mots, quand son compagnon en vint de lui-même à la conclusion :

– Par tous les diables, gronda-t-il entre ses dents, en même temps qu'il repoussait la main de Gloriana pour se mettre debout, le coupable n'est autre que mon satané frère, n'est-ce pas ? Qui, sinon lui, aurait osé m'emprisonner dans ma propre demeure ? Personne.

La jeune femme se leva à son tour et posa le bol d'eau et le mouchoir maculé de sang sur la table.

– Vous avez raison. Il s'agit bien de Gareth. Mais pourquoi nous inflige-t-il un tel traitement ? reprit-elle, désorientée. Pourquoi nous enfermer ensemble ?

Damian vacilla et se retint au dossier d'une chaise.

– Je l'ignore, coupa-t-il avec fureur. Mais il va me le payer. Me le payer très cher...

Les bras croisés, Gloriana attendit qu'il se calme pour revenir à la question qui la turlupinait.

– Gareth souhaite peut-être que nous nous étripions, lança-t-elle alors.

Son compagnon partit aussitôt d'un grand rire, avant

d'esquisser une grimace douloureuse et de resserrer sa prise sur le dossier de la chaise.

– Nous étriper ? répéta-t-il avec une pointe de moquerie. Réfléchissez un peu, Gloriana. Hadleigh n'espère qu'une chose : que nous nous jetions dans les bras l'un de l'autre et... consommions notre union.

Le cœur de Gloriana fit une embardée. Une chance encore que la pénombre dissimulât le rouge qui lui était monté aux joues... Malgré son embarras, elle ne put toutefois s'empêcher de sourire. Certes, elle n'appréciait guère cette manière de procéder, mais elle ne pouvait en vouloir à Gareth de tenter l'impossible pour parvenir à ses fins. D'autant que les fins en question étaient loin de lui déplaire...

– Oh ! souffla-t-elle en espérant avoir l'air suffisamment atterrée.

– C'est tout ce que vous trouvez à dire ? Dieu sait combien de temps Gareth compte nous séquestrer ici ! Et ce n'est pas parce qu'il pense que nous sommes faits l'un pour l'autre. Non, Gloriana, il souhaite simplement conserver votre dot. Une bonne partie de votre argent lui revient depuis notre mariage, et il doit craindre d'être ruiné si notre union est annulée. Imaginez que vous lui réclamiez votre part ?

Gloriana était consternée. Elle avait eu vent des termes du contrat et, bien sûr, elle n'était pas sans savoir qu'une somme d'or colossale avait été investie à Hadleigh en son nom. Mais elle avait toujours cru que l'affection de Gareth à son endroit était sincère. Ainsi, il n'en serait rien ? La révélation lui déchirait le cœur...

– Non, murmura-t-elle d'une voix étranglée, tout en sachant fort bien que Damian disait la vérité.

Ce dernier s'empressa de poursuivre :

– En qualité de tuteur, mon frère perçoit un pourcentage des profits, et la manne pourrait durer *ad vitam aeternam*, à la condition que nous restions mariés. Voilà pourquoi Gareth se préoccupe si fort de notre bonheur conjugal.

Accablée, Gloriana plaqua une main sur sa bouche et lui tourna le dos, en s'efforçant de refouler les sanglots qui l'étranglaient.

– Mais vous deviez être au courant de l'engagement que votre père avait pris, n'est-ce pas, Gloriana ?

– Oui, confirma-t-elle d'une voix enrouée, mais je croyais que...

Elle ne put continuer. Le chagrin était trop fort. En fait, elle était seule au monde, tout comme Megan qui, autrefois, n'avait jamais pu compter sur quiconque. Sa place dans la famille St. Gregory n'était rien de plus qu'une belle illusion, un miroir aux alouettes...

Damian s'approcha d'elle.

– Gloriana...

Elle ne se retourna pas. Des larmes silencieuses inondaient ses joues. Elle pleurait, elle qui s'était pourtant promis de ne jamais trahir son chagrin devant cet homme...

– Laissez-moi tranquille.

Loin de lui obéir, Damian l'obligea à lui faire face, et l'attira contre lui avec une douceur inattendue.

– J'ai été brutal, veuillez m'en excuser. Gareth vous aime sincèrement, je vous l'assure. Même sans cette histoire de dot, il souhaiterait par-dessus tout nous voir réunis et heureux ensemble pour l'éternité.

Gloriana posa une main sur le torse de son compagnon. Devait-elle lui révéler la prédiction d'Elaina ? Non, c'était impossible. Il aurait fallu lui raconter du même coup son secret, et elle en était incapable.

– Qu'allons-nous faire ? souffla-t-elle, éperdue.

Gentiment, Damian lui caressa les cheveux. Dans la lutte, ses tresses s'étaient dénouées et sa chevelure ruisselait sur ses épaules.

– Il n'existe aucun moyen d'échapper à cette tour, déclara-t-il. Nous devons l'accepter et espérer que Gareth reprendra rapidement ses esprits. Ou...

Gloriana se figea, le souffle brusquement coupé.

– Ou nous devrons consommer notre mariage

pour qu'il accepte de nous libérer, continua-t-il, cependant qu'elle ouvrait de grands yeux pleins d'effroi. N'ayez pas peur ! Je ne suis pas brute au point de prendre une femme contre son gré. Si nous consommons notre mariage, ce ne sera qu'avec votre consentement.

A ces mots, Gloriana sentit une chaleur insidieuse se répandre en elle en même temps qu'elle se rappelait leur baiser passionné...

– Comment Gareth pourrait-il savoir si... nous avons... Enfin, si...

Elle marqua une pause, cherchant à calmer les battements effrénés de son cœur.

– Nous pourrions mentir, reprit-elle devant le silence de son compagnon.

Damian laissa échapper un soupir.

– Non. Il exigerait des preuves.

– Des preuves ? s'écria Gloriana, horrifiée. Vous voulez dire...

– Oui, des taches de sang sur les draps, martela Damian. Encore pouvons-nous nous estimer heureux que mon frère ne nous impose pas de témoins. La pratique est fort courante dans les mariages lorsqu'il y a beaucoup d'argent et de propriétés en jeu.

Damian disait vrai. Gloriana était du reste au courant de la coutume. Dans le même ordre d'idées, des femmes de très haute naissance devaient supporter la présence d'officiels lors de leurs accouchements pour qu'il n'y ait aucun doute quant à la légitimité de l'héritier.

– Croyez-vous que Gareth nous gardera ici jusqu'à ce que... ?

– J'en ai bien peur, répondit Damian avec lassitude.

Les soldats responsables de l'enlèvement avaient dû le frapper de toutes leurs forces car il était pâle comme un linge, et du sang continuait de sourdre de sa plaie à la tempe.

– Je connais Gareth, ajouta-t-il, il ne fera pas marche arrière.

– Peut-être qu'Edward viendra à votre rescousse quand il apprendra ce qui s'est passé.

– Je n'en doute pas un instant. Il volerait à notre secours, mais Gareth n'est pas né de la dernière pluie ; il saura aisément déjouer les plans d'un novice.

Taraudée par une soudaine migraine, Gloriana pressa les mains sur ses tempes.

– Oh, non, je ne pourrais supporter qu'à cause de moi Edward soit blessé, ou même tué !

– Mon frère ne craint rien, soyez tranquille, la rassura Damian avec un sourire. Gareth n'est pas cruel à ce point. Et maintenant, allongez-vous sur le lit et essayez de vous reposer. Vous êtes en sécurité avec moi, alors autant dormir.

Damian avait raison. Il était inutile de rester éveillée durant toute la nuit ou d'arpenter la pièce comme un animal en cage en s'apitoyant sur son sort.

– Nous partagerons le lit, déclara-t-elle dans un sursaut magnanime. Je ne peux vous demander de dormir à même le sol.

Le seigneur de Kenbrook grimaça un sourire.

– Je n'avais pas l'intention, milady, de dormir ailleurs que près de vous.

Gloriana se mordit la lèvre. Dire qu'elle avait rêvé de cet instant pendant des années, qu'elle avait attendu le retour de son époux avec impatience, espérant qu'il lui enseignerait les secrets de l'amour ! Seulement, voilà, la réalité s'était révélée tout autre... Et, tout à coup, elle se sentait intimidée à l'idée de partager son lit.

– En général, je fais ma prière avant de me coucher, lança-t-elle en regrettant aussitôt la stupidité de ses paroles.

Le sourire de son époux s'élargit.

– Je vous en conjure, n'appelez pas la colère de Dieu sur moi. Je ne suis pour rien dans toute cette histoire.

Elle haussa les épaules et, sans un mot, se dirigea vers le lit, au pied duquel elle s'agenouilla. En silence, elle implora l'aide du Tout-Puissant. Puis, tout habillée, elle se glissa sous les couvertures, le cœur battant.

Avec un soupir, son compagnon s'assit de l'autre côté de la couche et ôta ses bottes. Gloriana n'osait plus bouger, gardant obstinément les yeux grands ouverts, quand elle n'aspirait qu'à dormir.

Quelques minutes s'écoulèrent, puis Damian se faufila à son tour entre les draps. Rapidement, il se débarrassa de ses vêtements. Il avait beau se trouver à l'autre bout du lit, sa présence la mettait dans tous ses états.

– Dormez, Gloriana, ordonna-t-il. Si je dois consommer notre union, je ne le ferai qu'à la faveur du jour. L'amour est un art, et quand je caresse une femme, j'aime regarder son visage.

Le cœur de Gloriana se mit à battre un peu plus vite encore.

– Est-il vrai que les femmes pleurent dans ces cas-là ?

Damian soupira.

– Si je devais succomber à vos charmes, indéniables du reste, et par là même satisfaire les ambitions de mon frère, vous ne pleureriez pas ; en tout cas, pas de chagrin, je vous en fais le serment.

Elle rougit jusqu'à la racine des cheveux. Mais dans la pénombre, elle se sentait brusquement audacieuse.

– Quel... Quel serait mon rôle dans tout cela ?

Le seigneur de Kenbrook éclata de rire, et elle se tourna pour lui faire face. Etait-il nu ? Si seulement elle avait la hardiesse de tendre le bras et de le toucher...

– Vous me recevriez en vous.

Elle tenta d'imaginer la scène, tandis qu'un flot d'émotions délicieuses s'emparait d'elle.

– Est-ce que cela fait... mal ?

Il lui effleura la joue du bout des doigts.

– La première fois, un peu, répondit-il. Mais vous connaîtriez ensuite de grands plaisirs.

Il avait parlé sans la moindre moquerie, et Gloriana

lui en fut reconnaissante. Un long moment elle demeura silencieuse. Puis elle murmura :

– Je suis si curieuse...

– Vous voudriez que je vous donne du plaisir, Gloriana ?

Elle déglutit à grand-peine.

– Parce que vous m'en donneriez ? Enfin, si je vous le demandais, bien sûr... ?

Il se mit de nouveau à rire.

– Oh, oui ! Gareth ne verrait peut-être pas ses vœux exaucés dès ce soir, mais je pourrais au moins vous familiariser avec les prémices du rituel.

Sans doute était-ce péché, mais tant pis. La tentation était trop forte...

– Je crois que j'aimerais apprendre.

– Alors, levez-vous et ôtez cette maudite robe. Le corps d'une femme est un instrument exquis, créé pour faire naître la plus belle musique qui soit, mais même le ménestrel le plus habile doit dénuder sa lyre avant de pouvoir en jouer.

Un délicieux frisson traversa la jeune femme. Sans plus réfléchir, elle s'exécuta et fit passer au-dessus de sa tête jupons et corsage. Tandis qu'elle se déshabillait, Damian quitta le lit et ralluma toutes les torches de la pièce.

Immobile au beau milieu de la couche, Gloriana croisa instinctivement les bras sur sa poitrine nue.

– Etait-ce utile d'éclairer la chambre ?

– Je veux vous voir...

Elle s'agrippa de toutes ses forces aux draps, essayant de conserver son calme, tandis qu'il se glissait dans le lit.

– Venez près de moi, lui enjoignit-il.

Gloriana obéit, et un gémissement lui échappa tandis qu'il refermait les mains sur ses seins, précautionneusement, comme s'il s'agissait du plus fragile des trésors. Jamais elle n'aurait imaginé que le simple contact de ses doigts éveillerait un tel désir en elle.

– Ce n'est qu'un début, souffla Damian en taquinant la pointe de ses mamelons du pouce et de l'index.

Un nouveau frisson submergea Gloriana, qui ferma les yeux et rejeta la tête en arrière pour mieux s'abandonner aux vagues de plaisir que les caresses de Damian faisaient naître en elle. Sous les mains de son époux, il lui semblait que sa peau chantait ; sa respiration se faisait plus rapide, plus saccadée, cependant qu'un gémissement plus fort sortait de ses lèvres.

Le seigneur de Kenbrook étouffa ses plaintes en capturant ses lèvres. Leur baiser, très doux d'abord, se fit progressivement plus brûlant. Il l'attira alors contre lui et plaqua sa poitrine nue contre son torse puissant. D'instinct, elle lui passa les bras autour du cou et arqua son corps vers lui. Elle voulait qu'il se rapproche encore d'elle. Elle le voulait soudé à elle.

En elle...

Il lâcha soudain sa bouche, se pencha vers la vallée de ses seins, en captura un entre ses lèvres. Gloriana eut l'impression d'être foudroyée. Elle s'accrocha désespérément à son compagnon, lui offrant sa poitrine frémissante avec une audace qu'elle ne contrôlait plus. Sous les caresses de cet homme, elle avait l'impression de découvrir sa féminité, la sensualité qui, jusqu'ici, couvait au plus profond de son être. Sa chair lui brûlait, sa peau n'était plus qu'un brasier que le seigneur de Kenbrook attisait du bout de la langue.

Il releva la tête et, prenant son visage entre ses mains, s'empara de nouveau de sa bouche avec une fièvre qui égalait la sienne.

Lorsqu'il s'arracha à elle pour la contempler d'un regard brûlant, elle crut un instant qu'il allait s'allonger sur elle pour la prendre, mais il la tira jusqu'au bord du lit, la fit asseoir et lui écarta les jambes. Il s'agenouilla alors devant elle et, doucement, lui lécha l'intérieur des cuisses. Gloriana se mordit la lèvre pour ne pas hurler en sentant soudain sa langue se frayer un chemin en elle. Le désir l'enflamma tout entière et, oubliant toute pudeur, elle plaqua la tête de son compagnon contre elle, le poussant à aller plus, plus loin encore. Damian jouait avec ses secrets, la torturait d'un doux plaisir, goûtant à la sève de sa féminité pour mieux la conduire à l'extase...

Une explosion de lumière aveugla tout à coup Gloriana, tandis que son corps entier se dispersait en mille éclats. Elle se laissa aller contre l'épaule de son compagnon, comblée, alanguie, et il la souleva dans ses bras pour la rallonger doucement sur le lit.

Elle tendit les bras vers lui, l'invitant à le rejoindre, mais Kenbrook secoua la tête.

– Non, Gloriana, pas ce soir.

Et peut-être jamais... Ces mots étaient suspendus entre eux, aussi menaçants que l'épée de Damoclès.

Sans rien dire, Gloriana lui saisit la main et la posa sur son ventre.

Avec une plainte étouffée, il s'approcha d'elle et ses doigts s'aventurèrent de nouveau vers son mont de Vénus. Et de nouveau, Gloriana se laissa emporter par la vague déferlante du plaisir. Elle brûlait pour lui, elle était soudain insatiable...

Damian le devina et, exauçant sa prière muette, il glissa un doigt entre ses lèvres humides, au cœur de sa féminité, tandis que, de la langue, il traçait des arabesques de feu sur sa gorge palpitante.

Presque aussitôt, la jouissance explosa en elle, emportant tout sur son passage, tel un raz de marée, et, avec un gémissement heureux, elle retomba sur la couche, aussi molle qu'une poupée de chiffon. Il lui sembla entendre Damian lui murmurer des mots tendres à l'oreille, mais elle flottait encore trop loin sur les brumes du plaisir pour réagir.

Quand, enfin, elle rassembla ses esprits, son époux s'était redressé et quittait le lit pour aller souffler toutes les bougies.

– Damian ? fit-elle, émue, lorsqu'il la rejoignit dans l'obscurité.

– Oui.

– Vous m'avez comblée, mais... Et vous ?

– Couchez-vous, Gloriana, et dormez, gronda-t-il d'une voix rauque.

– Et vous ? insista-t-elle.

– Ne vous préoccupez pas de moi, fit-il avec impatience. J'ai été soldat pendant plus de la moitié de ma vie et j'ai enduré bien pires supplices que ce soir.

Gloriana leva les yeux vers lui mais il faisait trop noir pour qu'elle pût distinguer son visage.

– Il arrive parfois que l'honneur devienne un lourd fardeau à porter, continua-t-il. Néanmoins, en ce qui vous concerne, Gloriana, réjouissez-vous-en. Et maintenant, si vous avez tant soit peu de pitié pour moi, cessez de me tourmenter en me parlant de ce qui aurait pu se passer en d'autres circonstances, et dormez !

Gloriana réprima un soupir. Elle avait beau être encore vierge, elle était certaine qu'il lui suffirait de s'approcher de Damian et de le toucher pour le séduire.

Mais l'honnêteté l'empêchait d'agir ainsi. Sans sa demande expresse, jamais Damian ne lui aurait donné cet enivrant avant-goût du plaisir, et elle n'avait pas le droit de profiter de la situation... Pour des raisons évidentes, des raisons qui lui brisaient le cœur, le seigneur Kenbrook ne souhaitait pas consommer leur mariage, et elle se devait de respecter sa volonté.

– Bonne nuit, alors, déclara-t-elle simplement. Et merci.

Il grommela quelques paroles inintelligibles.

– Qu'ai-je dit de mal ? s'étonna-t-elle.

Son compagnon ne lui répondit pas, mais se glissa hors du lit. A la recherche de ses vêtements, probablement.

Il buta contre le pied d'une chaise et poussa un juron. Gloriana se retint pour ne pas rire.

– Que faites-vous, monseigneur ?

Damian ne répondit pas. Elle l'entendit fouiller dans

les étagères et sut qu'il avait trouvé la réserve de vin. Elle soupira, ferma les yeux.

Et avant même que le seigneur Kenbrook ne regagne le lit, elle s'endormit comme une masse.

Réveillée par la lumière du jour qui se glissait par les fenêtres, Gloriana se redressa d'un bond sur la couche et, tirant les couvertures sur sa poitrine nue, jeta un coup d'œil autour d'elle. La pièce n'était pas aussi sinistre qu'elle l'avait cru la veille.

Il y avait deux cheminées et suffisamment de bois pour les alimenter. On avait aussi apporté de quoi manger et boire, assez pour soutenir un siège pendant quelques jours, sinon plusieurs semaines. Et Gareth, à moins qu'il ne s'agisse d'Elaina, avait même songé à leur fournir des vêtements de rechange. Des tapis avaient été disposés sur le sol et il n'y avait pas de toiles d'araignées.

A côté d'elle, Damian bougea soudain dans son sommeil, sans toutefois ouvrir les yeux. Elle se pencha vers lui et constata avec soulagement que sa blessure à la tempe cicatrisait. Le sang avait cessé de couler et, apparemment, la plaie n'était que superficielle. Rassurée, elle se leva et, passant derrière le paravent placé dans un coin de la pièce, elle procéda rapidement à ses ablutions puis s'habilla. Décemment vêtue, et coiffée d'une tresse, elle rejoignit enfin le lit où lord Kenbrook, visiblement réveillé, s'étirait de tout son long.

– Alors ce n'était pas un cauchemar, commenta-t-il d'un ton désappointé.

– Non, répondit Gloriana.

Embarrassée par le souvenir de sa conduite pendant la nuit, elle ajouta avec un brin de brusquerie :

– Si je comprends bien, notre trêve s'achève ce matin.

Son compagnon se carra contre les oreillers et porta la main à sa tempe blessée.

– Ne jouez pas avec ma patience, très chère épouse. Je ne suis pas d'humeur.

Les cloches retentirent dans la campagne, dans un concert d'une pureté cristalline. .

– Nous allons manquer la messe, observa Gloriana.

– Quel dommage !

Damian se leva pour se diriger vers la table où un panier de victuailles avait été posé.

– Méditons alors sur les épreuves de Joseph, dépouillé de son manteau et jeté dans une fosse par ses félons de frères, reprit-il d'un ton sarcastique.

Gloriana serra les dents. Elle essayait d'alimenter la conversation juste par politesse ; si lord Kenbrook le prenait sur ce ton, elle n'allait pas pouvoir tenir sa langue encore très longtemps.

Son époux, un morceau de pain dans la main, gagna la fenêtre, au nord, qui surplombait le lac et donnait sur l'imposante bâtisse de Hadleigh.

– Va au diable, Gareth ! hurla-t-il à pleins poumons. Que ton âme rôtisse dans les feux des ténèbres...

– C'est agréable de crier, n'est-ce pas ? lança la jeune femme avec ironie en se mettant à table pour faire honneur aux victuailles. Mais je crains que cela ne serve pas à grand-chose. Hormis ceux qui nous ont piégés, personne ne viendra. Tout le monde croit le château hanté ; vous ne ferez que les conforter dans cette idée. On accusera les esprits.

Elle ne put résister à l'envie d'ajouter :

– Les esprits diaboliques, bien sûr.

Damian fit volte-face, affichant une expression mauvaise. Qui aurait pu imaginer qu'il s'agissait du même homme qui, la nuit précédente, l'avait caressée si passionnément...

– Ils finiront bien par revenir nous apporter de l'eau et de la nourriture, à moins qu'ils n'aient également l'intention de nous faire mourir de faim ! s'écria-t-il. Gare à eux, alors ! Quant à Gareth, lorsque je mettrai la main sur lui, je garantis qu'il s'en souviendra long-temps.

Gloriana s'efforçait de garder son calme.

– Vous êtes bien optimiste, monseigneur. Vous n'espérez quand même pas venir tout seul à bout d'une demi-douzaine d'hommes ! Si ?

Son époux la rejoignit à table, prit place en face d'elle et darda sur elle l'éclat furieux de ses prunelles bleues.

– Et vous, lady Gloriana, vous étiez moins revêche avec moi, cette nuit. Dois-je vous rappeler ce que...

– Taisez-vous ! coupa Gloriana violemment. Je vous interdis...

Damian prit un morceau de fromage.

– La nuit dernière, vous aviez plutôt tendance à m'implorer...

– Oui ! hurla-t-elle, tandis que le rouge lui montait aux joues. Oui, vous m'avez donné du plaisir. Et alors ? Ce n'est pas une raison pour me tourmenter mainte-nant !

– Vous me donnez une idée. Peut-être devrais-je vous caresser chaque fois que vous vous montrez désagréa-ble. Au moins, lorsque vous gémissez de plaisir, n'ai-je pas à redouter que vous me harceliez de vos sarcasmes !

Gloriana baissa les yeux, mortifiée.

– Je confesse n'avoir jamais éprouvé pareilles émo-tions, et cela grâce à vous. Mais je vous trouve bien vil d'oser maintenant me tourner en dérision pour cela. A moins que ce ne soit la frustration qui vous rende amer...

Damian était silencieux lorsqu'elle releva la tête et croisa son regard.

– Gareth m'a bien jugé, murmura-t-il finalement, d'un ton radouci. Je ne pourrai pas endurer une autre nuit comme celle que nous venons de passer sans consommer pour de bon notre union.

– Après vos sarcasmes, je vous préviens qu'il vous faudra me prendre de force !

– Je n'en aurai même pas besoin. Vous êtes une

femme ardente et passionnée. Il me suffirait de vous effleurer pour que vous criiez de plaisir.

Il disait vrai mais Gloriana, furieuse, ne put s'empêcher de le défier :

— Vous êtes bien sûr de vous, monseigneur !

Le seigneur de Kenbrook se borna à sourire.

— La nuit dernière n'était qu'un prélude, déclara-t-il d'une voix dont la sensualité lui coupa le souffle. Il me reste encore tant de plaisirs à vous faire découvrir...

Réprimant un frisson de désir, elle redressa le menton et fixa son compagnon d'un air qui se voulait détaché.

Mais quand Damian se mit à décrire comment il la subjuguerait, comment il attiserait le feu en elle, comment il l'emporterait jusqu'aux cimes du plaisir, elle sentit peu à peu le vertige la gagner.

Damian continuait à dépeindre ce qu'elle ressentirait, les caresses qu'il lui prodiguerait, les mille façons dont il la ferait sienne. Il parlait, parlait, et sa voix aux intonations envoûtantes l'enveloppait comme un sortilège jusqu'à ce que, défaillante de désir, Gloriana sentît s'évanouir toute velléité de résister. Sa volonté était impuissante à combattre l'attirance qui la poussait vers cet homme, et lorsqu'il lui commanda enfin de se lever et de s'approcher de lui, elle obéit, totalement subjuguée.

La tenant prisonnière de son regard, Damian, usant de son poignard, fit sauter une à une les attaches de son corsage pour dénuder sa poitrine.

Puis, du bout des doigts, il dessina la courbe de ses seins. Sur son visage ne s'affichait plus le sourire d'un conquérant, mais celui d'un pèlerin qui aurait enfin trouvé son chemin vers le paradis.

— Alors, Gloriana ? demanda-t-il d'une voix rauque. Que dois-je faire à présent ?

— Déchirez cette robe, souffla-t-elle.

8

Si Damian n'avait été assis, il serait tombé à genoux sous la violence de l'émotion qui le submergea soudain. Ce qu'il ressentait à contempler Gloriana debout devant lui, à moitié nue, dans toute la pureté et la perfection de sa beauté, était inimaginable. Comme si un miracle se produisait sous ses yeux.

Il grommela quelques paroles inintelligibles et, se baissant, récupéra son corsage déchiré, qu'il lui tendit.

– Couvrez-vous, ordonna-t-il d'un ton grondeur.

La jeune femme plaqua le vêtement sur sa poitrine, les yeux emplis de confusion et de douleur tandis qu'elle le regardait se lever et s'éloigner.

– Que se passe-t-il ?

Traversant la pièce, Damian alla se servir un gobelet de vin. Celui-ci n'était pas fameux, mais la chaleur de l'alcool était revigorante, et Dieu sait qu'il en avait besoin.

– J'ai changé d'avis, c'est tout, répondit-il en se tournant enfin vers elle, le verre à la main.

Le rouge de la honte empourprait le visage de Gloriana.

– Peut-être cherchiez-vous simplement à m'humilier, déclara-t-elle d'un ton calme. Si c'est cela, vous avez réussi.

Kenbrook avala une gorgée de vin, et fronça les sourcils.

– Je n'ai qu'une envie en cette minute, vous porter jusqu'au lit et vous faire mienne, une fois pour toutes. Mais je préfère contrôler mes impulsions tant que j'en suis encore capable.

La jeune femme ouvrit de grands yeux.

– Je ne comprends pas.

– Qui pourrait vous en blâmer ? Jusqu'à cette minute, j'ignorais moi-même ce que je ressentais pour vous. J'aurais pourtant dû comprendre depuis le début, lorsque, le jour de mon retour à Hadleigh, je vous ai vue dans votre bain de pétales de roses. Mais j'ai voulu m'aveugler...

Gloriana paraissait si désemparée qu'il fit machinalement un pas vers elle, pour la réconforter. Mais soudain, ses jambes refusèrent de le porter. Sa vision, claire l'instant précédent, se brouilla. Il voulut porter une main à sa tempe ; sa blessure était peut-être plus grave qu'il ne l'imaginait... Il avança encore et, brusquement, s'évanouit.

– Damian !

Avec horreur, Gloriana regarda son époux s'effondrer comme une masse sur le sol. Elle se précipita aussitôt près de lui, le secoua. Peine perdue, il ne broncha même pas. Paniquée, elle courut alors chercher un peu d'eau, lui aspergea le visage, lui tapota les joues. Rien. Damian était inconscient. En désespoir de cause, elle essaya de le traîner jusqu'au lit, mais il était bien trop lourd, et c'est à peine si elle réussit à déplacer son corps inerte de quelques centimètres.

Les larmes l'aveuglaient lorsqu'elle récupéra un oreiller et une couverture sur la couche.

– Damian ! appela-t-elle en recommençant à lui tapoter le visage.

Il gémit enfin, si faiblement que Gloriana crut d'abord avoir rêvé. Un deuxième gémissement la rassura. Dieu merci, il vivait ! Presque au même instant, elle entendit soudain du bruit derrière la porte. Gareth était de retour ! Avec effroi, elle réalisa qu'elle était quasiment nue et s'empressa d'enfiler la première chose qui lui tomba sous la main, une tunique de son époux.

– Gareth ! Dépêchez-vous ! hurla-t-elle. Damian ne va pas bien !

La porte s'ouvrit aussitôt, et deux des hommes de son beau-frère entrèrent, promenant un regard suspicieux autour d'eux comme s'ils craignaient une embuscade. Puis ils posèrent les yeux sur Damian qui gisait à terre, paupières closes, et l'un d'eux sourit.

– Tout va bien, monseigneur ! cria-t-il par-dessus son épaule. La ruse a marché ; le seigneur de Kenbrook dort comme un bébé !

Gloriana se redressa, les poings serrés, cependant qu'une colère irrépressible montait en elle, une colère dirigée à la fois contre Gareth, pour avoir tout manigancé, et contre Damian, qui s'était laissé berner. C'était le vin qui était responsable de ce malaise, songea-t-elle en se rappelant que son époux en avait ingurgité une grande quantité avant de s'effondrer. Gareth y avait sans doute glissé une drogue, afin de maîtriser son frère cadet et de pénétrer ainsi sans crainte dans leur geôle.

Elle ne se trompait pas. Gareth apparut bientôt dans l'encadrement de la porte. Voyant l'expression furieuse de Gloriana, il leva une main pour l'apaiser.

– Il ne tardera pas à se réveiller, déclara-t-il en jetant un bref coup d'œil à son frère inconscient. Ce n'est qu'un inoffensif somnifère.

Il eut un sourire malicieux.

– Vous me semblez en pleine forme, ma chère. L'air de Kenbrook Hall vous réussit, on dirait !

Gloriana se retint pour ne pas lui sauter au visage. A l'entendre, on aurait dit que leur séquestration ici n'était qu'une aimable plaisanterie.

– Comment pouviez-vous être certain que Damian boirait votre vin drogué ? demanda-t-elle en essayant de conserver son sang-froid. Si c'était moi qui l'avais fait, vous auriez eu bonne mine en ouvrant la porte !

130

Kenbrook aurait été fou furieux ! Vous auriez eu toutes les peines du monde à le maîtriser...

Gareth haussa les épaules et s'avança. Derrière lui surgirent des serviteurs soufflant comme des bœufs. Ils portaient un baquet et plusieurs seaux d'eau.

– Je sais que Damian aime le vin, répliqua-t-il, et que tôt ou tard il toucherait à cette carafe. C'est un hasard que cela soit arrivé si vite.

– Je ne vous pardonnerai jamais, cracha Gloriana entre ses dents.

– Bien au contraire. J'ai toutes les raisons de croire que non seulement un jour vous me pardonnerez, mais que vous me remercierez, de surcroît.

Il s'accroupit près de son frère et l'examina tranquillement.

– Il reviendra à lui d'ici une heure ou deux, ne vous mettez pas martel en tête.

Les serviteurs s'agitaient dans toute la pièce, apportant maintenant des victuailles et des vêtements, tandis que d'autres allumaient le feu pour chauffer l'eau du bain. Une domestique s'approcha du lit et repoussa les draps.

– Pas encore ! lança-t-elle.

Le visage de Gloriana était écarlate d'embarras.

– Peut-être voudriez-vous des témoins ? marmonna-t-elle avec amertume, songeant à sa conversation avec Damian la veille au soir.

Un instant, Gareth détourna le regard, apparemment gêné, mais quand leurs yeux se croisèrent de nouveau, elle lut, au fond de ses prunelles bleues, une détermination infaillible.

– Ne jouez pas avec le feu, gronda-t-il, et gardez vos suggestions pour vous, car je pourrais bien vous prendre au mot.

Elle ravala les sarcasmes qui lui brûlaient les lèvres et la vérité s'imposa à elle du même coup. Elle, Gloriana, qui tenait par-dessus tout à sa liberté, n'avait en fait plus du tout envie de quitter la tour. Elle souhaitait au contraire demeurer ici, seule avec son époux, jusqu'à ce que leur histoire se règle, pour le meilleur ou pour le pire.

– Que pense Edward de ma disparition ? questionna-t-elle après un silence.

Gareth était déjà sur le point de s'en aller. Il fit volte-face et arbora une expression chagrine.

– Pauvre garçon ! Il croit que Kenbrook et vous vous êtes réconciliés et enfuis pour rattraper le temps perdu et goûter les joies du mariage. N'espérez pas une aide de sa part. Il a le cœur brisé... Enfin, je ne m'inquiète pas pour lui ; il est encore jeune, il finira par oublier. D'ailleurs, il se charge déjà de consoler la jeune Française.

Sur ces mots, il tourna les talons et suivit ses serviteurs vers la sortie. La porte se referma bientôt, et Gloriana entendit qu'on la verrouillait.

Promenant le regard autour d'elle, elle vit que les domestiques avaient rempli le baquet d'eau chaude et posé des savons et des serviettes sur la table à côté. Elle s'agenouilla auprès de Damian et, de nouveau, le secoua.

– Réveillez-vous, lui dit-elle gentiment, sinon c'est moi qui prendrai le bain.

Miraculeusement, Kenbrook ouvrit les paupières. N'eût été la lueur de totale stupéfaction dans ses prunelles bleues, elle l'aurait presque suspecté d'avoir feint son évanouissement.

– Au moins, je vous verrais nue, rétorqua-t-il en se redressant sur un coude.

Gloriana sourit, trop heureuse qu'il fût revenu à lui pour se formaliser de l'impudence de ses propos.

– Vous n'êtes guère en forme, monseigneur.

Son compagnon s'assit, puis se mit debout avec précaution, en chancelant un peu.

– Je n'ai pas eu de malaise. Je présume qu'il s'agit encore là d'un tour de Gareth. Le vin avait un drôle de goût ; j'aurais dû me méfier.

– Vos présomptions sont justes. Vous avez été drogué. Votre frère vous connaît bien et il ne voulait pas que vous soyez blessé en essayant de vous opposer à sa horde de soldats. Alors, ce bain vous tente-t-il ou bien vais-je en profiter, moi ?

Pour toute réponse, Damian se dirigea d'une démarche encore mal assurée jusqu'au baquet et fit glisser sa tunique par-dessus sa tête.

Gloriana le regardait, admirant son corps magnifique et musclé jusqu'à ce qu'il se glisse dans l'eau avec un soupir bienheureux.

– Nous étions en pleine conversation quand vous vous êtes évanoui, tout à l'heure, lui rappela-t-elle en s'approchant de la table où s'entassaient les monceaux de nourriture apportés par les serviteurs de Gareth.

Damian réfléchit quelques instants avant de répondre.

– Voyons, où en étions-nous ? Ah, oui ! Vous étiez juste en train de vous offrir à moi ; de façon assez hardie, il faut bien l'admettre, et dans un élan chevaleresque, j'ai mis quelque distance entre nous pour vous sauver de vos instincts.

– Vous n'êtes qu'un arrogant, répliqua-t-elle, souriant malgré elle devant son air innocent.

– Je vous en prie, approchez et frottez-moi le dos, gente Gloriana.

– Faites-le vous-même !

– Jadis, les femmes obéissaient à leur seigneur et maître. Décidément, les temps changent !

Gloriana songea aussitôt à l'avion qui l'avait emmenée jusqu'en Angleterre, à cette époque où elle s'appelait encore Megan Saunders.

– Oui, convint-elle d'un ton mystérieux, et encore, vous n'avez pas idée de ce qui nous attend.

– Vous, oui ?

Elle ne répondit pas, de peur d'évoquer son étrange histoire, et se demanda fugacement où elle avait bien pu ranger les bouts de parchemin où elle avait griffonné quelques-uns de ses souvenirs alors qu'elle n'était qu'une enfant. Elle en avait brûlé un certain nombre, mais pas tous. Edwenna s'était peut-être chargée de les détruire, à moins qu'elle ne les ait cachés soigneusement, tout comme la poupée et les vêtements. En tout cas, elle ne les avait pas trouvés dans le grenier, avec ses autres effets.

Damian sifflotait dans son bain. Apparemment, les effets de la drogue qu'il avait absorbée s'étaient entièrement dissipés. Gloriana tressaillit en s'apercevant qu'il la fixait intensément.

– Il y a quelque chose d'étrange en vous, commenta-t-il à brûle-pourpoint. Vous êtes bien plus vigoureuse que les autres femmes, et surtout plus grande. Votre teint est éclatant, et vos dents sont parfaitement saines.

– On croirait vous entendre parler d'un cheval sur le point d'être vendu à la foire, repartit Gloriana, vaguement mal à l'aise.

Il sourit et s'immergea dans l'eau jusqu'au menton.

– Vous savez bien que j'ai raison. Vous êtes différente des autres femmes. Et je ne parle même pas de vos idées pour le moins saugrenues !

– Peut-être que je suis folle, suggéra-t-elle, comme lady Elaina.

– Elaina est parfaitement sensée, répondit Damian posément. Elle comprend simplement bien plus de choses que nous.

Gloriana pâlit. C'était le moment. Elle allait parler, tout lui raconter... Mais soudain, comme elle ouvrait la bouche, la pièce se mit à tournoyer devant ses yeux, des sifflements suraigus lui déchirèrent les tympans, comme si un essaim d'abeilles venait d'entrer par la fenêtre. Une brume bleutée enveloppa alors l'endroit, oblitérant la lumière, effaçant Damian.

Horrifiée, Gloriana vit la tour se métamorphoser. Le sol était différent, les murs, recouverts de peintures aux couleurs flamboyantes. Des gens curieusement vêtus se déplaçaient devant ses yeux ébahis. Tous conversaient dans ce même langage que celui de sa prime enfance. Gloriana était toujours assise, mais la table avait disparu. Un petit garçon en pantalon court et chemise, avec des chaussures identiques à celles qui étaient cachées dans le grenier de Cyrus, se planta devant elle. Il semblait être le seul à l'apercevoir.

... Non !

Un froid glacial s'insinua en Gloriana à l'idée d'être séparée de Damian à jamais et elle se mit à prier de toutes ses forces pour retourner au XIIIᵉ siècle, car là étaient sa demeure, son amour et sa vie.

Combien de temps resta-t-elle ainsi suspendue dans les méandres du temps avant que la vision cauchemardesque ne s'évanouisse et que sa prière fût exaucée ? Elle n'aurait su le dire. Damian avait quitté le baquet et se tenait près d'elle, vêtu d'une simple tunique. Il lui prit le menton entre les doigts et l'obligea à soutenir son regard.

– Pour l'amour du ciel, Gloriana, que s'est-il passé ? demanda-t-il dans un souffle.

Il était pâle comme un linge, et visiblement bouleversé.

– Je ne sais pas. Qu'avez-vous vu ?

Il tira une chaise jusqu'à lui et s'y laissa choir.

– Etait-ce un tour de magie ?

Ses pupilles s'étaient étrécies, et il tremblait légèrement ; lui, le soldat courageux qui avait bravé tant d'ennemis.

– Je ne peux incriminer le vin, continua-t-il comme elle se taisait. Vous avez littéralement disparu sous mes yeux.

Elle se taisait toujours. Il lui saisit les mains et les pressa entre les siennes. Elles étaient glacées.

– J'ai dû perdre l'esprit, ou alors vous êtes une sorcière.

Gloriana frissonna, car il ne pouvait exister pire accusation que celle-ci, et le sort réservé aux sorcières n'avait rien d'enviable au XIIIᵉ siècle.

– Je ne suis pas une sorcière, murmura-t-elle d'un ton désespéré. Je vous en prie, ne prononcez plus jamais ce mot blasphématoire.

– Mais je vous ai vue vous évaporer devant moi, insista Damian en l'agrippant par l'épaule.

Elle baissa la tête.

– Ce sont certainement les effets secondaires du vin, et rien d'autre.

– Regardez-moi, ordonna-t-il.

Malgré elle, Gloriana obtempéra.

– Je ne peux rien dire, souffla-t-elle, car moi-même, je ne comprends pas. J'étais là et, tout à coup, sans quitter cette pièce, j'ai changé d'époque. Il y avait des gens autour de moi, mais leurs vêtements étaient bizarres...

Cette explication ne sembla pas satisfaire son compagnon. Son regard, impatient et inquisiteur, la fouillait jusqu'au fond de son âme.

– Changer d'époque ? Je ne vous suis pas très bien ! Est-ce la première fois que cela vous arrive ?

– Non, confessa-t-elle à contrecœur. J'ai déjà vécu ce transfert quand j'étais enfant.

– Racontez-moi cela.

Gloriana prit une profonde inspiration et se jeta à l'eau.

– J'étais en compagnie d'un groupe d'enfants, des camarades de l'école de Briarbrook, commença-t-elle lentement. J'étais pensionnaire depuis un an, parce que mes parents ne voulaient plus de moi. Nous... Nous étions venus voir le village et le château. Il y avait une grille...

Damian attira la jeune femme sur ses genoux et referma les bras autour d'elle.

– Edwenna ne voulait pas de vous ? demanda-t-il tendrement. C'est impossible ; elle vous adorait et ne savait que faire pour vous gâter.

Gloriana noua les bras autour du cou de son époux.

– Edwenna... chuchota-t-elle en rivant son regard

sur celui de son compagnon ... Edwenna n'était pas ma vraie mère.

– Vous êtes orpheline. Je m'en souviens, maintenant.

Une migraine lancinante vrillait les tempes de la jeune femme, au point qu'elle crut qu'elle allait de nouveau disparaître.

– Mon esprit est si confus, gémit-elle. J'aimerais tant vous révéler mon histoire et en même temps j'ai si peur.

– Qu'a-t-elle de si terrible que vous ne puissiez la raconter à votre époux ?

– Un époux qui, si ma mémoire est bonne, est prêt à m'envoyer au couvent afin d'en épouser une autre.

– J'ai essayé de vous expliquer, tout à l'heure, avant que le vin de Gareth ne fasse son effet. Quelque chose a changé pour moi, et je ne veux plus mettre un terme à ce mariage, je vous le jure, repartit son compagnon, les lèvres contre ses cheveux. A présent, dites-moi tout de votre sombre secret, Gloriana.

Un instant elle hésita, se mordant la lèvre avec nervosité. Tiendrait-il sa promesse ? Elle voulait tant lui faire confiance !

– Vous ne me croirez jamais. Pas au début, en tout cas. Mais lorsque nous serons de nouveau libres, je saurai vous donner les preuves de ce que j'avance.

Le seigneur de Kenbrook se carra contre le dossier de sa chaise et la considéra, attendant qu'elle poursuive.

Gloriana avala sa salive.

– Mais quand je vous aurai montré ces preuves, vous risquez de me traiter de sorcière...

– Je pourrais déjà le faire, remarqua-t-il avec justesse. Après tout, je vous ai vue disparaître sous mes yeux.

Elle le considéra, effrayée.

– Vous savez ce qu'ils me feront, si on apprend ce qui est arrivé. Je ne suis pas un esprit diabolique, je vous le jure !

– Personne ne vous fera de mal. De plus, je n'ai nulle

intention de raconter à quiconque ce qui s'est passé, car on ne manquerait pas de me croire également fou.

Il avait raison. S'il rapportait une telle histoire, les gens le jugeraient dément. Ou alors il serait accusé d'être de mèche avec Gloriana dans ce pacte avec le diable. Elle devait tout lui avouer, mais elle ne savait par où commencer. Damian, patient, ne la brusqua pas.

– Les choses ne sont pas toujours aussi simples qu'elles le paraissent, déclara-t-elle finalement. En fait, le temps n'est pas une simple succession d'instants mais se compose de plusieurs couches, comme les anneaux à l'intérieur d'un tronc d'arbre. Ils sont distincts, et pourtant ils font partie d'un tout.

Kenbrook fronça les sourcils mais la laissa poursuivre.

– Eh bien... Vous et moi venons de deux anneaux différents de cet arbre.

Cette fois, il éclata de rire et secoua la tête.

– Il faut que vous soyez plus claire, Gloriana. Je suis un soldat, non un érudit.

– Imaginez l'Histoire comme le tronc d'un vieux chêne, avec plusieurs anneaux. Chaque anneau représenterait une année...

– Continuez.

– Je suis née dans une ère lointaine, avoua-t-elle en fermant un instant les yeux.

– Seriez-vous en train de me dire que vous venez d'un autre temps ?

Gloriana croisa son regard, étonnée de le voir parler avec autant de désinvolture.

– Oui.

– Quelle année ?

– J'étais petite quand cela s'est produit...

Il était de toute évidence fasciné par ses propos, et elle enchaîna :

– Je ne m'en souviens plus très bien. Vous me croyez, n'est-ce pas ?

Il la considéra longuement.

– Je suppose que vous dites la vérité. Si je vous suis bien, vous avez le pouvoir de voyager à travers le temps. Pourquoi pas ?

Une immense gratitude l'envahit, et elle se lova contre lui.

– Merci.

– Nous en reparlerons plus tard, et vous m'apporterez la preuve de ce que vous avancez.

Du bout des lèvres, il effleura son front.

– Je ne pourrais supporter que vous soyez perdue pour moi, ajouta-t-il d'une voix presque inaudible.

Elle se redressa pour plonger son regard dans le sien.

– Vous le pensez vraiment ?

– Oui, ma chère épouse. Voulez-vous que je vous le prouve ?

– Maintenant ?

– Si vous le voulez...

Elle quitta ses genoux. Son souhait le plus cher était qu'ils consomment leur union ; l'expérience serait à n'en pas douter enivrante, il lui en avait fait la démonstration la veille. Alors, d'où venait l'appréhension qui la tourmentait soudain ?

Conscient de sa réticence, Damian se leva à son tour, un sourire aux lèvres.

– Peut-être avez-vous besoin de temps pour vous accoutumer à cette idée...

Gloriana, qui s'était mise à arpenter la pièce d'un pas nerveux, s'arrêta soudain, éperdue.

– Quelqu'un pourrait nous épier derrière la porte, lança-t-elle en guise d'explication. Ou même nous regarder par le trou de la serrure !

Après avoir fouillé dans les malles déposées près du baquet, Damian traversa la pièce jusqu'aux portes et accrocha un vêtement devant la serrure, en obstruant la vue. Il retourna ensuite jusqu'à Gloriana.

– Voilà. Les espions ne sont plus à craindre. Et pour ce qui est de nous entendre, il vous suffira de ne pas faire de bruit.

Gloriana porta la main à son front pour apaiser le tumulte de ses pensées. Mon Dieu, elle ne savait plus où elle en était ! Les choses allaient trop vite. Tout se confondait dans sa tête. Elle avait dévoilé une vérité qu'elle gardait précieusement enfouie dans les profondeurs de sa mémoire depuis des années, et voilà que le seigneur de Kenbrook, qui avait annoncé son désir d'en épouser une autre, décidait de sceller leur union !

Incapable de rester tranquille, elle se remit à faire les cent pas dans la pièce. Damian l'observait, amusé.

– De quoi avez-vous peur, Gloriana ? lui demanda-t-il enfin.

Elle s'humecta les lèvres.

– Je crains d'être abusée, monseigneur, répondit-elle franchement. J'ai peur que vous ne souhaitiez simplement profiter de la situation...

– Prenez tout votre temps ; je ne suis pas pressé.

Il plongea de nouveau la main dans l'une des malles et en extirpa des vêtements avec lesquels il acheva de s'habiller. Quand il revint vers la table, il tenait à la main le jeu d'échecs laissé avec complaisance par leurs geôliers.

Gloriana le regardait en silence, honteuse de se montrer à ce point anxieuse.

– Comment pouvez-vous être aussi calme, quand vous venez de voir une femme s'évanouir dans les airs ?

– J'en ai vu bien d'autres, répliqua-t-il d'un ton désinvolte, sans même lever les yeux. Comme des spectres, par exemple...

Gloriana manqua suffoquer.

– Vous vous moquez de moi, monseigneur ! accusa-t-elle d'un ton véhément. Vous n'avez jamais croisé de fantômes, n'est-ce pas ?

Il sourit.

– Il y a plus de fantômes ici, dans ce château, que de ruines elles-mêmes. Hadleigh Castle possède lui aussi les siens. Dans ces endroits chargés d'histoire il y a toujours des ombres et des bruits étranges.

Il prit place en face d'elle et lui montra l'échiquier.

– Blancs ou noirs ?

– Blancs, choisit Gloriana.

– Alors, après vous.

– Edward avait l'habitude de dire qu'il y avait des soldats romains qui hantaient ces murs, l'informa-t-elle en avançant un pion. Mais je suis certaine qu'il voulait simplement m'effrayer, comme vous aujourd'hui.

Damian joua à son tour, après avoir longuement réfléchi. Peut-être était-il un excellent joueur d'échecs... Gareth ne l'avait pour sa part jamais battue à ce jeu, ni Edward, ni Cradoc, d'ailleurs.

– Si je voulais vous effrayer, j'attendrais la nuit tombée pour vous conter des histoires de fantômes et de farfadets. Ainsi, vous chercheriez du réconfort dans mes bras.

Gloriana joua rapidement, calculant en même temps l'impact de sa nouvelle position sur l'échiquier.

– Il semblerait que nous ayons beaucoup de choses à régler, monseigneur.

– Vous avez raison. Mais nous avons trop longtemps affiché nos différences. Il est temps de considérer nos intérêts communs.

– Quels sont-ils ?

– Les échecs tout d'abord.

Damian pointa du doigt les étagères emplies de manuscrits.

– Ainsi que la poésie et l'Histoire.

Il croisa son regard. Une lueur rieuse l'illuminait.

– Ou le plaisir...

Gênée, Gloriana se concentra sur son jeu.

– J'adore les échecs, rétorqua-t-elle en lui dérobant son fou.

Damian éclata de rire. Et en trois coups, il annonça échec et mat.

– M'aimez-vous, Gloriana ? demanda-t-il tout à trac, tandis qu'elle pestait contre sa défaite.

– Oui, fit-elle, sincère, en le regardant droit dans les yeux.

– Voulez-vous être vraiment ma femme et porter mes enfants ?

– Oui.

– Alors, rejoignez-moi au lit.

– Vous me trouvez donc désirable ?

– Ne vous l'ai-je pas déjà montré ? répliqua-t-il en tendant la main pour lui caresser la joue. Aucune femme ne m'a jamais attiré à ce point. Je vous désire, Gloriana, et vous me désirez aussi.

Gloriana posa la main sur les doigts de son époux et ferma les yeux tandis qu'il l'aidait à se remettre sur pied.

Il ne la guida pas aussitôt vers le lit, comme elle l'avait à la fois craint et espéré, mais l'attira contre lui et la serra tendrement dans ses bras. Leurs lèvres se rencontrèrent, et les peurs de Gloriana s'envolèrent tandis qu'un plaisir toujours plus grand déferlait dans ses veines.

Finalement, ce fut elle qui entraîna Damian jusqu'au lit, le subjuguant de ses baisers, le caressant. Il lui ôta sa chemise et sa robe, avant de se dévêtir entièrement.

– Vous êtes si belle !

Leurs mains, leurs lèvres parlaient d'amour, d'un amour toujours et encore réinventé. Lorsqu'il s'allongea sur elle, elle se consumait de désir.

– La première fois, vous risquez de...

Du bout des doigts, elle lui intima le silence.

– Chut ! Je veux être à vous.

Damian ne put y tenir plus longtemps. Avec une plainte rauque, il la pénétra, la faisant sienne.

Une douleur fulgurante transperça alors Gloriana, mais aussitôt le désir reprit ses droits et la passion l'enflamma. Elle s'arqua vers son époux, venant à sa rencontre pour ce périple que seuls connaissent les amants.

Leurs corps se mouvaient langoureusement, s'unissant au-delà des âges, dans un royaume où seule l'éternité régnait.

9

Lorsque, enfin, leur désir se tarit, Gloriana s'endormit, blottie contre Damian. Celui-ci contempla sa compagne, tandis que le soleil achevait sa course dans le ciel.

La jeune femme s'agita soudain et geignit, visiblement en proie à un mauvais rêve. Doucement, Damian se pencha pour lui murmurer des mots apaisants. Et alors qu'elle sombrait de nouveau dans l'univers du sommeil, il se demanda si ses cauchemars avaient un rapport avec sa disparition extraordinaire quelques heures plus tôt.

Plus il repensait à l'épisode, moins il comprenait ce qui s'était passé.

Elle se tenait à la table, grignotait un morceau de pain, cependant qu'il se prélassait dans son baquet et l'observait du coin de l'œil. Il songeait déjà à lui dire qu'il s'était comporté comme un idiot, qu'il voulait qu'elle porte ses enfants, et même qu'il l'aimait, mais avant qu'il n'ait pu lui avouer sa flamme, Gloriana s'était volatilisée devant lui, sans crier gare. En l'espace d'une seconde, elle avait disparu. Le phénomène avait de quoi surprendre ! Mais ce qui le troublait bien plus encore que ce tour de magie, c'était que Gloriana n'avait pas prévu cette disparition. Elle lui avait juré s'être évaporée contre sa volonté, par une force que ni l'un ni l'autre n'était à même de comprendre. Ce qui signifiait que l'incident pouvait fort bien se reproduire, sans prévenir...

Combien de temps lui serait-elle arrachée alors ? Une heure, un jour ? A jamais ?

Il frissonna, avant de bouger précautionneusement sur le matelas, de crainte de réveiller sa compagne, et l'attira plus près de lui encore. Jamais il n'avait ressenti une telle peur. Dire que pendant toutes ces années elle l'avait attendu à Hadleigh alors que lui se refusait à rentrer !

Il redressa la tête afin de mieux l'observer. Elle était si belle avec son teint de lys, ses longs cils recourbés qui ombraient ses joues délicatement rosies par la passion. Oui, elle était magnifique ! Et, tout à coup, lui qui ne se rendait à l'office que par obligation ressentit le besoin d'offrir au ciel une prière fervente. Que Dieu en soit témoin, il jurait de chérir à jamais cette femme, de lui apporter honneur et bonheur. Puisse-t-il être foudroyé s'il manquait à sa parole.

Comme si elle avait entendu son vœu, Gloriana ouvrit lentement les yeux.

– J'espère que vous avez conçu un enfant, murmura-t-elle d'une voix ensommeillée.

– Moi aussi.

– Et que direz-vous à Marianne ? Elle est venue de si loin pour vous...

Tendrement, il lui caressa la joue.

– Je lui dirai que je suis désolé, et je lui offrirai de la raccompagner chez elle en France sous bonne escorte.

Comme la jeune femme posait la tête sur son épaule, ses longs cheveux, pareils à de l'or rouge, lui chatouillèrent la peau de leur douceur soyeuse, tandis qu'elle déclarait :

– Qui sait ? Peut-être qu'Edward s'en chargera ! Ma femme de chambre m'a dit qu'elle avait passé tout le tournoi à l'admirer depuis sa fenêtre.

Gloriana marqua une pause, et leva les yeux vers son époux.

– Je parle de Marianne, bien sûr, pas de ma femme de chambre, ajouta-t-elle.

– J'avais bien compris et j'en suis ravi. J'avais peur que ma défection ne lui brisât le cœur.

– Quelle fatuité ! lança Gloriana d'un ton moqueur en battant des cils avec coquetterie. Vous n'êtes pas si irrésistible...

– Petite effrontée ! rétorqua Damian d'un ton faussement grondeur. Je devrais vous demander réparation pour de tels propos.

Gloriana s'empourpra, mais elle ne baissa pas le regard.

– De quel type de réparation parlez-vous, monseigneur ?

Pour toute réponse, Damian la plaqua contre lui et lui caressa le creux des reins tout en pressant sa virilité contre la cuisse de sa compagne.

– Défieriez-vous votre maître, milady ?

Les yeux émeraude de Gloriana s'illuminèrent et elle acquiesça, tout en s'arquant vers lui pour mieux s'offrir.

Damian sentit le désir lui mordre les reins, mais cette fois, il voulait prendre son temps, savourer chaque instant de ces délicieuses sensations.

Gloriana s'animait dans ses bras, s'enhardissait à le caresser.

– Sorcière, murmura-t-il d'une voix rauque, vous voulez me damner, n'est-ce pas ?

Elle gémit, se cambrant un peu plus encore.

– Damian... je vous en prie...

– Vous me priez de quoi, milady ?

Il lui effleura les épaules du bout des doigts avant de s'aventurer sur sa gorge. Lentement, il fit glisser une main sur son ventre, puis plus bas encore, joua avec sa toison, effleurant comme par inadvertance les pétales humides et brûlants de sa féminité. Plus lentement encore, il taquina son mont de Vénus jusqu'à lui arracher de longues plaintes langoureuses.

Gloriana enfouit son visage dans l'oreiller.

– Je vous en prie, Damian, venez en moi.

Loin de lui obéir, il s'écarta et, se penchant sur sa gorge palpitante, lui mordilla amoureusement le bout des seins, jouant à exacerber son désir pour mieux le satisfaire.

Gloriana ondulait langoureusement contre lui, ses ongles griffaient les draps.

– S'il vous plaît, murmura-t-elle d'une voix étouffée, s'il vous plaît, Damian...

Mais il était encore trop tôt pour qu'il capitule. La repoussant contre les oreillers, il glissa le visage entre ses cuisses. Gloriana accueillit sa langue avec un cri de plaisir. Elle se cambrait vers lui, allait à sa rencontre pour qu'il pénètre plus loin, plus loin encore.

Quand il la devina sur le point de chavirer, il se redressa et, après l'avoir enveloppée d'un regard brûlant, il plongea en elle.

Avec un gémissement rauque, elle ferma les yeux et arqua les reins pour l'accueillir. Ses cheveux ruisselaient sur l'oreiller en une pluie de feu. Damian crut que son cœur allait exploser dans sa poitrine tandis qu'il s'enfonçait en elle de plus en plus profond, allant et venant entre les tendres cuisses ouvertes. Gloriana le pressait contre elle, les bras noués autour de sa taille, exigeante, insatiable.

Mon Dieu ! Saurait-il supporter un tel flot de sensations sans y laisser la vie ?

– Damian ! chuchota-t-elle, en transe.

Tendue comme un arc, elle se frottait contre lui, attisant plus encore la passion qui les faisait vibrer. La jouissance fondit sur eux comme un ouragan et ils retombèrent ensemble, foudroyés par un plaisir incommensurable. Longtemps, ils demeurèrent pantelants dans les bras l'un de l'autre, puis, toujours enlacés, ils s'abandonnèrent au sommeil.

Ce fut Gloriana qui se réveilla la première. Le crépuscule était tombé depuis longtemps et la faim la taraudait. Gentiment, elle repoussa son compagnon et roula hors du lit, riant de la tentative manquée pour la retenir captive. Damian se redressa alors sur un coude et la regarda se diriger, nue, vers la table où elle s'empara de pain et de fromage qu'elle se mit à dévorer à pleines dents.

Il se leva finalement pour la rejoindre, et Gloriana songea brusquement à ces fauves de l'autre monde, enfermés dans de grandes cages, arpentant leur espace clos d'une démarche sensuelle et dangereuse. L'autre monde... Pourquoi fallait-il qu'elle s'en souvienne juste maintenant ?

Damian s'approcha d'elle et l'étreignit, lui offrant un sourire qui accéléra les battements de son cœur. Elle en oublia aussitôt la vague de malaise qui la menaçait, pour rire lorsqu'il lui vola un morceau de gâteau.

Tour à tour, ils se nourrirent, avec la complicité unique des amants. Damian jeta ensuite l'eau à présent froide du baquet par l'une des fenêtres et en chauffa d'autre pour Gloriana dans la cheminée. A la lumière des bougies, la jeune femme se baigna, bercée par les notes mélodieuses que Damian égrenait sur la lyre.

Quand elle fut lavée, Damian l'enveloppa dans un drap de douce étoffe pour la sécher. Gloriana s'abandonna à ses soins avec délices. C'était si bon de se sentir tout à coup aimée, entourée...

Elle enfila ensuite une fine chemise de mousseline, dont la transparence laissait deviner ses seins et le triangle blond-roux entre ses cuisses. De nouveau, ils firent honneur aux victuailles avant de retourner sur le lit. Damian avait allumé les lampes et, prenant un livre de poésie, il en lut à voix haute des passages, choisissant de romantiques ballades où l'amour était glorifié.

Quand ils furent las de lecture, ils disputèrent une

partie d'échecs, et cette fois, ce fut au tour de Damian d'être mat. Loin d'en concevoir la moindre aigreur, il n'en ressentit que plus d'admiration pour Gloriana.

Ensuite, ils firent de nouveau l'amour avec une déchirante douceur et s'endormirent en se chuchotant des mots tendres.

Lorsque Gloriana ouvrit les yeux, la pièce était baignée de la chaude lumière du jour et Damian, déjà levé, lui tournait le dos, posté à la fenêtre nord. Il avait revêtu une tunique verte, des chausses assorties et des bottes de cuir lustré. Le cœur de Gloriana se serra aussitôt : c'était là l'habit d'un homme qui s'apprête à partir en voyage.

Il dut se sentir observé car il fit brusquement volte-face et la gratifia d'un tendre sourire.

– Levez-vous, milady, déclara-t-il, et préparez-vous. Nos ravisseurs approchent pour nous rendre la liberté. Un ange les aura avertis que nous avons finalement consommé notre union.

Malgré le regret que leur douce retraite s'achève déjà, la jeune femme ne put s'empêcher de sourire.

– Sûrement pas. Les anges sont des créatures beaucoup trop chastes pour se faire l'écho de notre conduite d'hier... répondit-elle en sautant à bas de la couche pour enfiler sa robe.

Elle aurait aimé prendre son temps, mais Gareth et ses hommes seraient là dans quelques minutes, et elle n'avait nulle intention de leur offrir le spectacle de sa nudité.

Damian quitta son poste d'observation et vint vers elle. Il lui posa les mains sur les épaules pour l'attirer à lui.

– Permettez-moi de vous contredire, milady. Tous les anges ne sont pas chastes. Si c'était le cas, vous n'auriez jamais clamé votre passion avec autant de fougue la nuit passée.

– Vil flagorneur ! l'accusa-t-elle avant de lui nouer les bras autour du cou. Vous m'appelez peut-être un ange maintenant, mais ce n'est pas ce que vous disiez pendant nos ébats.

Pour toute réponse, il se pencha et captura ses lèvres en un tendre baiser.

En contrebas, le martèlement des sabots se fit entendre. Dans quelques minutes, leur tête-à-tête prendrait fin pour céder la place à une liberté pleine d'incertitudes...

– Dites-moi ce qui vous tracasse, Gloriana. Vous me semblez soudain bien triste.

Elle soupira. Gareth et ses troupes avaient gagné le hall à présent et leurs voix leur parvenaient à travers les portes fermées.

– Lorsque...

Elle se tut et s'empourpra.

– Lorsqu'ils auront la preuve que notre mariage a été consommé et que nous recouvrerons la liberté...

Le concert de voix approchait.

– Oui ? demanda Damian comme s'ils avaient tout le temps devant eux.

– J'aimerais savoir comment vous allez me traiter à présent, monseigneur. Vais-je vivre et œuvrer près de vous, comme votre épouse légitime ? Je préfère vous prévenir que malgré les sentiments que je vous voue, je n'hésiterais pas à m'enfuir si vous décidiez finalement de m'enfermer au couvent.

La clé tournait dans la serrure, lorsque le seigneur de Kenbrook enserra de ses doigts le visage de sa compagne et lui caressa les joues du creux de ses paumes.

– Vous êtes ma femme, Gloriana, et vous le resterez, lui promit-il. Vous et moi vivrons ici, à Kenbrook Hall, dès que le château sera restauré. Et cette pièce sera notre chambre. C'est ici que seront conçus nos fils et nos filles, ici aussi qu'ils naîtront, si vous le voulez bien.

Gloriana planta son regard dans le sien.

– Et Marianne ?

Damian lui embrassa le front à l'instant précis où les portes s'ouvraient à la volée. Les hommes de Gareth, armés jusqu'aux dents, firent irruption dans la chambre, prêts à se battre si nécessaire, mais le seigneur Kenbrook ne leur prêta même pas attention.

– Elle retournera en France, si tel est son désir. Sinon, elle restera et en épousera un autre, Maxen, le Gallois, ou notre Edward, à moins qu'elle ne préfère entrer dans les ordres. Jamais elle ne sera ma maîtresse, Gloriana, si vous me promettez bien sûr de m'aimer.

– Enfin ! commenta Gareth sur le seuil. Allez-vous-en ! ajouta-t-il à l'endroit de ses hommes, on n'a plus besoin de vous ici.

A contrecœur, Damian détacha son regard de celui de Gloriana pour reporter son attention sur son frère tandis que les gardes, obéissant docilement à leur maître, se retiraient de la chambre nuptiale.

– Je n'ai pas besoin de te demander, Kenbrook, si tu as fait de cette ravissante jeune femme ton épouse légitime ! lança Gareth d'un ton moqueur. Il suffit de vous regarder tous les deux.

Gloriana posa une main apaisante sur le bras de son époux, craignant que celui-ci ne réponde vivement à la provocation.

Mais Damian était d'excellente humeur.

– Tu as vu juste, mon frère. Prendras-tu un peu de vin pour célébrer cette bonne nouvelle ?

Gareth grimaça, songeant probablement au tour qu'il avait joué à Damian la veille.

– Même si je dois vivre sur cette terre encore des décennies, Kenbrook, je ne goûterai jamais le vin que tu m'offriras.

Damian haussa un sourcil, glissant négligemment un bras autour de la taille de sa compagne.

– Tu ne me fais pas confiance ?

– Même si tu as été absent toutes ces dernières années, c'est quand même moi qui t'ai élevé. Je te connais ; tu chercheras à prendre ta revanche.

Gloriana vit une lueur narquoise étinceler dans les

prunelles de son époux. Gareth avait dû lui aussi la remarquer car il sourit et ajouta :

– Mais on n'apprend pas à un vieux singe à faire la grimace, et tu n'es pas près de me posséder.

– Nous verrons, fit Damian tranquillement.

Un long silence s'ensuivit. Gareth s'éclaircit la voix.

– Comme je le disais tout à l'heure, il semblerait que les choses se soient finalement bien arrangées entre vous. Il m'est donc inutile de vous demander des preuves.

– Non seulement tu es généreux, remarqua Damian d'un ton sarcastique, mais tu es prudent. Sache que lady Gloriana et moi nous installons ici désormais. Ta présence n'est par conséquent plus indispensable. Je ne te retiens pas.

C'était un congédiement, en bonne et due forme !

Gareth ouvrit la bouche, mais la referma aussitôt. Gloriana était elle aussi trop surprise pour émettre la moindre remarque.

Rouge jusqu'à la racine des cheveux, le seigneur de Hadleigh hésita un moment avant de tourner les talons et de s'éloigner, laissant les portes grandes ouvertes derrière lui.

Gloriana regarda son beau-frère s'en aller et sentit la tristesse l'envahir. Gareth avait toujours été bon pour elle, et la brouille des deux frères lui était pénible.

– Ne vous inquiétez pas, milady, commenta son compagnon avec un sourire, mon frère et moi finirons par nous réconcilier. Mais il fallait bien marquer le coup !

Il lui prit la main.

– Et maintenant, si nous visitions le reste du château ? ajouta-t-il en l'entraînant derrière lui.

Gloriana le suivit docilement. Ils descendirent un escalier et rejoignirent le grand hall, une pièce si vieille qu'elle ne comportait même pas de cheminées, mais deux trous béants, noircis par la suie, par lesquels la pluie s'était infiltrée pendant des années. L'endroit était en piteux état, mais elle l'aimait déjà.

– Je venais jouer ici avec Edward, déclara-t-elle d'un ton attendri en se rappelant les fous rires complices que son jeune beau-frère et elle avaient partagés autrefois.

Damian s'arrêta et se tourna vers elle. Dans la pénombre de la pièce, elle ne pouvait distinguer son expression. Sa voix, en revanche, était sèche et réprobatrice quand il répondit :

– Oubliez ces instants ! Vous êtes avec moi désormais...

Sans plus attendre, il la guida vers les profondeurs de la bâtisse, là où Edward et elle n'avaient jamais osé s'aventurer.

L'enfilade de vastes pièces bénéficiait de la luminosité du jour, même si les étroites ouvertures ne laissaient passer que de faibles rayons de soleil.

– Où sommes-nous ? demanda Gloriana lorsqu'ils atteignirent une immense salle ornée de colonnades qui semblaient s'étendre à l'infini.

– Les Romains tenaient par-dessus tout à la propreté, expliqua Damian avant de se débarrasser de ses vêtements. C'est eux qui ont construit ces thermes.

La jeune femme suivit du regard la silhouette de son époux balayée tour à tour par l'ombre et la lumière.

Une lumière qui faisait songer aux eaux miroitantes du lac...

– Des bains romains ?

– Oui, fit Damian. (Elle ne le voyait plus, mais les murs renvoyaient l'écho de sa voix.) Ils ont utilisé une source sous le château.

Gloriana se repéra à la voix de son compagnon, parfois couverte par le murmure cristallin de l'eau, jusqu'à ce qu'elle arrive devant une immense piscine carrée, ceinturée de statues en mauvais état. Des tuiles cassées, portant encore l'empreinte de fresques, jonchaient les bords du carré d'eau.

– Comment un tel endroit peut-il encore exister après autant de siècles ? s'émerveilla Gloriana.

En un tour de main, elle ôta sa robe, puis sa chemise.

– La source ne s'est jamais tarie, déclara Damian en tendant vers elle un bras perlé d'eau, sans compter que les Romains étaient prévoyants. Ils construisaient tous leurs édifices pour supporter le passage du temps.

De l'écume bouillonnait, là où l'eau jaillissait, dans une faible odeur de soufre.

Prenant garde à ne pas glisser, Gloriana entra dans la piscine et rejoignit son époux.

– Comment toute cette eau s'évacue-t-elle ?

Le courant tiède massait agréablement ses jambes et son ventre, annihilant les courbatures d'une nuit d'amour.

– Il existe un système de conduits, qui mène au lac, souffla Damian contre la nuque de la jeune femme, qui ne songeait déjà plus aux merveilleuses inventions des Romains.

Comme il se penchait pour l'embrasser, Gloriana referma audacieusement les doigts sur sa virilité, fière d'entendre le gémissement rauque de Damian sous ses lèvres. Ainsi, elle aussi pouvait lui donner du plaisir...

Il n'y eut pas d'autres préliminaires. Soulevant la jeune femme dans ses bras, Damian la pénétra avec fièvre, tandis qu'elle nouait les jambes autour de sa taille. Leur cri à l'unisson, répercuté à l'infini par les hauts murs qui les entouraient, marqua leur extase, violente et douce à la fois.

Ensuite, Damian porta Gloriana jusqu'aux marches de la piscine où, tendrement, il entreprit de la laver avec autant de déférence que si elle était une déesse descendue de l'Olympe.

Lorsque l'heure du bain s'acheva, ils s'étreignaient encore, bercés par le chuchotis de l'eau qui clapotait autour d'eux.

Gloriana était en proie à un bonheur ineffable. Elle serait restée là, blottie dans les bras de son époux, des heures encore, si des bruits martelés de sabots n'avaient soudain retenti dans la grande cour.

Damian lui tendit la main et l'aida à se rhabiller, avant de se vêtir à son tour.

Les chevaux et les hommes de Kenbrook attendaient patiemment dans la cour lorsqu'ils traversèrent le hall. Sans se soucier de ses vêtements trempés qui lui collaient à la peau et de l'eau qui ruisselait encore de ses cheveux, Damian sortit pour les saluer.

Gloriana le rejoignit dans la cour, quelques instants plus tard, après s'être rapidement séchée. En tant que maîtresse de Kenbrook Hall, il était de son devoir de prendre place au côté de son époux.

Lorsqu'elle franchit le seuil, elle reconnut parmi les hommes le géant roux que Damian semblait tant estimer.

Maxen s'inclina cérémonieusement devant elle.

– Milady.

Elle hocha la tête pour le saluer, sans toutefois prononcer un mot.

Damian se tourna vers elle, un sourire rayonnant aux lèvres.

– Mes hommes sont venus résider au château avec nous.

Comme toute hôtesse qui se respecte, Gloriana s'inquiéta de la manière dont elle allait nourrir toute cette troupe, mais elle était enchantée. Ces soldats étaient les hommes de son époux et leur fidélité lui faisait honneur. Vu le manque de confort des lieux, il fallait en effet qu'ils fussent très attachés à Damian pour le suivre ici.

– Trouvez les écuries pour vos chevaux, ordonna ce dernier, et venez nous rejoindre dans le grand hall. Ma femme et moi vous souhaitons la bienvenue.

Alors que les soldats s'éloignaient vers leurs nouveaux quartiers, une caravane de carrioles apparut au détour du sentier. Elles devaient apporter des victuailles ainsi que des serviteurs, et Gloriana en fut si ravie qu'elle se jeta au cou de son mari et l'embrassa avant de courir au-devant des nouveaux arrivants.

Judith, qui marchait en tête du cortège, sourit en l'apercevant.

– Ainsi vous étiez là, milady ! Est-ce que le maître de Kenbrook Hall vous a bien traitée, au moins ?

Gloriana rougit en songeant à la manière dont son époux s'était occupé d'elle.

– Très bien. Par qui ce convoi est-il envoyé ? ajouta-t-elle en désignant les carrioles qui avançaient au pas dans le chemin.

– Ce sont des présents de lord Hadleigh. Ainsi que vos effets.

La domestique jeta un coup d'œil vers le grand hall et frissonna.

– Cet endroit est sinistre et il fourmille, dit-on, de revenants.

– Billevesées !

Les chariots s'arrêtèrent dans la cour pour être aussitôt déchargés par une kyrielle de domestiques et de soldats qui portèrent les malles et les paniers à l'intérieur du château, sous l'œil vigilant de Gloriana. Damian, pendant ce temps, s'était retiré avec Maxen, certainement pour discuter de ses futurs projets de restauration.

Gloriana avait déjà une idée sur la question, et suffisamment d'argent pour la réaliser, mais elle en parlerait à son époux plus tard, quand ils seraient seuls.

Le soir venu, Judith, aidée des autres domestiques, avait tout nettoyé. Un feu fut allumé dans la pièce adjacente qui servirait de cuisine, et bientôt, une myriade de sangliers rôtirent sur leurs broches.

Des messagers s'en furent alors à Hadleigh Castle ainsi qu'à l'abbaye et, lorsque le crépuscule fut là, les invités arrivèrent.

Gareth fut le premier à faire son apparition, accompagné de lady Hadleigh. Edward le suivait à distance, fier comme Artaban sur sa nouvelle monture. Puis Marianne et sa femme de chambre, Fabienne, conduites par un cocher du château, descendirent de voiture.

Gloriana sentit aussitôt son cœur se serrer. Marianne accepterait-elle encore d'être son amie ?

Elle avait tort de s'inquiéter. Avec un large sourire, la jeune Française se jeta dans ses bras.

– Vous êtes heureuse ! s'écria-t-elle. Je le vois dans vos yeux.

Gloriana ne put s'empêcher de rire, à la fois de soulagement et de joie de retrouver son amie. Elle referma les bras autour de la taille de Marianne.

– Vous m'avez pardonné ?

La Française fit la moue.

– Vous vous êtes comportée comme une véritable traîtresse, lady Kenbrook.

Un autre sourire enchanteur éclaira alors son visage, démentant le ton sévère de ses paroles.

– Mais je vous pardonne de grand cœur, reprit-elle.

Du coin de l'œil, Gloriana vit Edward sauter de sa monture et tendre les rênes à son écuyer, un jeune garçon d'une dizaine d'années qui dut s'arc-bouter pour retenir l'étalon, cadeau de Gareth.

Le beau visage de son beau-frère était sombre et réprobateur quand il posa les yeux sur elle.

Elle s'apprêtait à le saluer, lorsque Damian apparut à son côté et glissa un bras possessif autour de sa taille avant de gratifier son jeune frère d'un bref hochement de tête. Sur quoi, se tournant vers Marianne, il demanda à lui parler en privé.

Tandis que son époux s'éloignait en compagnie de la jeune Française, Gloriana reporta son attention sur Edward.

– J'ai entendu dire que vous aviez une fervente admiratrice en cette demoiselle, déclara-t-elle.

Son interlocuteur garda une expression fermée.

– Marianne admire tous les hommes. J'imagine que Kenbrook a l'intention de la renvoyer en France.

Gloriana hocha la tête, observant un instant Damian et Marianne. Ils étaient trop loin pour qu'elle puisse entendre leurs paroles, mais elle était désormais sûre de l'amour de son époux et ne pouvait plus redouter Marianne. Une autre menace, bien plus effrayante, l'inquiétait désormais. Un frisson glacé la parcourut en songeant à l'autre monde, gouffre inconnu qui pouvait à tout instant l'engloutir...

« Laissez-moi demeurer ici, pria-t-elle en silence. Je vous en prie, ne m'obligez pas à partir de Kenbrook Hall. Laissez-moi rester à jamais auprès de mon époux. »

10

La fête battait son plein dans la grande salle de Kenbrook Hall et, à la lumière des torches, la nuit s'écoulait dans une ambiance de liesse. Alors que Damian, réconcilié avec Gareth, riait avec lui et une demi-douzaine de soldats devant l'âtre où crépitait un feu de joie, Gloriana se pencha vers Elaina, pour mieux entendre la douce voix de sa compagne avec laquelle elle devisait gaiement.

— C'est merveilleux de voir de nouveau cet endroit revivre, commenta Elaina.

Malgré son sourire ravi, elle paraissait ce soir plus fragile que jamais. Etait-ce le lourd secret pesant sur ses épaules qui donnait à son beau visage cet éclat translucide ? Elle paraissait presque irréelle, comme si elle était déjà bien loin d'eux tous, dans un univers au-delà de la vie.

— Tes enfants seront magnifiques, Gloriana, reprit-elle de son timbre mélodieux. Trois garçons et deux filles. Tous te feront honneur.

Une chance encore qu'il n'y eût personne près d'elles pour surprendre ces paroles... De telles remarques auraient eu un effet désastreux sur une société encore engluée dans ses superstitions et pour qui toute prédiction relevait de la sorcellerie. Gloriana ne put cependant réprimer sa curiosité.

— Vous voyez mes enfants ?

– Oui, répondit Elaina, comme si la chose allait de soi.

Elle cligna soudain des yeux et Gloriana devina que sa vision s'évanouissait brusquement, remplacée par une autre, bien moins gaie. Elle en eut la confirmation une seconde après, quand Elaina, se tournant vers elle, resserra l'étreinte de ses doigts sur son bras, l'air mortellement inquiet.

– Prends garde, Gloriana, psalmodia-t-elle.

– Qu'y a-t-il ? souffla la jeune femme, soudain alarmée.

– Tu souffriras. Tout comme Damian, d'ailleurs. Mais si tu refuses d'affronter courageusement les épreuves qui jalonneront ta route, tes enfants ne verront jamais le jour. Ce sera pourtant à eux de décider du destin de ce pays.

Le cœur battant, Gloriana jeta un coup d'œil autour d'elle et, apercevant une poignée de servantes à seulement quelques mètres, elle entraîna sa compagne vers le passage qui menait au jardin intérieur, baigné par la lumière argentée de la lune. La chapelle qui s'élevait en arrière-plan semblait protéger l'endroit.

– Vous devez me dire ce que je dois faire, implora-t-elle. J'ai si peur d'être séparée de Damian...

– Vous serez séparés, prononça gravement Elaina. Un jour, dans l'autre monde, un choix difficile se présentera à toi. Une autre choisirait le sentier de la froide raison, mais toi, Gloriana, tu auras le courage et l'audace de n'écouter que ton cœur. J'ai confiance en toi. Tu abattras les obstacles les uns après les autres, et tu remporteras la victoire de l'amour...

Bouleversée, Gloriana s'adossa contre un pilier et tenta en vain de refouler ses larmes.

– Mais je ne veux pas quitter Damian... Je ne le supporterais pas.

– Tu n'auras pas le choix. Et maintenant, Gloriana, essuie tes pleurs et retourne à tes invités. Accueille ton mari avec chaleur dans ton lit, et surtout ne lui dis rien

159

de ce que vous réserve l'avenir. Damian a encore maintes batailles à mener et de savoir que le temps vous est compté ne ferait que l'affaiblir.

— Pourquoi ? demanda Gloriana d'une voix étranglée. Pourquoi ne pouvons-nous pas vivre normalement, comme les autres ?

— Parce que toi et Diaman n'êtes pas comme les autres. De votre descendance à tous deux viendront des hommes et des femmes qui auront l'étoffe de héros. Ils sauront offrir de sages et judicieux conseils, et les rois les écouteront.

Ecrasée par ces révélations, Gloriana secoua la tête.

— Je pourrais tout endurer, si seulement je restais auprès de Damian. Mais sans lui, je ne suis rien.

Elaina posa une main sur son épaule.

— Comme l'acier gagne en robustesse après son passage dans le feu, l'esprit humain est renforcé par l'adversité. Suis le chemin qui est le tien, Gloriana. Si tu fuis, la lignée de Kenbrook disparaîtra dans quelques générations et toute l'Angleterre en pâtira.

Sur ces mots, elle s'inclina, baisa le front de la jeune femme, et s'en fut.

Restée seule, Gloriana croisa les bras sur sa poitrine, cherchant à repousser le froid qui tout à coup l'assaillait. Les mots d'Elaina résonnaient douloureusement dans son esprit. « Cette femme est folle », se répétait-elle avec désespoir. Mais au plus profond de son être, elle savait que lady Hadleigh avait dit la vérité.

Elle se couvrit le visage de ses mains, mais l'angoisse, trop forte à présent, l'empêchait de s'abandonner aux larmes. Du reste, ce n'était pas le moment de pleurer mais de se reprendre, au contraire, pour profiter des instants qui lui restaient encore à vivre auprès de Damian. Combien de temps encore s'écoulerait-il avant qu'ils ne soient arrachés l'un à l'autre ?

— Vous êtes morte de fatigue, observa une voix masculine familière derrière elle.

Damian ! Elle tressaillit lorsqu'il lui posa la main sur

160

la nuque, jouissant, comme un miracle, de ce contact tendre et chaud.

– Venez, lady Kenbrook. Je vous emmène jusqu'à notre chambre.

Gloriana se tourna vers lui et, avec un sanglot réprimé, s'accrocha à son cou pour l'attirer contre elle.

– Que se passe-t-il, ma chérie ? demanda Damian d'une voix alarmée en la soulevant dans ses bras. Elaina aurait-elle dit quelque chose qui vous ait bouleversée ?

La jeune femme se blottit contre le torse de son époux. Ni lui ni elle ne pouvaient rien contre la fatalité, aussi choisit-elle de souffrir en silence.

– J'ai seulement mal aux pieds d'avoir trop dansé, lança-t-elle, en sautant sur la première excuse qui lui venait à l'esprit. Consentiriez-vous à me masser ?

Rassuré, Damian éclata de rire avant de l'emporter vers le sommet de la tour, empruntant l'étroit couloir jusqu'à l'escalier. Même s'il faisait sombre, il connaissait bien le chemin et avançait d'un pas rapide et assuré.

– Vous êtes trop gâtée, milady, la gourmanda-t-il d'un ton moqueur. Il va falloir que je vous reprenne en main, ou vous allez me mener par le bout du nez jusqu'à la fin de nos jours.

La gorge nouée, Gloriana plaqua une main sur la poitrine de son époux et sentit à travers le tissu de la tunique les battements de son cœur.

– Je vous aimerai toujours, souffla-t-elle, éperdue.

Ils venaient d'atteindre le palier du premier étage. Damian la remit sur pied et, l'agrippant aux épaules, l'obligea à soutenir son regard.

– Pourquoi cette note de tristesse dans votre voix ? Sauriez-vous quelque chose que j'ignore ?

La jeune femme lui caressa la joue du bout des doigts.

– Je sais seulement que je serai vôtre jusqu'à la fin de mes jours, et plus si c'est possible.

Damian lui redressa le menton, exposant son visage à la lumière de la lune.

– Je vous aime, Gloriana, murmura-t-il avant de capturer ses lèvres.

Gloriana lui rendit son baiser avec fièvre. Il lui fallait dissimuler son désespoir. Damian ne devait se douter de rien. Quand enfin il s'écarta, elle demanda d'un ton faussement léger :

– Et Marianne ? Va-t-elle repartir pour la France ?

Damian lui prit la main et l'entraîna derrière lui le long de la galerie.

– Il semble qu'elle préfère rester ici, répondit-il. En fait, elle aimerait rejoindre l'abbaye, sous la tutelle de sœur Margaret.

– Mais je croyais... Je croyais qu'elle appréciait Edward... ?

– Pendant les années à venir, Edward devra se battre. Prendre une épouse maintenant serait un peu prématuré.

Ils gravirent la volée de marches conduisant au sommet de la tour et Gloriana, à bout de souffle, se prit à regretter que son époux n'ait pas continué à la porter.

– Voulez-vous dire qu'Edward va s'en aller guerroyer au loin ? J'espérais secrètement qu'il y renoncerait.

– Il ne sera pas obligé de partir très loin pour connaître la guerre. Les hommes de Merrymont ont brûlé l'un de nos villages hier. Il nous faut riposter, et cela au plus tôt.

La jeune femme s'adossa au mur, derrière elle, sidérée par la nouvelle.

– Et Gareth et ses troupes ont l'intention de se lancer aux trousses de Merrymont ?

Damian marqua le pas, se retourna, et Gloriana redouta brusquement d'entendre le pire. Allaient-ils être séparés plus rapidement que prévu ?

– Non seulement les hommes de Gareth, mais les miens, lâcha-t-il. Nous ne pouvons laisser ce traître détruire nos biens sans réagir.

Eperdue, Gloriana craignit soudain de s'effondrer.

– Que ferez-vous, Damian ? Allez-vous lancer un raid sur l'un de leurs villages pour que d'autres innocents périssent ?

Avec un juron, il tendit la main et la tira jusqu'en haut des marches. Quand ils furent arrivés dans leurs appartements, il claqua les grandes portes derrière eux et se tourna vers la jeune femme, visiblement furieux. La lumière du feu dansait sur son visage, éclairant son regard bleu étincelant.

– Me prenez-vous pour un monstre ? Comment pouvez-vous croire un seul instant que je m'abaisserais à de telles pratiques ?

Gloriana avala sa salive.

– La guerre est souvent synonyme de destruction, repartit-elle, timidement, et fermiers et villageois sont d'ordinaire les plus exposés. Leurs cultures sont piétinées, leurs huttes incendiées, et eux sont tués ou déportés. Les seigneurs s'en tirent toujours à bien meilleur compte.

– Eh bien, en l'occurrence, notre querelle ne concerne que Merrymont et ses troupes, personne d'autre.

Soulagée, Gloriana laissa échapper un soupir avant de se laisser tomber sur une chaise.

– Je suis désolée, fit-elle sincèrement, j'aurais dû savoir que vous ne pourriez pas vous attaquer à des gens sans défense. Acceptez mes excuses.

Avec un vague grognement, Damian ôta sa tunique pour se mettre torse nu, puis, ouvrant une boîte en bois posée sur la table, il en sortit une minuscule fiole. Quand, finalement, il s'approcha de Gloriana, sa colère semblait apaisée.

Il s'assit en face d'elle et, sans un mot, lui saisit une jambe qu'il étendit sur ses genoux. Lentement, il la débarrassa de sa mule et la jeune femme poussa un léger cri de plaisir lorsqu'il fit courir ses doigts sur sa cheville.

Versant un peu d'huile ambrée dans sa paume,

Damian reposa ensuite la fiole sur la table et entreprit de masser le pied menu de Gloriana.

– Je plaisantais tout à l'heure en vous demandant de me masser, monseigneur, déclara-t-elle, embarrassée.

Elle laissa cependant échapper un long et languide soupir.

– C'est agréable ? s'enquit-il d'un ton taquin.

Agréable ? C'était divin ! Et excessivement sensuel. Gloriana sentait peu à peu le désir l'envahir.

– Oh... c'est merveilleux !

Les pouces de son époux décrivaient des cercles enflammés sur sa peau nue, faisant peu à peu pénétrer l'huile parfumée.

– Pas autant que vous, murmura-t-il.

Le timbre de sa voix s'était fait caressant, instillant en elle de si délicieuses promesses que Gloriana en oublia la sombre conversation qu'elle avait eue avec Elaina.

Sa raison s'en allait, sous l'afflux des sensations délicieuses. Le mal, brusquement, lui semblait irréel, impossible. Le bonheur qu'elle connaissait près de son époux était trop fort. Rien ni personne ne pourrait jamais l'entamer...

Comme Damian attrapait son autre pied, un doux frisson la parcourut. Dieu que c'était bon ! Sa langueur suscita chez son époux un rire attendri.

– Vous êtes aussi sensuelle qu'un chat qui s'étire devant le feu ! Maintenant, je sais comment vous faire entendre raison. A l'avenir, il me suffira de vous masser.

La seule mention du futur suffit à extirper Gloriana de la torpeur bienfaisante dans laquelle elle voguait ; son cœur se serra.

– Portez-moi dans le lit, implora-t-elle, et faites-moi un enfant.

Ignorant ses supplications, il continua de lui masser le pied.

– Cette suggestion est digne d'intérêt, mais je crois que vous êtes déjà enceinte.

Gloriana posa une main sur son ventre ; cette éventualité ne l'avait pas encore effleurée.

– Comment le savez-vous ? murmura-t-elle. Avez-vous des visions, vous aussi, comme lady Elaina ?

Damian se contenta de rire avant de se pencher et de lui déposer un doux baiser sur le genou. Puis il leva la tête et croisa son regard.

– Je n'ai d'autres pouvoirs que ceux que me confère l'amour.

Gloriana écarquilla les yeux.

– Mais vous semblez si certain que je porte votre enfant...

– Oui, et c'est un fils.

Doucement, il reposa le pied de Gloriana sur le sol et se leva.

– Et quand m'auriez-vous donné cet enfant, monseigneur ? demanda-t-elle avec un sourire enjôleur.

– Aujourd'hui, dans les bains romains.

L'espace d'une minute, Gloriana se rappela la chaleur de la source, la caresse de l'eau sur ses hanches et leurs deux corps étroitement enlacés tandis que Damian libérait sa semence en elle. Le rouge lui monta aux joues.

Brusquement, elle vit que son époux avait récupéré la fiole d'huile.

– Vous l'apportez au lit avec nous ?

– J'ai des projets pour la nuit, murmura-t-il d'un ton mystérieux.

Sans plus poser de questions, elle le suivit jusqu'à la couche nuptiale et se laissa déshabiller.

Bientôt, tandis que les flammes vacillaient dans l'âtre, les cris de plaisir de Gloriana retentirent bien au-delà des murs de la tour, proclamant son extase à la terre entière...

L'aube baignait la chambre d'une lumière rosée quand Gloriana ouvrit les yeux. Elle constata aussitôt que Damian avait quitté la chambre.

Le corps encore endolori des ébats de la nuit, elle se redressa avec une grimace et découvrit le morceau de gâteau que Damian avait eu la prévenance de laisser sur son oreiller. Elle s'en empara, dévorée par une faim de loup, et le mangea tout en regardant par la fenêtre. Au-delà des eaux du lac, les cloches de la chapelle de Hadleigh sonnaient, appelant chacun à son devoir de fidèle.

Gloriana s'étira langoureusement, songeant déjà à organiser un office dans la minuscule église de Kenbrook Hall ; mais aujourd'hui, elle se sentait bien trop paresseuse pour faire autre chose que rêver...

Ce ne fut que lorsque Judith, essoufflée d'avoir gravi autant de marches, entra avec un pot d'eau chaude, qu'elle se souvint soudain des projets guerriers de Gareth et de Damian. Aussitôt, elle bondit hors de son lit et, enfilant une chemise, courut jusqu'à la fenêtre surplombant la cour intérieure.

Sa gorge se noua lorsqu'elle y aperçut Damian, armé de pied en cap et monté sur son superbe étalon, Peleus. Derrière lui, portant les couleurs des St. Gregory, étaient alignés ses soldats.

— Non, souffla-t-elle entre ses dents, cependant que les larmes perlaient à ses yeux.

— Ecartez-vous, milady, lui conseilla sa domestique gentiment en la prenant par le bras. Vous allez attraper la mort, à vous tenir à la fenêtre aussi peu vêtue.

— Damian va se battre, murmura-t-elle d'une voix douloureuse.

Comme une somnambule, elle se laissa conduire jusqu'à la table, où Judith versa l'eau chaude dans une bassine.

— Oui, milady, acquiesça placidement la femme de chambre.

Une vague de nausée s'empara de Gloriana. Toute sa

vie, elle avait vu des hommes s'entraîner aux armes sur le pré de Hadleigh Castle, mais aujourd'hui, l'affrontement avec les troupes de Merrymont n'aurait plus rien d'un exercice, et des deux côtés, des hommes seraient blessés, peut-être même tués.

– Asseyez-vous, milady, lui enjoignit Judith, vous êtes pâle comme un linge.

Gloriana s'exécuta docilement et resta immobile tandis que Judith lui brossait les cheveux, puis les attachait en une tresse.

Une fois qu'elle fut habillée, elle quitta la tour, trop énervée pour lire ou broder. Un peu d'air lui ferait du bien. Le ciel s'était obscurci lorsqu'elle sortit dans la cour. Ses pas la portèrent vers le cimetière où reposaient plusieurs générations de St. Gregory et, déambulant entre les anges de marbre qui gardaient les stelles, elle s'arrêta devant la crypte où reposait la mère de Damian. Un souffle de vent glacial transperça ses vêtements pour lui mordre sa peau. Si seulement lady Aurelia avait rejoint les anges au paradis et pouvait veiller sur son fils et le sauvegarder...

Elle se détournait de la crypte pour reprendre sa promenade lorsque, du coin de l'œil, elle vit Judith approcher d'un pas pressé. Au même instant, sa vision se brouilla et elle vacilla, comme sous le coup d'une main invisible. Elle voulut se rattraper au bras de l'un des anges de pierre mais sa main glissa sur la statue, et elle se retrouva à genoux tandis qu'une spirale de ténèbres se refermait sur elle, l'aspirant inexorablement. Elle n'était plus qu'un jouet en butte aux forces déchaînées du mal. Un grondement sinistre lui emplit les oreilles, et elle plaqua les mains sur ses tempes en poussant un hurlement.

– Damian !

Les ténèbres cédèrent lentement, remplacées par une lumière grise.

Gloriana leva la tête, si bouleversée que, pendant un

instant terrifiant, elle ne put se rappeler son nom, ni ce qu'elle faisait sur cette tombe balayée par la pluie.

Lentement, elle prit conscience de voix étranges, autour d'elle. Elle cligna des yeux, essayant de reprendre ses esprits. Une migraine atroce lui vrillait les tempes.

Des gens se penchaient sur elle, la fixant d'un air alarmé. Il pleuvait à verse, et ils brandissaient d'étranges objets au-dessus de leurs têtes.

« Des parapluies », lui chuchota une petite voix au tréfonds de sa mémoire.

Les inconnus discutaient entre eux, la pointant du doigt. Elle se redressa tant bien que mal et secoua vigoureusement la tête pour chasser la brume qui l'environnait.

– Pauvre jeune fille ! s'écria l'un d'entre eux. Elle paraît terrorisée.

– Regardez ses vêtements, ils sont bizarres, commenta un autre.

La vérité lui apparut soudain, et un frisson d'effroi la parcourut tout entière. Elle avait sauté le pas entre le XIIIe siècle et un autre monde, plus moderne, un monde où Damian et tous ceux qu'elle avait aimés étaient depuis longtemps morts, poussière dans leurs tombes...

Elle poussa un cri désespéré. Au même instant, un homme sortit de la foule pour se diriger vers elle.

– N'ayez pas peur, fit-il d'un ton gentil. Je suis médecin, je peux vous aider.

Gloriana ferma les yeux, implorant le ciel de la renvoyer auprès de Damian, à Kenbrook Hall.

Le médecin lui prit le bras.

– Tout va bien maintenant, ajouta-t-il en lui drapant les épaules d'un vêtement de laine. Suivez-moi, je vais m'occuper de vous.

Soutenant fermement Gloriana, il l'entraîna loin de la foule des badauds.

– Que s'est-il passé ? lui demanda-t-il lorsqu'ils se furent éloignés. Vous avez eu un malaise ?

Encore épouvantée quelques instants plus tôt, Gloriana se sentait tout à coup vidée de toute émotion. Tel un automate, elle marchait d'un pas flageolant au côté de cet homme qui l'avait enveloppée dans son manteau.

– Je m'appelle Lynford Kirkwood, déclara l'inconnu. Ma voiture est juste à côté, derrière la grille, et j'ai mon cabinet à quelques pâtés de maisons. Nous allons nous y rendre, et je vous donnerai un peu de thé et des vêtements secs. Après cela, nous aurons tout le temps de discuter.

Gloriana s'efforça de sourire. En cette minute, son sort était entièrement entre les mains de cet homme qui s'exprimait lentement et calmement.

Elle jeta un coup d'œil derrière elle, en direction de Kenbrook Hall, tandis que le médecin lui ouvrait la portière. Le château n'était plus qu'un amas de ruines, à l'exception de la tour dans laquelle Damian et elle s'étaient aimés.

– Entrez dans la voiture, lui souffla son compagnon. Vous êtes trempée jusqu'aux os.

Gloriana obéit, sans quitter du regard les décombres de sa demeure, à travers la vitre cinglée par une pluie battante. Elle ne se demanda même pas comment une telle chose avait pu se produire. Au plus profond de son être, elle savait que cela devait arriver un jour...

Et tout ce qui importait à présent était de trouver le moyen de retourner auprès de Damian !

Mme Bond, la gouvernante, courut ouvrir la porte de la cuisine lorsque Kirkwood gara sa vieille Packard derrière la maison. Quelqu'un venait de téléphoner pour la prévenir que le médecin ramenait une fois encore un blessé.

– Ô mon Dieu ! souffla-t-elle quand elle vit le Dr Kirkwood apparaître, soutenant une jeune femme contre lui. Elle a le visage tout bleu, et voyez comme elle tremble !

Sans répondre, Kirkwood guida doucement sa compagne jusqu'à la bibliothèque. L'inconnue ressemblait à une actrice, avec ses vêtements d'un autre temps et ses cheveux tressés de rubans de couleur. Durant leur court trajet, elle n'avait pas desserré les lèvres, si ce n'est pour prononcer des mots inintelligibles.

Dans la cheminée, un bon feu était allumé. Le médecin envoya Mme Bond chercher des draps, du thé chaud et une robe de chambre. Tandis que la gouvernante s'exécutait, il servit une bonne dose de cognac à sa rescapée qui claquait des dents.

Elle fixa le verre d'alcool un instant avant de le saisir et de le porter à ses lèvres. Au début, elle ne prit qu'une gorgée, puis elle l'acheva d'un trait. Quand elle leva les yeux vers lui, il aurait juré qu'elle venait de dire :

– Merci, monseigneur.

Kirkwood la débarrassa du verre et s'assit dans un fauteuil en face d'elle. C'était un bon médecin, âgé d'une trentaine d'années, et il était plutôt heureux de sa vie. Bien sûr, il aurait aimé avoir une femme et des enfants auprès de lui, mais il ne désespérait pas de connaître un jour ce bonheur.

– Quel est votre nom ? demanda-t-il.

La jeune femme fronça les sourcils, comme si elle cherchait à comprendre le sens de ses paroles. Lorsqu'elle répondit, il ne parvint pas à saisir le nom qu'elle lui donna, tant son accent était prononcé. On aurait dit de l'anglais médiéval... Impressionnant !

Il tenta une nouvelle fois d'établir une communication.

– Je suis Lynford Kirkwood, fit-il en posant une main sur sa poitrine.

Mme Bond revint à cet instant avec une couverture et une robe de chambre. Après l'avoir informé que le thé serait bientôt prêt, elle déclara sans façon :

– A présent, laissez-nous un instant, docteur. Je vais l'aider à se changer.

A contrecœur, Kirkwood se leva et se dirigea vers la sortie en bougonnant. Ce n'était pas comme s'il n'avait jamais vu de femmes dévêtues dans son cabinet ; son métier était quand même d'ausculter ses patients !

– Je vais m'occuper du thé ! déclara-t-il, furieux de se laisser mener par sa gouvernante.

– Bon, et si nous nous dépêchions ! lança Mme Bond cependant que son employeur quittait la pièce. Si nous ne voulons pas avoir un cas de pneumonie sur les bras, nous ferions mieux de nous presser un peu. Ma nièce Ellen a bien failli...

Kirkwood referma la porte derrière lui et, avec un soupir résigné, rejoignit la cuisine, où la bouilloire chantonnait sur le feu. Le plateau avec les tasses et la théière était déjà prêt sur la table, ainsi qu'une assiette de petits gâteaux. Lui qui d'ordinaire pouvait se flatter de ne jamais trembler, il ne contrôlait plus ses doigts et renversa de l'eau partout en voulant remplir la théière.

Il ne songeait plus qu'à la magnifique créature qu'il venait de trouver dans le cimetière, près des ruines de Kenbrook Hall. Elle semblait aussi terrifiée qu'un ange échoué sur le seuil de l'enfer.

Prenant le plateau, il le porta précautionneusement jusqu'à la bibliothèque. Etait-ce la première fois qu'elle venait ici ? Oui, bien sûr. Il allait souvent à Kenbrook Hall pour se promener et il n'aurait pas manqué de la remarquer, surtout affublée d'oripeaux d'un autre âge.

Mme Bond avait fait son travail, lorsqu'il regagna la bibliothèque.

– Elle n'a pas dit un mot, confia la gouvernante. Pas un seul. Pauvre créature ! Elle s'est bornée à fixer le feu, comme si elle avait perdu l'esprit. Peut-être devrions-nous l'envoyer à l'hôpital...

Lynford observa un instant sa protégée.

– Je vais l'ausculter. Vous feriez mieux d'aller appeler Marge.

Il s'agissait de son infirmière, de repos pour la journée.

– Demandez-lui de passer, ajouta-t-il.

Mme Bond grommela quelques mots entre ses dents, comme s'il lui déplaisait de le laisser seul avec la jeune femme, mais elle s'en alla.

Sa mallette était sur le bureau. Il l'ouvrit et en sortit son stéthoscope, un thermomètre et un tensiomètre. Un examen de routine prouva ce qu'il avait d'ores et déjà deviné : sa patiente n'était pas malade, mais simplement sous le choc, et apeurée.

Il lui offrit une tasse de thé qu'elle saisit avec précaution, regardant la fine porcelaine de Chine comme si elle n'en avait jamais vu plus tôt.

Son regard resta fixé sur le feu qui brûlait dans la cheminée tout le temps qu'elle but son thé. Ensuite seulement, elle tourna son attention vers le décor de la pièce et à plusieurs reprises, Kirkwood la vit écarquiller les yeux.

On aurait dit qu'elle découvrait pour la première fois les lampes, la radio, le téléphone ! Mais d'où venait donc cette jeune femme ?

11

Pelotonnée dans son fauteuil devant le feu, Gloriana reprenait peu à peu des forces.

Elle aurait voulu se persuader que le Dr Kirkwood et son univers moderne n'étaient que de simples chimères, forgées par une vilaine migraine qui l'avait assaillie dans le cimetière de Kenbrook Hall en ce matin brumeux du XIIIe siècle. Mais elle savait qu'il n'en était rien.

Elle ferma les yeux, se débattant pour garder son sang-froid. Dans cet endroit propre et chaleureux, Damian avait depuis longtemps disparu, tout comme Gareth, Edward, Judith et lady Elaina. Elle était désormais seule. Oh ! bien sûr, elle pouvait toujours essayer de rechercher l'homme et la femme qui avaient conçu la petite Megan. Mais retrouver ses vrais parents ne la guérirait pas de sa solitude. Ils étaient et seraient toujours à ses yeux de simples étrangers.

Des bruits étranges lui parvenaient, les décibels assourdis d'une douce musique, le ronronnement d'une machine à laver, le tic-tac d'une pendule sur le manteau de la cheminée et le crissement de pneus sur la chaussée mouillée, devant la demeure du Dr Kirkwood. Gloriana soupira et ouvrit les paupières, découvrant le médecin assis dans le fauteuil, face à elle, qui l'observait d'un œil compatissant.

– Que vous est-il arrivé ? demanda-t-il.

Cette fois, elle comprit immédiatement ce qu'il avait

dit. En fait, c'était comme si son esprit s'habituait peu à peu à son nouvel environnement. Cela signifiait-il qu'elle était condamnée à demeurer dans ce monde étranger ?

Elle promena un regard affolé autour d'elle, cherchant comment expliquer à son hôte son histoire abracadabrante. La langue de ce monde était si difficile à parler. Peut-être comprendrait-il mieux si elle lui donnait une réponse par écrit...

Apercevant le bureau jonché de documents, elle posa sa tasse de thé sur la petite table et se leva pour traverser la pièce.

Elle fronça les sourcils devant les papiers éparpillés sur le bureau, tandis que sa mémoire s'activait. Le médecin s'était contenté de la suivre du regard.

Levant les yeux vers lui, elle mima le geste de tremper une plume dans un encrier. Son hôte sourit et la rejoignit. Il ouvrit un tiroir et lui tendit un bout de métal ainsi qu'un bloc de papier. Elle se remémora aussitôt les dessins qu'enfant, elle griffonnait à la pension. Avec un pâle sourire, elle prit place dans le fauteuil de cuir et chercha l'encrier.

Son hôte dut deviner ses pensées car, gentiment, il lui ôta le tube métallique des doigts et en pressa le bout avec son pouce, avant de dessiner quelques cercles sur la feuille de papier vierge.

Les yeux de Gloriana s'agrandirent, et alors qu'elle s'émerveillait d'un tel miracle, les souvenirs lui revinrent soudain. Un stylo bille. Il s'agissait d'un stylo bille.

De ses doigts tremblants, elle saisit l'objet et se mit à écrire.

Je m'appelle Gloriana.

Ces premiers mots étaient à peine distincts, tant l'émotion la faisait trembler. Frère Cradoc n'aurait pas manqué de lui faire un sermon devant une si vilaine écriture, mais l'assurance lui revint au fil des phrases.

Je ne suis pas d'ici. Et je veux rentrer chez moi.

Elle jeta un coup d'œil au médecin qui lisait par-dessus son épaule. Il hocha la tête pour lui prouver qu'il comprenait, et brusquement la jeune femme se sentit moins apeurée, et surtout moins seule. Avec un peu de chance, voyager dans le temps était en cette époque chose courante, et cet homme saurait la renvoyer au XIIIe siècle...

Le Dr Kirkwood prit un autre crayon et écrivit à la suite :

D'où venez-vous ? Je vous en prie, dites-moi où vous habitez.

Un instant, Gloriana considéra les lettres. Cette manière d'écrire était étrange ; la langue anglaise avait visiblement énormément changé au cours des derniers siècles.

Je suis lady Kenbrook et je vis à Kenbrook Hall, avec mon seigneur et époux, Damian St. Gregory. J'ai quitté ma demeure en l'an de grâce 1254.

Son hôte déchiffra lentement ces phrases, les sourcils froncés.

Il secoua la tête avant de reprendre le stylo :

Vous venez d'effectuer un voyage dans le temps. Même si cela paraît incroyable, sinon impossible. Aujourd'hui, madame, nous sommes en l'an 1996.

La jeune femme sentit ses forces la déserter tout à coup. 1996... Déjà ! La nouvelle la stupéfia. L'humanité devait être à présent à l'aube du Jugement dernier !

La tête lui tournait, et elle lâcha le crayon pour porter la main à son front. Conscient de son désarroi, son compagnon lui posa une main réconfortante sur l'épaule.

– Cela fait beaucoup de choses à accepter en même temps, murmura-t-il avant de soupirer : Autant pour vous, que pour moi, d'ailleurs. Vous devriez vous reposer un peu. Nous discuterons plus tard.

Gloriana leva la tête et acquiesça. Peut-être qu'après avoir dormi, elle se réveillerait dans son lit, auprès de Damian, tout en haut de la tour de Kenbrook Hall, et s'émerveillerait de ce rêve extraordinaire.

Elle fut alors conduite jusqu'à une petite chambre par la gouvernante, puis bordée dans un lit qui fleurait bon la lavande. Quelques minutes plus tard, elle rejoignait les bras de Morphée...

Quand elle ouvrit de nouveau les paupières, elle sut aussitôt qu'elle n'avait pas quitté la demeure du médecin. Elle n'avait donc pas rêvé ! La douleur et la déception l'envahirent, lui vrillant le cœur, sans qu'elle puisse crier son désespoir.

Immobile, elle attendit, les yeux embués de larmes. D'étranges bruits parvenaient jusqu'à ses oreilles, comme autant de vagues invisibles. Lentement, ces sons se cristallisèrent, et elle perçut les voix de deux femmes, lointaines et assourdies, ainsi que celle d'un homme, plus métallique, qui évoquait la paix entre les autorités anglaises et l'armée républicaine irlandaise.

– Il faudrait l'envoyer à l'hôpital, observa Mme Bond de l'autre côté de la porte. Elle doit être droguée.

Piquée par la curiosité, Gloriana se redressa contre ses oreillers et tendit l'oreille.

– Droguée ? s'étonna l'interlocutrice de la gouvernante.

Gloriana ne reconnut pas ce mot, mais il avait quelque chose d'effrayant.

– Elle semble pourtant en parfaite santé, reprit la même voix, plus douce, plus jeune que celle de Mme Bond.

Ce devait être Marge, l'assistante du médecin, à laquelle ce dernier avait fait allusion un peu plus tôt.

– De plus, Lynford est médecin, ajouta-t-elle d'un ton conciliant. Il l'aurait décelé sur-le-champ, si tel avait été le cas.

– Je n'aime pas beaucoup cette histoire, grommela la gouvernante. Imaginez ; quelqu'un qui surgit de nulle part, et dans un cimetière, qui plus est... Vous avez vu ses vêtements ? Ils sortent tout droit d'un musée, si ce n'est qu'ils sont aussi neufs que mon beau manteau de laine du dimanche.

Un instant, Gloriana fut tentée de se boucher les oreilles, épouvantée par cette conversation qui n'était probablement que les prémices de questions inévitables et de regards curieux, mais elle ne pouvait rester là indéfiniment, à ignorer le monde qui l'entourait.

Quittant son lit, elle traversa la pièce et ouvrit prudemment le battant pour jeter un bref coup d'œil dans le couloir.

La lumière y était si vive qu'elle en fut un instant aveuglée et complètement désorientée. Elle fit alors quelques pas en tâtonnant. Lorsqu'elle recouvra pleinement la vue, elle se trouvait sur le seuil d'une pièce et aperçut une femme aux cheveux rouges assise à une table, devant une théière fumante.

– Bonjour, je m'appelle Marge, déclara l'inconnue d'un ton amène, je suis l'assistante du Dr Kirkwood. Mme Bond vient juste de s'absenter. Vous voulez peut-être manger un peu ? Vous devez commencer à avoir faim.

Gloriana acquiesça.

Avec un sourire, Marge lui enjoignit de pénétrer dans la pièce spacieuse et lumineuse. La cuisine, certainement ! Celle-ci n'était certes pas aussi grande que son pendant du XIIIe siècle où marmitons et serviteurs se bousculaient dans une ambiance enfumée, mais elle était en revanche bien plus avenante. Sur une étagère était posée une boîte avec un écran.

La télévision, se rappela Gloriana brusquement. La voix de l'homme qu'elle avait entendue de la chambre tout à l'heure provenait certainement de ce poste. Elle le considéra, non sans une certaine fascination, tout en prenant place à la table.

D'un grand placard blanc, éclairé à l'intérieur, l'infirmière sortit une assiette avec du fromage.

– Je peux éteindre la télé si elle vous gêne, déclarat-elle tout en prenant du pain dans un autre placard. Mme Bond la laisserait allumée jour et nuit, s'il n'y avait qu'elle. Elle dit que cela lui tient compagnie.

Marge considéra Gloriana avec gentillesse.

– Le Dr Kirkwood est parti faire sa tournée, reprit l'infirmière gentiment, il ne devrait plus tarder à rentrer maintenant.

Le nom du médecin attira l'attention de Gloriana et, à contrecœur, elle détacha le regard des images colorées qui se succédaient sur le petit écran. Mais lorsqu'elle voulut répondre, les mots refusèrent de franchir ses lèvres.

– Pauvre enfant ! s'exclama Marge en hochant la tête d'un air affligé. Dieu seul sait ce qui vous est arrivé.

Elle laissa échapper un long soupir.

– Enfin, l'important, c'est que vous soyez encore en vie. Vous n'avez plus d'inquiétudes à vous faire. Nous allons nous occuper de vous et essayer de vous aider.

Emue par tant de sollicitude, Gloriana sentit les sanglots lui nouer la gorge et baissa les yeux sur l'assiette que l'infirmière venait de déposer devant elle. Mieux valait se sustenter et reprendre des forces au lieu de sangloter comme une idiote. Recouvrant tant bien que mal son sang-froid, elle se mit à manger de bon appétit, sans jamais quitter l'écran de télévision du regard.

Les images qui défilaient lui donnaient une idée du monde extérieur tel qu'il était aujourd'hui. Les paroles n'étaient pas toujours évidentes à comprendre, mais les visions qui les accompagnaient l'aidaient à leur donner un sens.

L'univers tout entier semblait dans l'urgence.

– Vu la vitesse à laquelle vous venez d'engloutir ce sandwich, j'imagine que vous en reprendriez bien un autre, commenta Marge.

– Merci, fit Gloriana lentement. Avec joie. Mais je ne voudrais pas vous importuner...

Elle s'appliquait à articuler ses mots, les premiers qu'elle parvenait enfin à prononcer.

Le visage de sa compagne s'illumina.

– Ne vous inquiétez pas ! Vous êtes la bienvenue ici.

Peu après, la fatigue accabla de nouveau Gloriana et,

après avoir remercié l'infirmière, elle retourna jusqu'à la petite chambre où elle se glissa entre les draps, laissant le sommeil s'emparer d'elle. Un flot de rêves l'emporta aussitôt, dans lesquels elle aperçut Damian qui, comme une âme en peine, errait dans les passages du château en hurlant son nom.

Les feuilles perlées de brume frissonnaient sous le vent tandis que la troupe, harassée, dépassait Hadleigh Castle, puis l'abbaye, en direction de Kenbrook Hall. Le crépuscule était tombé. Les lames des soldats étaient souillées par le sang ennemi et leurs vêtements maculés de terre et de taches rouge sombre. La bataille contre les forces de Merrymont avait duré plus de deux heures, lutte acharnée entrecoupée de trop brefs répits. Chacun était allé jusqu'au bout de ses forces, et parfois même au-delà...

Tout en avançant, Damian gardait le regard fixé sur l'immense tour de Kenbrook Hall, vers cette chambre où son cœur était demeuré. L'impatience de retrouver Gloriana le taraudait comme un aiguillon. Son amour pour elle était si fort qu'il en avait perdu tout penchant pour les jeux de la guerre. La quitter, même une journée, lui était désormais insupportable. Il n'aspirait plus qu'à la retrouver, à sentir ses mains douces et fraîches sur son front...

Maxen, blessé à l'épaule, chevauchait en silence à son côté. Derrière eux, une carriole progressait lentement, dans laquelle s'entassaient les cadavres des malheureux tués au combat.

– Ce Merrymont est le diable en personne, gronda soudain le Gallois. Vous l'avez vu, juché sur son cheval au sommet de la colline ? C'est lui qui a ordonné à ses hommes de mettre le feu aux cultures. A seule fin de nous repousser...

Damian hocha pensivement la tête. Maxen et lui, ainsi que leur petite armée, avaient rejoint Gareth et ses hommes une heure après le lever du soleil, près du lac. Ils n'avaient pas eu à chercher longtemps leur ennemi juré car le fruit de ses méfaits avait bientôt couvert l'horizon d'une épaisse fumée opaque et piquante.

En atteignant les quelques dizaines de pauvres huttes constituant le village de Mertam, ils avaient découvert des centaines et des centaines d'hectares entièrement dévastés. Les porcs et le bétail avaient été décapités et les toits de chaume incendiés. Les villageois, à n'en pas douter terrifiés, s'étaient enfuis dans les bois. Certains d'entre eux n'avaient malheureusement pas pu échapper à la cruauté de leurs assaillants et avaient péri sous la lame de ces barbares sanguinaires.

Damian ferma les yeux, réprimant une grimace de répulsion. Ses troupes et celles de Gareth s'étaient courageusement battues au beau milieu de ces champs saccagés. Il entendait encore le cliquetis lugubre des épées et se remémorait l'éclat sinistre des lames sous les rais impitoyables du soleil.

Il avait bien failli éperonner son cheval vers la colline pour aller se mesurer à Merrymont en combat singulier, mais cela aurait signifié abandonner ses hommes derrière lui, à commencer par Edward, dont c'était le premier combat. Prudemment, il avait refoulé son envie de transpercer son ennemi de part en part pour lui faire payer ses méfaits, et s'était battu au côté de ses compagnons contre les troupes adverses, sans jamais perdre de vue son jeune frère. Finalement, Merrymont avait sonné la retraite et son armée, quelque peu amoindrie, l'avait rejoint sur la colline qu'ils avaient ensuite quittée à bride abattue.

Damian et Maxen franchirent enfin les portes du château. Le seigneur de Kenbrook avait imaginé que Gloriana serait là pour l'accueillir, pour s'assurer qu'il n'était pas blessé, mais il n'y avait pas le moindre signe de la jeune femme. La déception qu'il en éprouva le fit presque vaciller sur sa selle mais il se ressaisit en songeant qu'elle avait sans doute voulu préserver l'intimité de leurs retrouvailles.

Les morts, une dizaine en tout, furent déposés dans la chapelle, à même le sol. Ils seraient veillés la nuit durant, et enterrés au matin. Les blessés, quant à eux, avaient été confiés à l'abbaye, où ils seraient soignés par sœur Margaret et ses nonnes.

Après avoir aidé ses hommes et s'être assuré qu'ils ne manquaient de rien, Damian pénétra dans le château pour se mettre en quête de son épouse.

Sa femme de chambre, Judith, l'attendait dans le hall. Le visage livide, les yeux épouvantés dans la faible lumière des torches, elle se tordait les doigts avec une telle nervosité qu'il sut immédiatement que quelque chose n'allait pas.

– Où est ta maîtresse ? demanda-t-il, alarmé. Allons, parle !

Une larme roula sur la joue de la domestique ; ses lèvres tremblaient.

– Elle nous a été enlevée, monseigneur, murmura-t-elle d'une voix étranglée.

Damian encaissa le choc, résistant à l'envie de secouer la servante comme un prunier pour lui soutirer d'autres informations.

– Que veux-tu dire par là ? questionna-t-il en s'efforçant au calme. Par qui a-t-elle été enlevée ?

Mais il savait déjà. Dieu lui vienne en aide, il savait...

– Elle... elle se trouvait dans le... cimetière, monseigneur, bredouilla Judith. Il pleuvait et je craignais qu'elle n'attrape froid. Je m'apprêtais à la rejoindre pour lui donner une cape...

Judith marqua une pause, tandis qu'elle se mettait à trembler de plus belle.

– Je l'ai vue tomber à genoux, poursuivit-elle. J'ai couru vers elle, mais avant que je ne puisse la rejoindre, elle... elle avait disparu.

Elle roulait de gros yeux effrayés.

– Les autres ont dit, ajouta-t-elle d'une voix blanche, que le diable l'avait emportée...

Damian réprima à grand-peine la rage incommensurable qui montait en lui.

– Le premier que j'entends prononcer de telles bêtises, je le fais pendre. Est-ce clair ?

Judith acquiesça, les yeux brillants de larmes.

– Vous la retrouverez, n'est-ce pas, monseigneur ? Vous nous la ramènerez ?

Le désespoir de Damian était si grand qu'il se sentit pris de vertige. Les forces malignes qui venaient de lui voler Gloriana dépassaient l'entendement. Comment pourrait-il les affronter ? Pourtant, il ne pouvait rester sans rien faire.

Gloriana était son âme. Sans elle, il n'était plus rien...

– Tu as dû faire erreur, commenta-t-il d'un ton qu'il voulait convaincu. De telles choses ne se produisent pas. Les gens ne s'évanouissent pas dans les airs.

Judith s'apprêtait à répondre, certainement pour protester, mais elle se ravisa, et se contenta d'opiner. Elle semblait désespérée. Ce n'était pourtant rien, comparé à la douleur qui taraudait Damian.

– Mes hommes ont faim et sont fatigués. Fais en sorte qu'on leur prépare à manger, et qu'on ranime le feu, ordonna-t-il néanmoins.

Tandis que Judith acquiesçait et s'empressait de s'éloigner, il resta quelques minutes prostré au beau milieu du hall, puis, sentant la colère bouillonner de nouveau en lui, il s'élança vers la tour. La chambre était vide, à l'exception d'une unique bougie qui se consumait.

Il alluma les autres lampes, repoussant les ombres de la nuit, et chercha un indice, un signe, un message peut-être de la jeune femme. Ses vêtements se trouvaient toujours là, son peigne, sa brosse, tous ses effets soigneusement rangés paraissaient l'attendre. Il fallait qu'elle revienne !

– Gloriana ! souffla-t-il d'une voix éperdue.

L'action. Il devait agir, sous peine de devenir fou.

Il arracha sa tunique souillée de sang, se changea, puis, prenant une lampe à huile et ignorant les courbatures qui lui meurtrissaient le corps, il entreprit de fouiller tout le château, des cachots jusqu'au donjon, en hurlant le nom de sa bien-aimée.

Gloriana s'éveilla pour affronter une nouvelle journée ensoleillée du... XXe siècle. Sa première réaction fut de fondre en larmes mais, sachant que cela ne servirait à rien, elle ravala ses pleurs bravement et sauta à bas de son lit.

En traversant le couloir pour se rendre à la salle de bains, Gloriana aperçut son hôte, assis à la table de la cuisine. Bien qu'ayant certainement noté sa présence, il ne leva pas les yeux, de crainte sans doute de l'embarrasser.

Après avoir rapidement procédé à sa toilette, elle regagna sa chambre où l'attendaient des vêtements pliés sur une chaise : un jean bleu et un pull brodé de fleurs.

Des vêtements qui ressemblaient beaucoup à ceux cachés dans la demeure de Cyrus, au village... Seul un étrange bandeau attisa sa curiosité. Après bien des supputations, elle en déduisit qu'il était destiné à soutenir ses seins. Jamais elle n'en avait vu de pareil et il lui fallut plusieurs minutes pour parvenir à le mettre. Elle y réussit enfin et, habillée de pied en cap, sortit quelques minutes plus tard de sa chambre pour retrouver le médecin.

Cette fois, Lynford Kirkwood redressa la tête en l'entendant et lui sourit.

– Bonjour, mademoiselle.

Gloriana hésita sur le pas de la porte. Elle jeta un coup d'œil inquiet dans la pièce, craignant d'y trouver la gouvernante. Mais il n'y avait personne.

– Bonjour.

Il sembla ravi qu'elle lui réponde et lui offrit de s'asseoir en face de lui.

– Je vous en prie, prenez place. Il reste des saucisses et des œufs brouillés, si vous voulez. Ce n'est pas très diététique, j'en conviens, mais vous pouvez vous le permettre. Vous n'êtes pas bien grosse.

Elle fronça les sourcils avant de s'installer à la table. Qu'un inconnu lui parle de ses formes était tout de même un peu inconvenant...

Son hôte s'esclaffa devant son air confus.

– Mon Dieu, si Mme Bond, Marge et les autres badauds ne vous avaient pas vue eux aussi, je pourrais presque croire que vous êtes le fruit de mon imagination !

Gloriana se servit dans le plat en prenant bien soin de ne pas en renverser partout. Là d'où elle venait, les gens utilisaient leurs doigts et ne se servaient que rarement de couverts.

– Je veux rentrer chez moi, déclara-t-elle après avoir réfléchi à chacun de ces mots. A Kenbrook Hall.

Kirkwood soupira.

– Oui, répondit-il. Je comprends. Mais cela risque de poser un problème... pour rentrer chez vous, je veux dire. Le château de Kenbrook est en ruine, vous l'avez constaté vous-même, excepté la tour... La municipalité y a d'ailleurs installé un musée.

Ce fut comme si une flèche venait de lui transpercer le cœur.

– Vous ne savez pas comment me renvoyer chez moi ?

Le médecin se raidit, devinant sa souffrance.

– Ma chère, je ne peux déjà pas expliquer comment vous êtes arrivée ici, alors pour ce qui est de vous transporter au XIIIᵉ siècle...

Elle repoussa son assiette, l'appétit coupé. Son hôte lui saisit alors la main par-dessus la table.

– Si je peux vous aider, Gloriana, déclara-t-il d'un ton solennel, je le ferai.

La jeune femme hocha lentement la tête. Les sanglots se nouaient dans sa gorge et elle les refoula tant bien que mal. Elle ne pouvait quand même pas demeurer le restant de sa vie ici, loin de Damian. Il lui fallait trouver un moyen de rentrer chez elle, à Kenbrook Hall.

Elle se leva d'un bond et gagna la porte. Ce ne devait pas être si loin... Peut-être suffirait-il qu'elle se tienne, comme la veille, au beau milieu du cimetière...

Le médecin la rattrapa avant qu'elle n'ait pu quitter la maison et lui prit le bras, sans brusquerie mais fermement.

— Je vais vous y emmener en voiture, dit-il, ayant de toute évidence deviné ses intentions. Je n'ai pas le droit de vous laisser errer seule dans la rue ; ce serait dangereux.

Cinq minutes plus tard, ils roulaient le long du chemin qui contournait le lac. Ils dépassèrent l'abbaye, réduite à quatre pans de murs écroulés envahis par le lierre. Gloriana leva les yeux, espérant apercevoir les contours de Kenbrook Hall, mais de l'endroit où ils se trouvaient on ne voyait rien de plus qu'un amas de pierres au sommet de la colline.

Avant de franchir le pont-levis, son compagnon s'arrêta à une guérite où il paya un droit d'entrée, puis ils pénétrèrent dans l'enceinte du château. N'était l'homme au guichet, il n'y avait personne parmi les ruines.

Gloriana ferma les yeux, retint sa respiration, et se mit à prier avec ferveur pour retourner d'où elle venait. De toutes ses forces, elle appela l'image de Damian à son esprit...

Rien ne se produisit. Et quand, quelques minutes plus tard, elle se hasarda à rouvrir les paupières, le médecin se tenait toujours auprès d'elle, les mains enfoncées dans les poches de son pantalon.

— Pourquoi ? demanda-t-elle dans un souffle. Pourquoi est-ce arrivé ? Suis-je condamnée pour toujours à vivre loin des miens ?

– Je l'ignore, souffla Kirkwood, l'air désolé.

Sans réfléchir, la jeune femme s'élança vers la tour, en proie à un espoir insensé. Autrefois, alors que Damian et elle y étaient retenus prisonniers, elle avait traversé les siècles jusqu'à ce monde moderne. Peut-être trouverait-elle là-haut le passage pour retourner dans le passé ?

Lynford Kirkwood ne tenta pas de l'arrêter, se contentant de la suivre jusqu'au sommet de la tour. L'endroit avait énormément changé, bien sûr, mais elle reconnaissait le couloir qui menait à la grande chambre, et s'y engagea sans la moindre hésitation.

Autrefois, il y avait eu quelque part une grille constellée d'étoiles.

Elle l'avait franchie à cinq ans, lorsqu'elle s'appelait encore Megan. Mais où était donc cette grille aujourd'hui ? Sa mémoire refusait de la servir.

La pièce au sommet était tendue de tapisseries qui n'existaient pas à l'époque où Damian et elle y vivaient, et il y avait des cages en verre un peu partout, recelant des reliques. Elle reconnut des morceaux de tuiles qui provenaient des bains romains, un cavalier en onyx qui avait autrefois appartenu au jeu d'échecs de son époux, l'épée incrustée de pierres précieuses qui avait été offerte à Edward lors de son adoubement.

Plaquant les mains sur l'une des vitres, le cœur battant la chamade, Gloriana se mit à psalmodier le nom de Damian, doucement, telle une prière.

Au bout d'un moment, son compagnon lui posa les mains sur les épaules et l'obligea à lui faire face.

– Dites-moi ce qui se passe en vous, Gloriana.

Un tremblement secoua la jeune femme. Comment pourrait-elle expliquer au médecin ce qu'elle ressentait en découvrant les objets de son univers disposés comme autant de souvenirs d'un temps depuis longtemps révolu. Avec quels mots lui décrire son désespoir ?

– Je vous en prie, l'implora-t-elle, aidez-moi.

Le médecin referma les bras autour d'elle et la serra

contre lui. Désespérée, elle s'accrocha à lui comme une noyée à sa bouée.

– J'essaierai, lui promit-il d'une voix mal assurée.

Ce qu'elle lui demandait relevait de l'impossible, et aucun d'eux ne l'ignorait.

12

Au fond de son cœur, Damian savait depuis le début qu'il ne retrouverait pas Gloriana, mais cette sombre certitude n'apaisa pas en lui le besoin désespéré de la rechercher. Et quand, à bout de forces, il rejoignit enfin son lit et sombra dans le sommeil, ce fut pour découvrir la jeune femme dans les arcanes brumeux et illusoires de ses rêves.

Elle était lointaine, et pourtant suffisamment proche pour qu'il puisse humer le doux parfum fleuri de sa peau, entendre sa voix mélodieuse.

Lorsqu'il s'éveilla, aux premières lueurs de l'aube, il était aussi harassé que s'il n'avait pas fermé l'œil de la nuit.

Un long moment, il demeura figé sur le lit, fixant la chaise sur laquelle Gloriana se trouvait assise lorsqu'elle avait disparu une première fois devant ses yeux. Il soupira et fourragea nerveusement dans ses épais cheveux blonds. Un autre que lui se serait probablement demandé s'il n'avait pas été, ce jour-là, victime d'hallucinations, ou du moins d'un tour de sorcellerie. Malheureusement, il savait qu'il n'en était rien...

Il se leva enfin et traversa la pièce jusqu'à la fameuse chaise, dont il effleura songeusement le dossier. Cette chaise où Gloriana s'asseyait pour manger, pour jouer aux échecs et pour lui parler...

Elle était retournée dans l'autre monde !

La douleur de Damian fut tout à coup si profonde et si vive qu'il en eut le souffle coupé. Sa vision se brouilla et sa gorge se noua comme si des doigts invisibles cherchaient à l'étrangler.

Un coup frappé à la porte le fit sursauter. Les gonds gémirent.

– Damian ?

Il reconnut la voix de Gareth, lourde d'inquiétude et d'impatience. Son frère entra, brandissant une lampe qui repoussa la pénombre de la pièce.

– Où est Gloriana ? questionna-t-il après avoir promené un regard autour de lui. Pour l'amour du ciel, ne me dis pas que tu ajoutes foi à ces rumeurs insensées... Elle est bien quelque part !

Damian se tourna lentement vers son frère et le considéra en silence. Les rumeurs... Tout à sa douleur, il n'avait pas songé aux histoires rocambolesques qu'une telle disparition engendrerait. Ici, les gens croyaient à la sorcellerie, et ce qu'ils ne pouvaient comprendre, ils l'imputaient souvent à l'âme diabolique de Satan.

– Sacredieu ! gronda Gareth. Te décideras-tu à parler ?

Damian soupira.

Et si ce n'étaient pas des rumeurs...

– Tu deviens fou ? s'indigna son compagnon dans un rugissement incrédule. Enfin, Kenbrook, les êtres humains ne s'évaporent pas comme de la rosée dans l'air !

Repérant le vin sur la table, et malgré l'heure matinale, Damian s'en remplit un verre, sans toutefois en proposer à son compagnon. Gareth se servirait lui-même s'il avait soif !

Après avoir bu son verre, il le reposa avec un juron dégoûté.

– Tu as raison, Gareth, les êtres humains ne disparaissent pas ainsi. Mais Gloriana est différente.

Fronçant les sourcils, son frère jeta un coup d'œil

inquiet en direction des grandes portes, laissées entrouvertes. Il craignait certainement les oreilles indiscrètes et alla refermer les battants.

– Explique-moi, murmura-t-il alors en revenant vers Damian.

Si la situation n'avait pas été à ce point grave, celui-ci n'aurait pas manqué de rire devant l'air tragique de Gareth.

– Rassure-toi, déclara-t-il avec ironie. Gloriana n'est ni une sorcière, ni une servante du démon, comme tes précieux vassaux et paysans s'amusent à le raconter.

– Alors que veux-tu dire par différente ? insista Gareth.

– Je l'ignore...

Il se mit à arpenter la pièce, trop énervé pour demeurer calmement sur une chaise.

– Je ne peux moi-même expliquer sa disparition, ajouta-t-il, parce que je ne la comprends pas. Je te confierai néanmoins – et ne t'avise pas d'en dire un mot autour de toi – que j'ai déjà vu mon épouse s'évanouir dans les airs. Cela s'est passé dans cette pièce. Elle était assise devant moi, et puis brusquement elle n'était plus là.

Il marqua une pause et rejeta la tête en arrière, espérant apaiser sa nuque endolorie. Quand, enfin, il rencontra le regard incrédule de son frère, il sut qu'il n'aurait peut-être pas dû en révéler autant.

– La différence avec maintenant, poursuivit-il, c'est qu'elle est réapparue aussitôt.

Gareth se jeta à son tour sur la carafe de vin et s'en versa un verre qu'il avala d'un trait.

– Entendre cette histoire de la bouche de villageois crédules est une chose, mais de ta part, Damian... Je te connais ; jamais tu n'aurais ajouté foi à semblables racontars si tu n'avais été réellement témoin d'un tel épisode... Que Dieu me préserve, je n'ai d'autre choix que de te croire !

» Mais qu'allons-nous faire à présent ? enchaîna-t-il

aussitôt en se resservant de vin. Même si Gloriana réussit à retrouver son chemin jusqu'à nous, ce que j'espère de tout cœur, elle risque de se trouver en grand danger.

– Tu as raison, admit Damian avec tristesse. Nombreux seront ceux qui voudront la brûler sur le bûcher comme sorcière.

Un frisson d'effroi le traversa aussitôt ; il ne se rappelait que trop la fois où, en Europe continentale, il avait assisté à une telle exécution. Non, c'était impossible, il ne permettrait pas une telle chose. Si Gloriana revenait, il la défendrait envers et contre tout ! Rien ne pourrait la lui arracher de nouveau.

– Elle reviendra, déclara-t-il avec détermination, elle le doit. Et alors je tuerai celui qui osera porter la main sur elle. Tu peux le dire au frère Cradoc, il saura faire passer la nouvelle parmi ses fidèles.

Gareth rougit légèrement.

– Cradoc est un homme sage. Jamais il n'inciterait à la violence et au massacre. En fait, tu devrais tout lui raconter et lui demander son aide.

– Personne ne doit savoir, Gareth. Personne.

– C'est impossible. Nous ne pouvons régler cette histoire seuls.

Il réfléchit un instant avant de reprendre :

– Et si nous demandions son avis à Elaina ? Elle aurait peut-être une solution à nous proposer ? D'ailleurs, elle doit être d'ores et déjà au courant de ce qui s'est passé.

Damian baissa la tête et se frotta les yeux avec lassitude.

– Crois-tu réellement qu'elle pourrait nous aider ?

Gareth s'approcha et posa la main sur son épaule.

– Je l'ignore mais nous pouvons toujours essayer. Allons lui rendre visite, elle nous conseillera.

– D'accord, mais avant, je dois faire quelque chose. Je te retrouve aux écuries dans une heure.

Son frère aîné hésita quelques secondes avant de hocher la tête en signe d'assentiment puis, sans un mot, se dirigea vers la sortie. Damian attendit qu'il ait disparu pour aller fouiller dans la commode où Gloriana rangeait ses rubans. Il en accrocha un autour de son poignet, qu'il dissimula sous la manche de sa tunique, et quitta la pièce à son tour.

Il se rendit alors à la chapelle et s'agenouilla devant l'autel. Là, les yeux fermés et la tête humblement baissée, il pria en silence.

Il n'implorait pas le Tout-Puissant de lui ramener Gloriana, même si c'est ce qu'il désirait par-dessus tout. Il Lui demandait simplement de la protéger contre tous ceux qui tenteraient de lui faire du mal. Il Lui demandait de veiller sur elle. Où qu'elle soit...

Le temps était froid et humide, et marcher sous la bruine parmi les ruines de Kenbrook Hall ne fit qu'accroître encore un peu plus le désespoir de Gloriana. Après avoir un peu hésité, elle prit lentement la direction du cimetière où les dalles gravées rappelaient aux vivants ceux depuis si longtemps disparus.

Le médecin la suivait, à distance toutefois, pour ne pas la gêner.

Gloriana s'arrêta devant la crypte où reposait la mère de Damian. C'est là qu'elle se trouvait lorsque le temps l'avait engloutie. Elle s'agenouilla, pressant le front sur le marbre glacé, en quête d'une force qui saurait la propulser de nouveau dans le passé.

Rien ne se produisit, si ce n'est que les aiguillons du froid eurent bientôt raison de l'épaisseur de ses habits et la transpercèrent jusqu'au cœur. Au bout de quelques minutes, Lynford la rejoignit et, gentiment, l'arracha à la tombe pour la ramener jusqu'à la voiture. Il mit le contact, démarra.

Tandis qu'ils s'éloignaient des ruines, Gloriana pleurait en silence, soulagée que son compagnon ne lui posât aucune question. Au bout d'un moment, il arrêta la voiture devant une auberge, à l'emplacement même où se dressait autrefois la taverne du village de Hadleigh. La pluie avait redoublé, et la fumée qui s'échappait de l'une des cheminées donnait envie de se réfugier à l'intérieur, à l'abri des intempéries.

Gloriana glissa un regard en direction de son compagnon. Il avait arrêté le moteur mais ne bougeait pas, les mains posées sur le volant.

– Je pense qu'un bon repas nous aiderait à recouvrer nos esprits, lança-t-il en brisant enfin le silence. Qu'en pensez-vous ?

Gloriana acquiesça. Non qu'elle eût grand appétit, mais il lui fallait nourrir l'enfant qu'elle portait en elle. L'enfant de Damian !

L'intérieur chaleureux de la taverne la réconforta quelque peu. Il y avait une cheminée à chaque extrémité de la pièce et, entre les deux brasiers qui crépitaient allègrement, étaient disposés de longues tables et des bancs qui lui rappelèrent ceux de Hadleigh Castle. Les lanternes, suspendues au plafond au bout de longues chaînes rouillées, même si elles étaient alimentées par l'électricité, ressemblaient également aux vieilles lampes à huile qu'elle aimait tant.

Les battements de son cœur s'accélérèrent, tant par la nostalgie qui l'envahissait tout à coup que par un certain soulagement de retrouver un environnement familier. L'endroit était presque désert. Une serveuse s'approcha, vêtue d'une robe incroyablement courte, et les invita à la suivre jusqu'à une table près de l'une des cheminées.

Lynford commanda du poisson et des frites pour deux, et la jeune femme à la tenue légère s'en alla en chantonnant gaiement.

La nourriture, quand elle arriva sur la table, dégageait un appétissant fumet. Ce que le jeune médecin avait appelé des frites, c'étaient en fait les fameuses pommes de terre à la française que Megan adorait autrefois. Elle en fit la remarque à son compagnon.

– C'est en effet le nom que donnent les Yankees à ce plat, répondit le médecin.

– Les Yankees ?

– Oui, les Américains.

Aussitôt Gloriana songea à ses parents, au voyage qu'ils avaient fait tous trois en avion jusqu'en Angleterre, ainsi qu'aux jours solitaires et malheureux qui l'avaient précédé.

La voyant s'assombrir, Lynford Kirkwood lui prit la main.

– Il vous faut penser à l'avenir, Gloriana, déclara-t-il gentiment. Imaginez que vous ne retourniez jamais là-bas...

– Ainsi, vous croyez à mon histoire ?

Kirkwood prit une bouchée de poisson avant de répliquer d'un ton taquin :

– Bien sûr ! Je sais reconnaître une princesse en détresse quand j'en rencontre une.

– D'autres diraient que je suis folle, fit-elle.

Curieusement, elle se sentait soudain mieux. Il faisait chaud, bien plus chaud qu'au XIIIe siècle, en cette saison, et la nourriture était délicieuse.

– Je suis médecin, Gloriana, et je sais que même si vous souffrez d'un traumatisme, vous êtes saine d'esprit.

– Merci, murmura-t-elle en retirant toutefois sa main.

Cette matinée lui donna un avant-goût des jours et des semaines qui suivirent. Lynford effectuait ses tournées et souvent, un peu avant midi, il l'emmenait à Kenbrook Hall, où ils passaient de longs moments à chercher le passage qui lui permettrait de regagner le passé. Son hôte ne montrait jamais le moindre signe d'impatience ou d'irritation ; il lui emboîtait le pas, trouvant toujours un mot réconfortant lorsque une heure ou deux heures plus tard, ils repartaient sans avoir rien trouvé.

Après ces expéditions, invariablement infructueuses,

ils se rendaient au pub où ils déjeunaient. L'après-midi, quand Lynford était de garde à l'hôpital du village voisin ou à la clinique, Gloriana dévorait des livres ou tuait le temps devant l'écran de télévision. Chaque jour qui s'écoulait la séparait un peu plus de son époux et la minait.

La gentillesse de Lynford était sa seule consolation.

Quand la nuit tombait et qu'il était l'heure pour elle de rejoindre l'univers des songes, elle volait en rêve vers son époux dans la chambre de la tour et se blottissait contre lui. Ces visions lui paraissaient si réelles qu'elle s'éveillait chaque matin en pleurant, torturée par la déception de se trouver de nouveau seule.

Elle séjournait chez son hôte depuis près de trois semaines quand, un matin, la sœur aînée de Lynford Kirkwood, Janet, leur rendit visite. C'était une femme d'âge moyen, élégamment habillée, qui possédait une boutique dans le village voisin, spécialisée dans les vieux livres et parchemins.

– Lynford m'a beaucoup parlé de vous, déclara-t-elle avec un sourire avant d'aborder le motif de sa présence.

Elle s'en allait à l'étranger pour quelques semaines et avait songé à Gloriana pour s'occuper de son commerce en son absence.

Celle-ci faillit protester qu'elle ne connaissait rien à la gestion d'une boutique, mais son sens inné de l'indépendance l'emporta sur ses réticences. Elle ne pouvait rester chez Lynford et vivre indéfiniment à ses crochets, même s'il n'avait jamais soulevé ce problème. En outre, même au XXᵉ siècle, vivre sous le même toit qu'un homme qui n'était ni son père, ni son oncle, ni même son tuteur, et encore moins son époux, était tout de même un peu embarrassant !

– Je serais ravie de travailler pour vous, finit-elle par répondre à Janet.

Cette dernière sourit avant de jeter un regard triomphant à son jeune frère. « Tu vois, j'avais raison », semblait-elle dire.

Lynford se tenait devant la cheminée. Il n'avait pas desserré les dents durant tout l'entretien. De toute évidence, le prochain départ de sa protégée ne l'enchantait guère.

— Ce n'est pas la peine de précipiter les choses, déclara-t-il, le regard rivé à Gloriana.

Avant que cette dernière n'ait pu répondre, Janet intervint :

— C'est un petit village, Lynford, et tu es médecin. Tu dois veiller à ta réputation et à celle de cette demoiselle...

Elle se tourna vers Gloriana.

— Au fait, quel est votre nom de famille, ma chère ? Je ne crois pas que vous me l'ayez déjà dit.

— St. Gregory.

Gloriana croisa le regard navré de son hôte et ajouta à son adresse :

— Je vous suis reconnaissante pour tout ce que vous avez fait pour moi, Lynford, mais votre sœur a raison. Je ne peux rester vivre ici. Ce n'est pas convenable !

— Balivernes ! s'insurgea le jeune médecin qui avait toutefois rougi. En quoi le fait que vous habitiez ici serait-il choquant ? Ces préjugés sont totalement dépassés, Janet !

Une expression butée se peignit sur le visage de sa sœur.

— A Los Angeles peut-être, ou à Londres, mais pas ici, Lynford.

Ce dernier voulut protester, mais Gloriana leva la main pour l'apaiser.

— Vraiment, cela me fera du bien de m'occuper un peu. Je me sens si inutile ici...

Les yeux de Lynford se voilèrent un instant, comme si ces paroles le faisaient souffrir, mais il réussit à esquisser un sourire.

— Très bien, alors. C'est à vous que revient la décision, après tout.

Moins d'une demi-heure plus tard, Gloriana se trouvait à bord de la voiture de Janet, roulant en direction de l'inconnu. Quoi qu'elle eût dit à Lynford, elle n'en menait pas large...

– C'est étrange, commenta Janet en lui jetant un bref coup d'œil inquisiteur, vous êtes différente des gens que l'on rencontre d'ordinaire par ici. Mon frère m'a dit beaucoup de bien de vous mais il ne s'est pas montré très loquace sur l'endroit d'où vous veniez ni sur ce que vous faisiez avant...

Gloriana, fascinée par le mouvement incessant des essuie-glaces sur le pare-brise constellé de pluie, ne l'écoutait que d'une oreille. Elle ferma les yeux, ne souhaitant pas discuter pour l'instant.

Mais Janet n'en poursuivit pas moins son bavardage.

– Il me faudra certainement quelques heures pour vous apprendre à tenir ma boutique, enchaîna-t-elle. Cela dit, vous n'aurez pas grand-chose à faire, si ce n'est accueillir les clients, répondre au téléphone et vous assurer que la porte est bien fermée à 18 heures. Je m'occuperai des comptes à mon retour de France.

Gloriana hocha la tête et ouvrit un instant les paupières pour répondre.

– J'espère que vous ne regretterez pas votre décision, Janet. Comme je vous l'ai déjà dit tout à l'heure, je n'y connais pas grand-chose en matière de négoce.

Elle referma aussitôt les yeux et, à travers ses paupières mi-closes, elle vit sa compagne tourner un bouton. Bientôt, une douce musique emplit la voiture.

– Négoce ? répéta Janet, songeuse. Quel mot désuet ! D'où venez-vous donc, Gloriana St. Gregory ?

Apparemment, rien ne saurait dissuader la sœur de Lynford de l'interroger.

– Je suis américaine, répliqua-t-elle.

Après tout, elle ne mentait pas.

– Enfin, je suis née là-bas, s'empressa-t-elle d'ajouter, craignant que Janet ne la presse encore plus de questions. Mais j'ai vécu presque toute ma vie ici, en Angleterre.

La boutique était nichée au rez-de-chaussée d'une ravissante petite maison de deux étages, flanquée de deux pignons et surmontée d'un toit en cailloux. Gloriana s'en éprit sur-le-champ.

– Quel endroit merveilleux ! commenta-t-elle en admirant la vitrine ornée de vieux volumes à couvertures de cuir.

Janet sourit et ouvrit sa portière.

– Merci, fit-elle d'un ton ravi, avant de marcher jusqu'à la porte de la boutique.

Elle tourna la clé dans la serrure. Gloriana la suivit à l'intérieur. La pièce, plongée dans une semi-pénombre, était envahie d'ouvrages, du sol au plafond. Il y avait des volumes partout sur les étagères ; bien sûr, mais également sur les chaises, la table et le bureau.

– J'adore les livres, fit Janet en se débarrassant de son imperméable qu'elle accrocha à un portemanteau, derrière la porte d'entrée. Bien sûr, si Lynford et moi n'avions pas hérité d'une coquette fortune à la mort de nos parents, je n'aurais jamais pu ouvrir une telle boutique. Les ouvrages anciens coûtent cher, et les spécimens que je vends n'intéressent que de vieux illuminés. Malheureusement, de nos jours, même eux n'ont plus d'argent pour satisfaire leur passion.

Gloriana fronça les sourcils et, tout en emboîtant le pas à sa compagne dans l'étroit escalier qui menait à l'appartement, à l'étage, elle l'interrogea :

– N'avez-vous pas peur de laisser une telle fortune à une parfaite inconnue ?

Janet lui décocha un sourire par-dessus l'épaule.

– Lynford a confiance en vous. Cela me suffit. Il a beaucoup d'instinct quand il s'agit des gens. Et puis, si je ne m'en vais pas, je vais devenir enragée. Ce temps de chien me rend folle.

L'appartement était fort agréable, avec sa petite cheminée de brique rouge, ses fauteuils confortables, sa télévision et ses étagères emplies de livres. La plus étroite des deux chambres à coucher était installée dans une sorte d'alcôve dotée de hautes fenêtres, jouxtant une salle de bains équipée d'une grande baignoire et de toilettes.

– Asseyez-vous, lui enjoignit Janet, je vais vous préparer un thé.

Elle se dirigea vers le coin-cuisine et mit la bouilloire sur le feu.

– Je suis contente que vous vous occupiez du magasin en mon absence, reprit-elle. Oh, j'allais oublier ! Il faut que nous appelions Lynford, sinon il risque de se ronger les sangs en croyant qu'il nous est arrivé un accident.

Emue par la tendresse sincère qui unissait le frère et la sœur, Gloriana sourit, tout en se carrant confortablement dans un fauteuil moelleux à souhait. C'était certainement un péché d'apprécier à ce point le luxe, mais tant pis. Ici, comme dans la maison du médecin, il faisait bon vivre.

Son hôtesse et elle partagèrent des sandwiches et plusieurs tasses de thé. Janet la laissa ensuite pour donner quelques coups de téléphone, dont un à son frère. Comme beaucoup de choses dans le monde moderne, le téléphone ne laissait pas de fasciner Gloriana.

Son cœur battit la chamade lorsque sa compagne lui tendit le combiné. Elle n'avait jamais parlé dans un tel appareil. Quand elle entendit la voix de Lynford, elle écarquilla les yeux, stupéfaite.

– Bonsoir, Gloriana.

– Euh... bonsoir, bredouilla-t-elle.

Si seulement elle pouvait communiquer ainsi avec Damian...

– Cela se passe-t-il bien avec ma sœur ? s'enquit le médecin.

Gloriana hocha la tête avant de se rendre compte qu'il ne pouvait la voir.

– Oui, s'empressa-t-elle de dire. Très bien. Janet est très sympathique, comme vous.

Elle avait l'impression curieuse de discuter avec un fantôme. Lynford lui fit promettre de l'appeler dès qu'elle en aurait envie et lui donna son numéro. Après cela, Gloriana rendit le combiné à Janet et alla se poster à la fenêtre pour regarder au-dehors.

Elle était en terrain amical, dans un univers bien plus confortable que celui du Moyen Âge, elle n'en doutait pas un instant. Et pourtant, elle n'aspirait qu'à retrouver son guerrier d'époux, qu'à se blottir dans ses bras.

La pluie dura tout l'après-midi, se faisant l'écho de son humeur sombre. Malgré sa tristesse, elle écouta attentivement les conseils de Janet quant à la manière de s'occuper de la boutique.

– Quand vous vous sentirez fatiguée, déclara son hôtesse alors qu'elles sirotaient un énième thé près du poêle, dans la boutique, n'hésitez pas à fermer et à aller vous promener ou à regarder la télé. Les clients repasseront.

– Et si je commettais une erreur ?

Elle n'était pas tout à fait rassurée, même si le frère Cradoc lui avait appris à tenir les comptes de sa fortune personnelle.

Janet haussa les épaules.

– Qui n'en fait pas ? Si vous n'êtes pas sûre de vous, demandez simplement au client de revenir quand je serai rentrée.

Le sujet fut bientôt clos. Gloriana se retira alors dans sa chambre et prit un bain avant de se mettre au lit. Elle avait refusé de dîner, préférant dormir. Dès qu'elle eut fermé les yeux, elle se retrouva au royaume des songes, rêvant qu'elle regagnait Kenbrook Hall.

Elle était de nouveau dans la chambre de la tour, au chevet du lit qu'elle partageait avec son époux. Ce dernier dormait à poings fermés, ses cheveux blonds chatoyant dans la faible lumière des bougies.

Le cœur battant, Gloriana murmura son nom avant

de lui effleurer le front du bout des doigts. Il s'étira et chuchota des mots incompréhensibles. Alors elle se pencha et l'embrassa, laissant ses larmes ruisseler sur les joues de cet homme qu'elle chérissait tant.

Il ouvrit les yeux.

– Gloriana, souffla-t-il, mon Dieu...

Elle tendit les bras vers lui, mais il était déjà trop tard. Elle s'éveilla, le visage humide, le cœur brisé, dans la chambre d'amis de Janet. Damian était à des centaines d'années de là, et pourtant elle pouvait encore sentir l'empreinte de ses lèvres sur les siennes...

Elle retomba sur les oreillers, sans faire l'effort d'essuyer ses larmes. Etait-ce seulement un rêve ou venait-elle bel et bien de rendre visite à son époux ? Si seulement elle pouvait le savoir...

Allongé sur son lit, les yeux grands ouverts, Damian sentait son cœur battre à grands coups. La pièce était plongée dans l'obscurité. Et pourtant, il venait de voir Gloriana. Elle avait effleuré sa bouche, dans un baiser aussi doux et léger qu'une aile de papillon, et, dans ses yeux, il avait lu tout l'amour qu'elle lui portait.

Un rêve ? Non. Son imagination n'était pour rien dans cette apparition... Si incroyable que cela puisse paraître, la jeune femme avait réussi à se faufiler derrière le voile de temps et de mystère qui les séparait. Même si le désespoir de l'avoir de nouveau perdue le torturait, il sentit l'espoir renaître au tréfonds de son être. Un jour, le miracle aurait lieu : elle lui reviendrait...

Il se leva et gagna la fenêtre pour contempler les eaux du lac caressées par les rais argentés de la lune. Si Gloriana avait été kidnappée ou s'était simplement égarée, il aurait su la ramener à la maison, même si cela avait signifié fouiller chaque parcelle de cette terre anglaise. Mais comment l'arracher au royaume brumeux qui l'avait engloutie ?

Le lendemain matin, Gloriana s'éveilla le cœur lourd de chagrin et les yeux gonflés d'avoir trop pleuré. Elle s'aspergea le visage d'eau froide dans la petite salle de bains, puis procéda à sa toilette et s'habilla.

Janet buvait un thé dans la cuisine lorsqu'elle la rejoignit.

— Mon Dieu ! s'écria son hôtesse, alarmée, en se levant d'un bond. Vous êtes pâle à faire peur, et vos yeux... ! Etes-vous malade ? Voulez-vous que j'appelle Lynford ?

Gloriana secoua la tête avant de grimacer un sourire.

— Non, ne l'ennuyez pas, murmura-t-elle d'une voix misérable. C'est juste que... quelqu'un me manque beaucoup.

Janet l'invita à s'asseoir et lui servit aussitôt un thé. Gloriana saisit la tasse d'une main tremblante.

— Un amour perdu, n'est-ce pas ? demanda Janet en étalant de la confiture sur une tartine de pain grillé.

Gloriana acquiesça, puis souffla :

— Pardonnez-moi, mais je préfère ne pas en parler.

— C'est inutile, je comprends, fit sa compagne en l'étudiant attentivement. Vous ai-je déjà dit que vous aviez des cheveux magnifiques ? Mais ce doit être une vraie corvée de les laver et de les brosser. Ils sont si longs.

Gloriana lui fut reconnaissante de changer de sujet. Elle avait remarqué en observant les passants dans la rue que les femmes modernes portaient leurs cheveux beaucoup plus courts que les dames du XIIIe siècle, lesquelles n'y touchaient jamais et les dissimulaient sous des hennins dès lors qu'elles quittaient le refuge de leur chambre.

— J'aimerais les couper, confessa-t-elle.

Damian en serait certainement chagriné, mais Dieu sait quand elle le reverrait...

— Il y a un salon de coiffure de l'autre côté de la rue,

répondit Janet. Je vais les appeler. Peut-être pourront-ils vous prendre dès cet après-midi. Dans ce cas, fermez simplement la boutique, et mettez sur la vitrine la pancarte « De retour dans une heure ».

Une fois le petit déjeuner terminé, la sœur de Lynford acheva de lui donner ses dernières recommandations et alla boucler sa valise. Une heure plus tard, elle la laissait prendre les rênes du magasin. Gloriana était à la fois excitée et terrifiée...

Mais, comme personne ne franchit la porte ce matin-là, elle eut tout le temps de s'habituer à cette nouvelle situation.

A midi, elle monta à l'appartement et se prépara un sandwich avant de retourner à la boutique. A défaut de s'occuper de clients, lesquels étaient décidément invisibles, elle se lança dans l'exploration des piles de livres. Certains ouvrages étaient de toute beauté, avec leurs pages parcheminées, leur calligraphie recherchée et leurs magnifiques illustrations.

Quand il fut 15 heures, Gloriana prit l'argent que Janet lui avait laissé, mit sa veste, ferma le magasin et traversa la rue en direction du salon de coiffure.

Lorsqu'elle en ressortit deux heures plus tard, ses cheveux, considérablement raccourcis, lui caressaient les épaules.

Elle s'arrêta un instant pour admirer son reflet dans la vitrine de Janet, avant d'ouvrir la porte et de se précipiter à l'intérieur, pour échapper au vent glacial.

13

Il était presque 18 h 30 quand la sonnerie du téléphone retentit dans l'appartement de Janet, faisant sursauter Gloriana. Elle avait beau vivre dans ce nouveau monde depuis plusieurs semaines, elle ne réussissait toujours pas à s'accoutumer aux bruits étranges qui le peuplaient.

– Gloriana ? fit une voix familière à l'autre bout du fil. C'est Lynford. Comment allez-vous ?

La jeune femme sourit. Elle était heureuse qu'il l'appelle.

– Je vais bien, merci. Mais je me sens un peu seule, je dois bien l'avouer.

– Cela tombe bien. Je vous appelais justement pour savoir si je pouvais vous rendre visite ce soir. Je voudrais vous présenter l'un de mes amis, quelqu'un qui aimerait fort vous rencontrer.

– Avec joie. L'appartement me paraît bien triste, maintenant que Janet est partie.

Elle marqua une pause, fronçant brusquement les sourcils.

– Faut-il que je prépare quelque chose à manger ?

– Mon Dieu, non ! Je m'arrêterai à la taverne du village pour acheter du poisson et des frites. Je sais que vous les aimez.

Gloriana était ravie. Non seulement elle allait avoir

de la compagnie, mais elle allait aussi déguster son plat favori. Et surtout, elle n'aurait rien à cuisiner.

— Magnifique ! s'écria-t-elle.

Le médecin arriva environ une demi-heure plus tard, chargé de sacs en papier dégageant des odeurs fort appétissantes. Gloriana, qui avait allumé un feu dans la cheminée et éclairé la salle de séjour de plusieurs lampes basses, accueillit Lynford avec chaleur et salua poliment son ami, un homme âgé, aux cheveux striés d'argent et aux yeux gris acier. Il était vêtu d'un élégant costume gris et tenait à la main une mallette de cuir.

— Gloriana, fit Lynford en ôtant son manteau de tweed, je vous présente un ami, Arthur Steinbeth. Il est professeur à l'université.

Elle gratifia l'inconnu d'un timide sourire. Même si cet homme ne l'impressionnait pas en soi, elle se sentait mal à l'aise, sous son regard inquisiteur. Elle avait l'impression qu'il cherchait à lire en elle, à découvrir ses secrets. Lynford lui aurait-il raconté son étrange histoire ?

— Soyez le bienvenu, déclara-t-elle à l'adresse du professeur, répétant les mots que les gens à la télévision prononçaient chaque fois qu'ils avaient des visiteurs.

Arthur Steinbeth eut un sourire qui la rassura quelque peu.

— Merci, répondit-il en hochant légèrement la tête.

Il tendit son imperméable ruisselant de pluie à Lynford, qui l'accrocha au portemanteau derrière la porte.

Dans la cuisine, Gloriana sortit assiettes, verres et couverts du placard, les disposa sur la table et invita les deux hommes à prendre place. Elle posa ensuite le contenu des grands sacs en papier sur des plats, versa un peu de vinaigre dans un bol, et voilà, le repas était fin prêt.

L'ami de Lynford, qui tenait toujours sa mallette à la main, s'en sépara enfin en la déposant au pied de sa chaise. Il n'avait guère ouvert la bouche jusqu'ici mais Gloriana sentait son regard posé sur elle attentivement, épiant chacun de ses gestes, chacune de ses réactions. Ce fut surtout Lynford qui alimenta la conversation durant le dîner et, en sortant de table, ils allèrent s'installer au salon, devant le feu. A son habitude, Lynford s'adossa au manteau de la cheminée, tandis que son ami prenait place sur le canapé, sa précieuse mallette sur les genoux. Gloriana, elle, préféra le fauteuil en cuir de Janet.

– Le Pr Steinbeth est un expert en littérature médiévale, expliqua Lynford. Voilà qui devrait vous passionner, Gloriana !

Un sourire flotta sur ses lèvres un instant.

– A propos, qu'avez-vous fait à vos cheveux ? C'est une idée de Janet, n'est-ce pas ?

Déconcertée par ce coq-à-l'âne, Gloriana se demanda un instant lequel des deux sujets elle devait aborder en premier.

– Oui, Janet m'a suggéré d'aller chez le coiffeur, déclara-t-elle enfin, avant de se tourner vers le professeur et d'ajouter : Je connais un peu la littérature médiévale et elle me passionne, en effet.

M. Steinbeth sourit et ses yeux pétillèrent, cependant que ses joues rosissaient de plaisir.

– C'est ce qu'on m'avait dit.

Gloriana jeta un coup d'œil interrogateur en direction de Lynford, mais ce dernier avait baissé la tête.

– Et que vous a-t-on dit d'autre sur moi, professeur Steinbeth ?

– Je vous en prie, appelez-moi Arthur.

– Arthur, concéda-t-elle tout en pensant que cette privauté n'aurait jamais été tolérée au XIIIe siècle. S'il vous plaît, répétez-moi ce que M. Kirk... enfin... ce que Lynford vous a raconté.

Arthur s'empourpra de plus belle et desserra le nœud de sa cravate comme si celle-ci était seule responsable de son malaise.

– Il m'a confié que vous aviez voyagé dans le temps.

Gloriana serra les dents avant de fusiller le médecin du regard.

– Je vois. Et vous l'avez cru ?

Arthur hésita un instant avant de répliquer :

– Ma foi... j'avoue que certains détails m'ont troublé...

– J'ai pris la liberté d'envoyer au professeur votre robe, intervint Lynford dans l'espoir de se disculper. Celle que vous portiez le jour où je vous ai trouvée à Kenbrook Hall.

Le professeur s'éclaircit la voix et prit la relève.

– Je l'ai examinée. Les dentelles sont d'époque. Quant au procédé de teinture du tissu, il y a bien longtemps qu'il n'existe plus.

Gloriana se borna à hocher la tête.

– Ce qu'Arthur veut dire, renchérit Lynford en faisant les cent pas devant l'âtre, les mains derrière le dos, c'est qu'il n'existe aucun endroit aujourd'hui dans le monde où cette étoffe de laine serait ainsi teinte, brodée ou tissée.

Gloriana haussa les sourcils légèrement, incitant son ami à poursuivre.

– Où avez-vous fait l'acquisition de cette robe, mademoiselle St. Gregory ? s'enquit le professeur.

– Elle a été tissée et teinte à Hadleigh Castle, avec la laine des moutons de Gareth St. Gregory.

Il y eut un bref silence, durant lequel on n'entendit plus que le craquement des brindilles dans la cheminée, le tic-tac de l'horloge et le mugissement étouffé du vent qui se faufilait insidieusement sous les fenêtres.

Les mains du professeur tremblaient un peu lorsqu'il ouvrit sa mallette. Un long moment, il considéra Lynford d'un regard presque implorant, avant de se tourner vers Gloriana. Sa voix n'était plus qu'un murmure.

– Pouvez-vous regarder ceci, je vous prie ?

Il sortit précautionneusement un fin parchemin de sa mallette et le tendit à la jeune femme.

Elle le saisit avec soin et sentit un frisson d'impatience la traverser.

– Des experts du monde entier ont examiné cet ouvrage, commenta Arthur Steinbeth d'un ton respectueux. Nous le croyons de l'époque médiévale, mais pour l'instant, nous n'avons encore aucune certitude. Certains pensent qu'il s'agit simplement d'une excellente copie. Et... voilà... j'aimerais avoir votre avis.

Emue, Gloriana souleva la couverture, ornée d'enluminures dorées à l'or fin représentant de tendres anges, que le temps avait pâlies. Les larmes lui montèrent aux yeux lorsqu'elle lut la première ligne, écrite en un mélange de français, de latin et de vieil anglais.

Le manuscrit était sans aucun doute d'origine.

Ceci est le récit de la maisonnée St. Gregory...

Il lui fallut quelques minutes pour recouvrer son sang-froid, alors que des vagues d'émotions déferlaient en elle. Elle ne comprenait pas que Steinbeth et ses collègues n'aient pas réussi à déchiffrer le contenu de cet ouvrage ; il lui semblait aussi clair que si elle l'avait écrit elle-même.

– C'est l'histoire de ma famille, parvint-elle enfin à répondre.

« Tout y est, ajouta-t-elle en son for intérieur, avec à la fois une joie frénétique et un désespoir sans fond. La vie de Damian, la mienne. Celle d'Edward et de Gareth, ainsi que celle d'Elaina... »

Lynford s'approcha d'elle et lui posa les mains sur les épaules. Il devinait toujours quand elle avait besoin d'être réconfortée.

– Arthur aimerait que vous authentifiiez ce manuscrit pour lui, déclara-t-il d'une voix douce.

La gorge nouée, Gloriana hocha la tête en signe d'assentiment, tout en resserrant les doigts sur ce manuscrit capable de lui parler de son avenir comme de son passé. Pour rien au monde elle n'aurait renoncé à la perspective de lire ces mots soigneusement calligraphiés à la plume.

Lynford débarrassa la table basse et extirpa un appareil de la poche de sa veste.

– Un magnétophone, annonça-t-il avant de le poser pour en expliquer le fonctionnement à Gloriana.

Quelques minutes plus tard, lui et son ami prenaient congé. Gloriana ne se donna même pas la peine d'aller verrouiller la porte derrière eux ; elle était bien trop impatiente de se plonger dans la lecture du manuscrit. Après avoir appuyé sur la touche « Enregistrement » de l'appareil, elle commença la lecture de l'ouvrage d'une voix tremblante.

Le manuscrit avait été écrit par l'un des descendants directs de Damian. Cela signifiait-il qu'elle trouverait un jour le moyen de retourner vers lui ? De toutes ses forces, elle l'espérait... Elle posa une main sur son ventre, songeant à cet enfant à naître. Etait-ce lui l'auteur de l'histoire ?

Tout au long de la nuit, elle lut, s'arrêtant de loin en loin pour changer la cassette ou reprendre son souffle. Plus tard, en réécoutant sa voix, elle serait surprise de son ton ferme et assuré, car pendant qu'elle déchiffrait ce long récit, elle avait bien souvent pleuré ou ri.

Elle atteignit bientôt le récit de sa disparition et, retenant le flot d'émotions qui lui serrait la gorge, elle apprit qu'on l'avait pour cela traitée de suppôt de Satan. Par la suite, elle n'avait plus été appelée autrement que « la sorcière de Kenbrook ». Mais alors que les événements qui avaient suivi son départ s'étalaient sur les feuilles devant elle, aussi clairement que si elle les voyait se dérouler à travers une vitre, un vent de panique se mit à souffler en elle. Elle dut rassembler toutes ses forces pour continuer sa lecture, à la nouvelle qu'Edward avait provoqué Damian en duel, l'accusant d'avoir assassiné lady Gloriana, dans le seul but de retourner auprès de Marianne de Troyes. Finalement, las de voir ses défis ignorés, le jeune chevalier avait attaqué Damian à l'improviste dans les bois, et celui-ci, croyant avoir affaire à un bandit, avait tué son jeune frère d'un coup d'épée.

Gloriana arrêta l'enregistrement et courut en pleurant vers la salle de bains où elle tomba à genoux, prise d'une violente nausée.

Elle ne pouvait en supporter davantage, et pourtant il lui était impossible de refermer le manuscrit du Pr Steinbeth. Elle s'aspergea le visage d'eau glacée et retourna bravement au salon. Là, elle s'assit de nouveau sur une chaise et reprit sa lecture où elle l'avait arrêtée.

Après ce tragique incident, et même si personne n'osa le blâmer de cette malheureuse méprise, Damian, éperdu de douleur et bourrelé de remords, devint presque fou. Il passait des journées entières à errer dans les couloirs du château en blasphémant.

A partir de ce moment-là, Kenbrook partagea son temps entre la taverne et sa haine de Merrymont, le baron voisin, continuant de le harceler bien après que celui-ci eut rendu les armes. Un an après la mort d'Edward, Gareth et lady Elaina rendirent leur dernier soupir, fauchés par une vilaine fièvre.

De nouveau, Gloriana dut s'arrêter pour laisser libre cours au chagrin. Un terrible sentiment de perte l'empêchait presque de respirer. L'aube se levait. Elle venait de passer la nuit à lire, elle était à bout de forces, la souffrance lui taraudait le cœur et elle avait les yeux gonflés d'avoir trop pleuré. Cette fois, elle éteignit le magnétophone et, rejoignant sa chambre, elle s'effondra sur le lit, où elle sombra aussitôt dans un sommeil agité qui dura toute la journée du lendemain.

Le crépuscule tombait quand elle se réveilla. On frappait à l'entrée.

Désorientée, elle quitta son lit et se dirigea d'une démarche mal assurée jusqu'à la porte.

– Qui va là ? demanda-t-elle, une main sur la poignée.

Un éclat de rire masculin s'éleva derrière le battant.

– Lynford Kirkwood. Baillez-moi donc le passage, gente dame !

Elle ouvrit aussitôt la porte et fixa son visiteur, l'air hagard.

Le jeune médecin s'esclaffa derechef, mais une lueur de tendresse passa dans ses yeux.

– Vous allez bien, Dieu soit loué ! J'ai essayé de vous appeler toute la journée.

– Je suis désolée, fit Gloriana en s'écartant pour le laisser entrer. J'étais fatiguée...

Lynford se dirigea tout droit vers le salon où étaient restés manuscrit et magnétophone, et laissa quelques nouvelles cassettes sur la table.

– Vous n'étiez pas obligée d'y passer la nuit, commenta-t-il d'un ton faussement grondeur en disparaissant un instant vers la cuisine pour remplir la bouilloire et la mettre à chauffer.

Gloriana regarda l'ouvrage, le cœur serré. Elle en avait presque fini la lecture et il n'y avait pas la moindre allusion à un éventuel retour de sa part. Si elle ne parvenait pas à rejoindre le passé, Damian épouserait-il Marianne de Troyes ? Serait-ce la Française qui lui donnerait des fils ?

– Je ne suis pas certaine de comprendre pourquoi votre ami souhaite tant avoir ma voix sur cet enregistrement. Mais je peux déjà vous assurer qu'il s'agit bien d'un original.

– Pourquoi ? C'est simple. Si vous êtes réellement du XIIIe siècle, vous êtes la seule à même de déchiffrer certains mots sans lesquels l'histoire demeure obscure. Mais laissons donc le manuscrit pour l'instant. Je parie que vous n'avez rien mangé de la journée.

Gentiment, il l'entraîna vers la cuisine, l'obligea à s'asseoir, et posa sur la table deux tasses et deux assiettes. Bientôt, ils auraient du thé, et le bacon grésillait déjà dans la poêle.

Gloriana avait les yeux rivés sur son compagnon.

– Voyager dans le temps... commenta-t-elle avec un

soupir. Et si ce miracle n'était en fait qu'un pouvoir dont chaque humain dispose sans le savoir ?

– C'est une manière remarquablement moderne de penser ! s'écria Lynford en battant les œufs dans un bol. Mais il n'est pas impossible que vous ayez raison.

Gloriana se mordilla la lèvre, réfléchissant à cette théorie. Elle était elle-même émerveillée d'y avoir songé.

– Quels sont les symptômes que vous avez ressentis pendant le transfert ? demanda Lynford d'un air concentré.

– Cela a commencé par une migraine, se rappela la jeune femme.

Le seul souvenir de cette douleur terrible, féroce, guida ses doigts jusqu'à ses tempes.

– C'était affreux. J'ai bien cru que j'allais mourir...

Lynford reporta son attention sur le contenu de la poêle. Il fit glisser les tranches de bacon bien rissolées sur leurs assiettes avant de cuire les œufs. Comme tout cela semblait appétissant ! Gloriana en eut soudain l'eau à la bouche.

– Qui sait ? Un mouvement involontaire de la conscience pourrait être à l'origine de tout, songeait le jeune médecin à voix haute. Décidément, l'esprit humain est une chose extraordinaire !

Gloriana était bien de cet avis ! Elle soupira.

– Mais si j'ai traversé le temps dans un sens, pourquoi ne puis-je rentrer, alors que c'est mon désir le plus cher ?

– Est-ce donc un monde si merveilleux que vous avez quitté ? demanda le jeune médecin, sans parvenir à masquer totalement sa tristesse. Je croyais le Moyen Âge envahi par la vermine, les maladies, la guerre, la famine et le crime ?

Gloriana haussa les épaules. Ces dernières semaines, elle avait regardé souvent la télévision et lu le journal.

– On pourrait en dire autant de votre époque, non ?

Les épaules de son compagnon s'affaissèrent légèrement.

– Je ne peux vous donner entièrement tort. Mais au moins, les épidémies sont plus rares, et les gens sont protégés par la loi.

– Oui, c'est vrai. Le XXᵉ siècle est, je l'admets, plus vivable que le XIIIᵉ, moins brutal en tout cas. Mais...

Elle s'essuya les coins de la bouche avec sa serviette comme elle l'avait vu faire à son interlocuteur.

– Mais ? répéta Lynford pour l'inciter à poursuivre.

Un sourire triste apparut sur les lèvres de la jeune femme.

– Mais, dans ce siècle brutal, il y a mon époux. Et je ne peux envisager de vivre sans lui.

Lynford la considéra d'un air affligé.

– Oui, je comprends...

Le jeune médecin ne tarda pas à prendre congé et, dès qu'il fut parti, Gloriana se replongea dans le manuscrit, déchiffrant les pages de l'ouvrage avec un mélange d'impatience et de peur.

Précautionneusement, elle étala les parchemins restants sur la table du salon, glissa une nouvelle cassette dans le magnétophone et entama sa lecture à voix haute.

Le récit de la mort de Damian, quand elle l'aborda, était aussi bref que laconique. Peu après son second mariage, il avait quitté son épouse, Marianne, et leurs deux jeunes fils pour retourner sur le continent en tant que mercenaire, et avait péri dans un naufrage à quelques milles des côtes de Normandie. D'après l'auteur, nul n'avait réellement pleuré sa disparition, car il était devenu un homme amer et violent. Beaucoup attribuaient sa mort à un sort jeté par la sorcière de Kenbrook, cette même sorcière qui l'avait rendu aussi taciturne et sauvage qu'un loup.

Gloriana ne fut ni étonnée ni même chagrinée que le monde l'eût crue coupable de ce méfait. C'était bien autre chose qui la faisait souffrir. Elle aurait tant aimé que Damian trouve au moins la paix et la sérénité dans les bras de sa seconde épouse...

La vision de l'homme qu'elle aimait sombrant dans des flots glacés et sans merci lui fit monter les larmes aux yeux. Désespérée, elle arrêta l'enregistrement et alla se coucher. Le rêve s'empara d'elle aussitôt.

Elle marchait sur les tuiles cassées des bains romains dans les profondeurs du château de Kenbrook, sentant leurs contours rugueux sous ses pieds. Deux bougies se consumaient, exhalant une fumée âcre et enveloppant la surface sulfureuse des eaux d'une épaisse chape sombre. Damian se tenait au beau milieu de la piscine, les yeux fermés, le visage crispé.

Un désespoir terrible émanait de tout son être.

Gloriana cria son nom mais, s'il l'entendit, il ne lui répondit pas.

Ses cheveux blonds s'étaient striés de fils d'argent et des cicatrices zébraient sa poitrine nue. Il venait de se battre, la guerre était encore là, laissant de profonds stigmates sur cet homme, le brisant jusqu'au plus profond de son être.

Bouleversée, elle fit un pas vers lui, mais ses jambes refusaient de la porter. Elle ne distinguait plus à présent de son époux qu'une silhouette de plus en plus floue. Derechef, elle hurla son nom...

Il tourna alors lentement la tête dans sa direction, et dans ses yeux bleus elle lut toute la détresse d'une âme frappée par la solitude. Pour lui, elle n'était plus qu'un spectre revenu le tourmenter... Juste avant qu'il ne s'efface, aspiré par le brouillard de l'oubli, un détail douloureux s'imposa à l'esprit de Gloriana.

Damian avait vieilli, ce qui signifiait que le temps s'écoulait bien plus vite de l'autre côté du voile du temps. A supposer qu'elle découvre un jour le moyen de le retraverser, n'arriverait-elle pas trop tard ? Damian serait-il encore en vie ?

Elle gémit de douleur dans son sommeil. Le lendemain matin, en s'éveillant, elle n'eut même pas envie d'achever le manuscrit du Pr Steinbeth. Elle se doucha rapidement et, une fois habillée, elle gagna la boutique où elle passa la matinée à broyer du noir et à fixer la rue à travers les vitrines ruisselantes de pluie en attendant un improbable client.

Janet l'appela au milieu de l'après-midi pour lui demander comment cela se passait. Heureuse d'entendre une voix familière, Gloriana lui confessa qu'elle n'avait pas ouvert le magasin la veille. Elle raconta également que Lynford lui avait rendu visite, sans toutefois faire allusion au Pr Steinbeth et à son manuscrit médiéval.

Elle craignait par-dessus tout de ne pouvoir aborder le sujet sans fondre en larmes.

— J'ai coupé mes cheveux, déclara-t-elle pour dire quelque chose.

— Vraiment ? s'exclama Janet, visiblement ravie de cette nouvelle. Je suis sûre que vous êtes superbe ainsi. Mais vous n'avez pas l'air vraiment dans votre assiette. Pourquoi n'allez-vous pas au cinéma, ce soir ? Cela vous changerait les idées. Je suis certaine que Lynford se ferait un plaisir de vous y escorter s'il n'a pas de visites de nuit à faire.

— Je ne voudrais pas le déranger ; il en a suffisamment fait pour moi.

— Il sera ravi, je peux vous l'assurer...

Après avoir lourdement insisté, Janet lui souhaita une bonne soirée et raccrocha.

Cela ne faisait pas cinq minutes qu'elle avait reposé le combiné du téléphone qu'un bus s'arrêta de l'autre côté de la rue, déversant une flopée de passagers engoncés dans leurs imperméables qui ouvrirent leurs parapluies comme de belles fleurs colorées.

Et tout à coup, Gloriana eut envie de monter dans l'un de ces engins modernes. Elle dut attendre près d'une heure pour voir un autre bus freiner devant l'arrêt. Alors, rapidement, elle enfila son manteau, prit un parapluie derrière la porte et, avant de perdre tout courage, traversa la rue en courant.

Le chauffeur prit le billet d'une livre qu'elle lui tendait et lui rendit la monnaie. Gloriana s'installa sur un siège et regarda par la vitre, se demandant où cet immense véhicule l'emmènerait. Ils firent plusieurs haltes, dans de terrifiants crissements de freins, pour prendre des passagers, et en laisser d'autres. La jeune femme prêtait une oreille curieuse aux conversations qui se succédaient autour d'elle.

Le bus traversa plusieurs villages avant que l'après-midi cède la place au crépuscule, puis à la nuit. Ce ne fut que lorsqu'elle aperçut la tour désolée de Kenbrook Hall qu'elle comprit qu'elle était allée bien loin.

– Le site est fermé, ma petite dame, lui lança le conducteur du bus quand elle voulut descendre. D'ailleurs, il n'y a pas grand-chose à voir, si ce n'est quelques cailloux sans intérêt. Et puis, l'endroit est lugubre. A moins que vous n'alliez y rejoindre quelqu'un ? ajouta-t-il avec un clin d'œil entendu.

Gloriana faillit lui répliquer qu'elle ne lui avait rien demandé, mais la prudence l'en dissuada et elle se borna à descendre en silence.

– Le dernier bus quitte Hadleigh dans une heure, l'informa le chauffeur juste avant que les portes du bus ne se referment. Ne le manquez pas, ou vous passerez la nuit seule dans le froid.

Gloriana hocha la tête avant de se diriger droit vers la tour. Elle marchait d'un pas rapide, fixant ce lieu qu'elle chérissait tant sans faire attention aux pierres qui roulaient sous ses pieds. Une grille de métal ceinturait la propriété à présent, remplaçant les hauts murs de pierre qui étaient depuis longtemps tombés en ruine. Les portes étaient verrouillées.

Mais cela ne la rebuta pas. Elle portait un jean et des baskets qui n'entravaient en rien ses mouvements. D'un bond, elle franchit la barrière et sauta sur les dalles du cimetière.

216

Il y avait de la lumière dans la tour, ainsi que dans la petite guérite à l'entrée du site. Sans s'en soucier, elle se faufila comme un fantôme entre les stèles effacées par le temps, ignorant le froid mordant et la bruine glaciale. Peut-être que si elle s'asseyait à l'endroit même où elle avait été victime du transfert, elle serait renvoyée dans le passé.

La pluie survint, mais Gloriana ne s'en aperçut même pas. Parvenue au pied de la crypte de lady Aurelia St. Gregory, elle s'allongea dans l'herbe trempée, les jambes croisées. Elle n'avait plus qu'à attendre. Attendre...

L'air s'était sensiblement rafraîchi, et la nuit se faisait plus sombre. La jeune femme se laissait guider par ses pensées, plus loin, toujours plus loin. Elle finit par entendre des voix autour d'elle, mais aucune n'étant celle de son cher Damian, elle refusa de les écouter.

Peu à peu, le froid disparut, laissant place à une douce chaleur. L'obscurité se déchira tandis qu'une explosion de vives étincelles l'aveuglaient. Des mains se posèrent sur elle.

– Laissez-la.

C'était Lynford qui venait de parler. Même dans les profondeurs de sa détresse, Gloriana reconnut le timbre calme de sa voix.

Comment l'avait-il retrouvée ?

Il la souleva dans ses bras avec mille précautions et elle se blottit contre lui, tandis qu'il l'emmenait dans la nuit. Des visages inconnus se penchaient au-dessus d'elle, mais ils n'étaient que de vagues contours dans la lumière rougeoyante. Gloriana tourna la tête pour leur échapper.

– Vous êtes saine et sauve, lui murmura le jeune médecin. Je suis là.

Gloriana avait la gorge nouée, mais les larmes refusaient de couler. C'était comme si la fièvre qui la consumait avait asséché ses sanglots. Elle ne voulait pas être sauvée, elle ne souhaitait que se laisser bercer par ses rêves où Damian vivait encore et riait.

Oscillant entre conscience et inconscience, elle se laissa installer par Lynford à l'intérieur de la voiture qui l'emporta vers un lieu inconnu. La lumière y était trop vive et elle ferma les yeux. Une douleur terrible lui taraudait la poitrine. Tour à tour, son corps se refroidissait et se réchauffait, et elle avait l'impression d'être transpercée par des milliers d'aiguilles. Dans le lointain, elle distinguait la voix de Lynford, tantôt implorante, tantôt impérieuse.

Les cauchemars déployèrent leurs tentacules au plus profond de sa conscience, la tirant vers le marasme de leurs ténèbres. Malgré ses efforts, Damian demeurait invisible. Elle le cherchait pourtant si fort qu'elle en avait mal.

Quand elle ouvrit les paupières, elle eut la surprise de découvrir une pièce entièrement blanche. Lynford se trouvait à son chevet, le menton bleu par une barbe d'un jour, les yeux tourmentés par l'inquiétude.

– Enfin, vous êtes de nouveau parmi nous, fit-il en serrant ses doigts entre les siens, comme pour s'assurer qu'elle ne repartirait pas.

Une aiguille connectée à un tube perçait son autre poignet, mais, étrangement, elle ne ressentait aucune douleur.

– Vous auriez dû me laisser là-bas, murmura-t-elle d'une voix étranglée.

Lynford secoua la tête.

– Tout ce que je veux, c'est veiller sur vous. Laissez-moi le faire, je vous en prie.

Gloriana détourna les yeux.

– Comment m'avez-vous retrouvée ?

Elle savait à présent que Lynford était fort épris d'elle, et elle ne le voulait pas. Elle ne voulait pas de cet amour...

– Le gardien se souvenait de vous, répondit le médecin après quelques minutes. Il m'a appelé à la maison.

– Je vous en prie, Lynford. Laissez-moi seule, autant pour vous que pour moi...

Pour toute réponse, il lui serra plus fermement la main.

14

Quand Gloriana reprit ses esprits, un peu plus tard ce jour-là, un flot de chagrin la submergea. Elle s'était comportée comme une parfaite idiote en se rendant aux ruines de Kenbrook Hall sous une pluie torrentielle, au risque de causer la mort de l'enfant qu'elle portait. Désormais, il lui faudrait étouffer son chagrin, pour ne plus penser qu'à son bébé.

Elle achevait juste de prendre cette résolution, lorsque Lynford apparut sur le seuil de la chambre d'hôpital. Il avait les yeux cernés et semblait sur des charbons ardents.

– Vous êtes enceinte, lança-t-il en serrant une pile de dossiers contre lui comme s'il s'abritait derrière un bouclier.

Gloriana se redressa contre ses oreillers, grimaçant de douleur. Elle était percluse de courbatures, et la souffrance la transperçait de part en part, sans épargner une seule fibre de son être. Enfin, elle était vivante, son enfant aussi, et cela seul comptait !

– Je le sais, répondit-elle enfin en levant les yeux vers son ami.

Même si elle n'en avait parlé à personne, ce n'était pas un secret dont elle avait honte. Elle était l'épouse du baron de Kenbrook, et même si cet homme était mort depuis bientôt sept cents ans, leur enfant n'en était pas moins désiré et légitime.

– Depuis combien de temps êtes-vous au courant ? demanda Lynford sans quitter le pas de la porte.

Il n'était pas hostile ; pourtant, elle le sentait plus froid, plus distant que d'ordinaire.

– Depuis le premier jour, repartit Gloriana sincèrement.

Quand Damian lui avait reparlé des bains romains, elle avait su qu'il voyait juste et qu'une nouvelle vie s'épanouissait en elle.

– Vous auriez dû me le dire, protesta le médecin, alors qu'il venait s'asseoir à son chevet. Pour l'amour du ciel, Gloriana, une femme enceinte a besoin de calme et de repos !

Lynford la considéra un instant en silence avant de continuer :

– Et le père... ?

– Damian St. Gregory, baron de Kenbrook, cinquième du nom, déclara Gloriana avec fierté.

– Bien sûr, soupira Lynford. Mais il n'est plus là pour prendre soin de vous, que je sache.

L'absence de Damian était déjà insupportable pour Gloriana. Pourquoi son ami insistait-il ? Ne comprenait-il pas la sensation désespérante de solitude et de douleur qui lui vrillait le cœur, jour après jour ?

– Je ne suis ni idiote, ni invalide, s'insurgea-t-elle, ulcérée. Je peux fort bien m'occuper de moi toute seule !

Sur le visage de son compagnon se peignit une expression d'extrême lassitude. Il soupira.

– Je ne voulais pas vous insulter. Je suis simplement inquiet...

– C'est parfaitement inutile ! L'hôpital me laisse partir cet après-midi et je compte aussitôt retourner à la boutique de votre sœur. En espérant qu'elle ne m'en voudra pas de l'avoir laissée tomber...

– Vous savez bien que non ! Mais il faut être raisonnable, Gloriana ! Vous n'êtes pas en état de tenir un magasin... Il vous faut prendre du repos, bien manger et vivre le plus tranquillement possible.

— Par tous les diables ! A vous entendre, on croirait que vous parlez à une vieille femme !

— J'abandonne ! rétorqua le jeune médecin avant de se lever et de sortir de la chambre sans un regard.

— Il se fait beaucoup de souci pour vous, commenta Marge en faisant son apparition.

Elle déposa des habits neufs sur le lit de Gloriana.

— Voilà de quoi vous changer ! Les vêtements que vous portiez l'autre jour pour votre escapade étaient bons pour la poubelle.

— Merci, murmura Gloriana. Lynford ne devrait pas tant s'inquiéter pour moi.

Les larmes lui montèrent aux yeux.

— Il est si gentil, reprit-elle d'une voix étranglée. Je ne veux pas qu'il ait le cœur brisé à cause de moi.

— Les sentiments, cela ne se commande pas. Allez, venez, je vais vous aider à vous habiller. Ensuite, je vous ramènerai chez Janet. Au passage, nous nous arrête-rons à la pharmacie. J'ai une ordonnance pour vous ; de quoi soigner votre mauvais rhume et vous remettre d'aplomb...

La jeune femme quitta son lit et remit docilement son sort entre les mains de Marge. Bientôt, elle fut habillée, lavée, et elle quitta l'hôpital dans une chaise roulante poussée par l'infirmière. Elle aurait préféré marcher, malgré ses jambes encore flageolantes, mais Marge ne l'entendait pas de cette oreille.

Après un bref arrêt à la pharmacie, elles prirent le chemin de la boutique de Janet. Gloriana était presque heureuse d'y revenir. Au moins, ici, elle ne dépendait de personne.

Elle remercia avec effusion l'infirmière pour tout ce qu'elle avait fait pour elle, croyant que cette dernière la laisserait sur le pas de la porte. Mais c'était mal connaître Marge, laquelle était plus têtue qu'une mule. Elle exigea de rester un moment et la soutint jusqu'au

salon, où elle l'installa dans un fauteuil, devant la cheminée. Puis elle lui prépara un thé.

Gloriana avala ses médicaments sans faire d'histoires
et se laissa glisser dans le sommeil. Quand elle se
réveilla, Marge avait disparu, mais Lynford était là, attisant les braises dans l'âtre. Le jeune médecin avait l'air
si désespéré qu'elle lui pardonna aussitôt son accès de
colère à l'hôpital et le gratifia d'un large sourire.

– Est-ce dans vos habitudes d'arriver ainsi sans crier
gare chez les gens ? lui demanda-t-elle gentiment.

Il lui jeta un coup d'œil par-dessus son épaule et lui
rendit son sourire.

– Seulement quand je sonne plus d'une centaine de
fois sans obtenir de réponse. Comment vous sentez-
vous, Gloriana ?

– Fatiguée, mais beaucoup mieux. Et vous ?

– Pas mal, étant donné les circonstances.

Il avait peine à taire sa tristesse, et elle éprouva un
élan de compassion pour lui.

– Vous avez été gentil avec moi, souffla-t-elle d'une
voix douce. Et je vous en suis reconnaissante, bien plus
que vous ne vous l'imaginez.

– Il faut bien que quelqu'un s'occupe de vous...

– Quelqu'un s'en charge déjà. Moi.

Il lui tourna le dos et fixa le feu, les mains enfoncées
dans les poches de son pantalon, mais Gloriana avait
eu le temps d'apercevoir la tristesse dans ses yeux
clairs.

– Et vous pensez que je peux vous laisser faire ?
s'enquit-il d'une voix rauque. Si vous prendre en main
signifie errer dans les ruines d'un château, sous une
pluie diluvienne...

Gloriana ferma les yeux un instant. Comment lui
faire comprendre qu'elle n'avait pas besoin de lui ?

– J'admets avoir commis une erreur, une grossière
erreur. Mais cela ne veut pas dire que je ne suis pas
capable de veiller sur moi toute seule.

Les épaules de son compagnon se voûtèrent imperceptiblement.

– Gloriana, dit-il quelques minutes plus tard, le passé est mort. Je vous en prie, laissez-moi vous offrir un avenir.

Des larmes jaillirent dans les yeux de la jeune femme, qu'elle essuya d'un geste agacé.

– J'ai déjà un avenir. Ce qu'il me faut, c'est un ami.

– Vous pouvez compter sur moi.

– Je l'espère de tout cœur. Car je ne sais pas ce que je serais devenue sans vous.

Un instant, leurs regards demeurèrent rivés l'un à l'autre, tandis qu'un nouveau pacte se scellait entre eux. Désormais, elle le savait, Lynford ne ferait plus mention des sentiments qu'il éprouvait pour elle. Il gagna le coin-cuisine et en revint, quelques minutes plus tard, chargé d'un plateau avec deux assiettes, des couverts et un succulent ragoût de mouton mitonné par Mme Bond.

Tandis que Gloriana entamait son repas avec gourmandise, son compagnon rassembla les différents feuillets du manuscrit du Pr Steinbeth.

– Je lui enverrai un mot en lui expliquant que vous n'êtes plus en mesure d'achever la traduction de cet ouvrage.

Exaspérée, la jeune femme reposa sa fourchette.

– Vous êtes encore en train de décider à ma place ! Sachez, monsieur Kirkwood, que j'ai l'intention d'achever la tâche qui m'a été confiée.

Lynford haussa les épaules avec résignation.

– Très bien. Dans ces conditions, je dirai à Arthur que votre travail progresse rapidement.

– Merci...

Le médecin jeta un coup d'œil à sa montre.

– Je ferais mieux d'y aller, maintenant.

Il se pencha au-dessus de la jeune femme et lui effleura le front d'un baiser.

– Bonne nuit, ma chérie.

Elle se borna à hocher la tête, gênée par l'intimité de ses paroles. Il enfila alors son manteau et quitta l'appartement.

Revigorée par les médicaments, plusieurs heures de repos et un bon repas, Gloriana s'attaqua derechef au manuscrit du Pr Steinbeth.

Le magnétophone branché, elle poursuivit sa lecture, interrompue pendant quelques jours. A ce stade du récit, Damian était depuis longtemps mort, et la vie à Kenbrook continuait sans lui. Gloriana eut moins de peine alors à découvrir et à lire tout haut les aventures des générations suivantes.

Au matin elle avait terminé sa lecture et, se sentant d'attaque, elle prit une douche, se changea et gagna la boutique. Elle était impatiente de prouver à Janet que celle-ci avait eu raison d'avoir confiance en elle.

Plusieurs clients lui rendirent visite durant la matinée, brisant la monotonie des heures, et elle réussit même à vendre un ouvrage à un Américain de passage en ville.

Elle était seule dans le magasin, occupée à ranger les livres, perchée sur un petit escabeau, quand une atroce migraine la frappa de plein fouet. Un mur obscur surgit aussitôt devant ses yeux, tandis qu'une sueur froide lui coulait le long du dos. Elle s'accrocha aux barreaux de l'échelle, de crainte de tomber.

Sa vision se trouva brusquement brouillée. Une brume opaque se refermait sur elle, constellée d'éclairs aveuglants. Peu à peu, elle se sentit aspirée par la spirale du temps, une spirale qui l'entraînait vers les profondeurs d'un effrayant nulle part...

Elle tombait, et sa chute était vertigineuse.

L'histoire d'Alice au pays des merveilles qu'elle avait lue enfant lui revint en mémoire, cependant qu'elle était happée par les ténèbres. Elle s'attendait à heurter le sol de plein fouet, mais sa descente semblait ne jamais vouloir s'arrêter...

Quelqu'un la frappait avec un bâton.

– Lève-toi de là, vaurien, gronda une voix rocailleuse, et passe ton chemin ! Ce n'est pas un abri pour les miséreux, ici !

Gloriana ouvrit les yeux et aperçut un homme vêtu d'une tunique en piteux état et de caleçons de laine maculés de boue. Planté devant elle, il agitait son bâton d'un air menaçant. La jeune femme promena un regard craintif autour d'elle ; elle était adossée au mur d'une hutte au toit de chaume. Du chaume !

Un fol espoir s'empara d'elle.

Et si elle était de retour, enfin ?

Tant bien que mal, elle se remit sur ses pieds.

– En quelle année sommes-nous ? demanda-t-elle. Et dans quel royaume ?

L'homme, l'air effaré, la détailla de pied en cap, observant ses vêtements étranges avant de reculer d'un pas, comme s'il craignait soudain qu'elle ne lui jette un sort.

Un instant, Gloriana ferma les yeux, cherchant comment elle pourrait s'exprimer sans effrayer ce pauvre bougre. Si c'était bien au XIIIᵉ siècle qu'elle se trouvait...

Elle répéta sa question, lentement, en détachant chacune de ses syllabes.

– Nous sommes en l'an douze cent cinquante-six, répondit son interlocuteur de mauvaise grâce. Et nous sommes ici sur les terres du seigneur Hadleigh. Tu devrais le savoir, jeune homme. D'où viens-tu donc ?

Deux années, songea-t-elle, effarée, deux années s'étaient écoulées depuis son départ, depuis le jour où elle s'était évaporée de Kenbrook Hall, alors qu'au XXᵉ siècle un mois à peine avait passé.

Beaucoup de choses avaient pu se produire dans ce laps de temps, et sa joie d'être revenue dans le passé s'assombrit tout à coup. Le manuscrit du Pʳ Steinbeth n'était pas suffisamment détaillé pour qu'elle sache si elle était encore en mesure d'empêcher certaines tragédies.

Le paysan l'agrippa par le bras et la secoua comme un prunier.

– Je t'ai demandé d'où tu venais, mon garçon. Hâte-toi de répondre, ou tu goûteras de mon bâton !

– De Kenbrook Hall, répondit-elle vivement, craignant de recevoir une correction.

L'homme fronça les sourcils, se pencha au-dessus d'elle. Elle sentit son estomac se soulever, comme l'odeur nauséabonde de son compagnon assaillait ses narines.

– Kenbrook Hall, dis-tu ? Tu mens, car plus personne n'y vit, si ce n'est des fantômes. Ça fait bien longtemps que le château a été abandonné.

Le cœur de la jeune femme chavira.

– Comment cela ? interrogea-t-elle d'une voix tremblante. Et le baron Kenbrook ?

– Le baron vit à Hadleigh Castle.

L'homme marqua une pause et cracha sur le côté, d'un air méprisant. La nausée submergea de nouveau Gloriana.

– Pour être plus près de la taverne...

Avec brusquerie, Gloriana se dégagea et embrassa le paysage du regard. Oui, à présent, elle reconnaissait l'endroit ; elle n'était qu'à quelques kilomètres de Hadleigh.

Sans plus écouter les questions impatientes de l'homme ni ses imprécations lorsqu'elle lui faussa compagnie, elle s'élança d'un pas rapide en direction du village, espérant y mendier une robe. Il fallait en effet absolument qu'elle se change, car ses vêtements modernes ne manqueraient pas d'attirer l'attention sur elle.

A l'orée du village, elle aperçut un vieil homme assis devant un chariot et, parce qu'il lui sembla plus sage, différent de ceux qui l'entouraient, elle s'approcha de lui. Il portait une cape de soie bleue brodée d'étoiles d'or. Un magicien, sans nul doute.

– Pardonnez-moi, fit-elle en se penchant vers lui.

Il se tourna et croisa son regard. Chose étrange, il lui sourit comme s'il la reconnaissait. Peut-être l'avait-il divertie à Hadleigh Castle, à l'époque où elle vivait encore sous le toit de Gareth. A moins qu'il n'ait participé à la cérémonie d'adoubement d'Edward...

– Ainsi vous voilà de retour, déclara-t-il d'un ton emphatique. Et de fort loin...

Avait-il réellement des pouvoirs magiques ? Savait-il lire dans les destinées ? Non, elle avait trop d'imagination... cet homme n'était qu'un baladin.

– Où allez-vous ? s'enquit-elle en le voyant se lever et monter dans son chariot.

– Au village de Hadleigh. Là où les esprits pleurent et où le bonheur a disparu.

Savoir que la souffrance régnait au sein de sa famille serra le cœur de la jeune femme, mais elle refusa de céder au flot d'émotions qui menaçait de l'emporter. Elle avait déjà commis cette erreur dans le monde de Lynford, à errer sous la pluie parmi les ruines de Kenbrook Hall ; elle ne la répéterait pas.

– J'aimerais me joindre à votre troupe de saltimbanques, lui confia-t-elle.

Ainsi, on lui donnerait un costume qui couvrirait ses vêtements, et peut-être même lui dissimulerait le visage.

Si impatiente qu'elle fût de retrouver son époux, elle gardait à l'esprit le manuscrit d'Arthur Steinbeth la dépeignant comme la sorcière de Kenbrook. Si elle se présentait à visage découvert, elle risquait d'être envoyée séance tenante au bûcher.

– Que savez-vous faire ? s'enquit le magicien d'un air malicieux. Danser, jongler, cracher le feu, peut-être ?

Gloriana s'éclaircit la voix.

– Je sais danser.

Et, tout à coup, elle songea au XXe siècle et à toutes les anecdotes qu'elle y avait recueillies. Son visage s'illumina.

– J'ai aussi bien des histoires à narrer.

– Conteuse, dirons-nous alors ?

Il lui tendit la main pour la saluer.

– Je m'appelle Romulus, ajouta-t-il avec un sourire de bienvenue. Vous pourrez voyager avec notre troupe jusqu'à Hadleigh Castle, milady, et pour ce qui est de la suite... qui sait ?

Les pupilles de Gloriana s'étrécirent. Elle avait l'étrange impression que Romulus savait exactement qui elle était. Devait-elle lui faire confiance ? Elle n'eut guère le temps de s'appesantir sur la question ; sur un signe de Romulus, on lui apporta une toge carmin, brodée de fils d'or.

Sans plus attendre, elle enfila le vêtement par-dessus ses habits modernes et dissimula ses cheveux sous la capuche. Puis, après s'être assurée que personne ne lui prêtait attention, elle ramassa une poignée de boue et l'appliqua sur son visage et ses mains pour parfaire son déguisement.

Romulus donna bientôt l'ordre de lever le camp et les carrioles s'ébranlèrent, tirées par de pauvres ânes décharnés. Derrière elles suivait la troupe qui entonnait déjà des chants licencieux ponctués de rires égrillards.

Gloriana ne chercha même pas à entamer la conversation avec ses compagnons de route, se laissant bercer par ses pensées. Qu'allait-elle trouver à Hadleigh ? Damian avait-il déjà épousé Marianne ?

Tiraillée entre la joie et l'inquiétude, elle marchait mécaniquement, les mains croisées, la tête baissée, le visage caché sous son immense capuchon.

Une jeune fille en haillons, les cheveux retenus sous un grand fichu, la rattrapa bientôt. Elle était aussi sale que ses compagnons, mais bien sûr, cela ne semblait guère la gêner.

Gloriana elle-même ne l'aurait peut-être pas remarqué à ce point si elle n'avait séjourné quelque temps dans un monde où l'hygiène et la propreté étaient la norme. Refoulant la nausée qui montait en elle, elle coula un regard à sa voisine.

– Je m'appelle Corliss, déclara cette dernière avec une spontanéité et une affabilité touchantes. Je danse et je lis l'avenir.

Elle ne devait pas avoir plus de douze ans, songea Gloriana en lui rendant son sourire.

– Peut-être pourras-tu un de ces jours me lire les lignes de la main et me parler de mon avenir ? fit-elle tout haut, pour dire quelque chose.

Corliss ouvrit de grands yeux étonnés.

– Mais je n'ai pas besoin de votre main, milady, je connais votre avenir.

Gloriana fut traversée d'un frisson. Elle n'était brusquement plus certaine de vouloir entendre ce qui l'attendait. Elle redoutait en effet le pire.

– Pourquoi m'appelles-tu milady ? demanda-t-elle dans un souffle en s'approchant de sa compagne tandis qu'elles avançaient. Je ne suis qu'une pauvre saltimbanque sans toit, comme toi.

Le sourire que lui adressa alors Corliss était teinté d'indulgence.

– Il n'y a jamais eu qu'une seule Gloriana dans ce royaume. Vous êtes la sorcière de Kenbrook, n'est-ce pas ?

Gloriana était horrifiée. Elle s'accrocha au bras de la jeune fille pour lui intimer le silence.

– Tais-toi ! Veux-tu qu'on m'accuse de sorcellerie et qu'on me jette sur le bûcher comme une servante de Satan ?

Corliss perdit son sourire et parut déconcertée. Les saltimbanques, bien souvent considérés comme des bannis, cultivaient traditionnellement la tolérance, et la jeune fille avait dû certainement oublier que toute association avec la magie pouvait être dangereuse.

– Mais vous êtes bien lady Kenbrook, revenue de l'autre monde, n'est-ce pas ? insista la jeune diseuse de bonne aventure à voix basse.

Gloriana n'en revenait pas. Un instant, elle songea à

mentir, tant ses craintes étaient fortes, mais elle suspecta sa compagne de pouvoir déceler la vérité en elle.

– Que sais-tu du seigneur de Kenbrook et de la situation à Hadleigh Castle ? s'enquit-elle à la place. Allons, parle !

Corliss se mordit la lèvre, tout à coup mal à l'aise.

– Eh bien... On raconte que le baron Kenbrook a tué son propre frère, le jeune sir Edward.

Un instant foudroyée par la nouvelle, Gloriana ferma les yeux.

– Mon Dieu ! souffla-t-elle.

Sa jeune compagne frissonna en poursuivant :

– La malédiction est tombée sur eux. Hadleigh a péri de la fièvre, et son épouse, lady Elaina, n'a plus jamais prononcé un mot depuis. Elle passe son temps à fixer le ciel et ne répond même pas quand on lui parle.

La désolation submergea Gloriana. Elle arrivait trop tard ! Trop tard pour prévenir la mort d'Edward – son cher ami et compagnon –, trop tard pour remercier Gareth et lui dire un dernier adieu. Trop tard également pour s'asseoir auprès de lady Elaina et lui tenir compagnie dans sa solitude et son deuil...

Grâce à Dieu, Damian était encore là. Il fallait qu'elle le rejoigne au plus tôt et lui offre tout son amour ! Malgré tout ce que lui avait révélé Corliss, elle ne regrettait pas d'être revenue dans ce monde impitoyable. D'ailleurs, elle serait allée jusqu'en enfer, si ç'avait été le prix à payer pour retrouver son époux.

– Ces histoires de malédiction sont sans doute exagérées, lança-t-elle à l'adresse de Corliss, quand enfin elle recouvra l'usage de la parole.

– Vous verrez bien, se borna à répondre sa jeune compagne.

Le soleil achevait sa course dans le ciel lorsque la troupe, affamée et éreintée, arriva en vue de Hadleigh Castle.

Devant la forteresse, Gloriana sentit son cœur bondir

dans sa poitrine. Entre ces murs vivait l'homme qu'elle aimait. Enfin, elle allait le retrouver !

Son esprit était tout entier tourné vers son époux, cependant qu'elle attendait avec Romulus et Corliss que le pont-levis fût abaissé. Son impatience croissait au fil des minutes, et devint bientôt telle qu'elle craignit de commettre un geste irraisonné. Il fallait pourtant qu'elle se domine. Jeter son déguisement et se précipiter dans les bras de Damian dès qu'elle l'apercevrait pouvait causer leur perte à tous deux !

Devant le poste de garde, les torches brûlaient, crachant leur suie avec rage, mais plus loin, les abords de l'enceinte extérieure étaient sombres et déserts. Les lumières qui éclairaient faiblement le village vacillaient sous le souffle du vent, tristes et bien pâles comparées à leurs pendants électriques du XXᵉ siècle. Pourtant, les contempler procurait à Gloriana un sentiment proche de la joie, tandis qu'elle avançait dans les rues pavées en compagnie de la troupe.

Au même instant, à l'intérieur de la taverne du village, Damian St. Gregory posa son gobelet avec brusquerie, éclaboussant la table.

Une pensée venait de l'assaillir brusquement.

« Gloriana est tout près, elle est de retour... »

– Voici la bande des saltimbanques ! s'écria quelqu'un.

Damian se leva, les jambes flageolantes, et fixa la porte, persuadé que Gloriana lui était revenue. Il devinait sa présence, aussi tangible que dans ses rêves les plus fous. A une différence près...

Il était réveillé et sobre, alors que, d'ordinaire, il se laissait emporter dans les tourbillons de l'alcool.

Il jeta un coup d'œil réprobateur à ses vêtements négligés et passa une main tremblante sur son menton hérissé de barbe. Un doute s'empara soudain de lui. Et s'il était de nouveau victime de son imagination ? Cette fois, il ne serait pas capable d'encaisser la déception.

Que le retour de Gloriana ne fût qu'un mirage, et il perdrait la raison !

– Que se passe-t-il ? demanda Maxen, assis à l'autre bout de la table.

Le Gallois était en plus piteux état encore que son seigneur. Et deux ans passés à traquer leur ennemi juré et à s'abreuver de mauvaise bière n'avaient pas arrangé son caractère.

– Grands dieux, on dirait que tu as vu un revenant !

Sans lui répondre, Damian fit un pas vacillant en direction de la porte, puis un deuxième, et, comme attiré par une force impalpable, sortit de la taverne.

Les saltimbanques, une troupe de bannis frappés d'indigence, qui erraient tels des vagabonds au gré des routes, défilèrent devant lui et le dépassèrent, se dirigeant vers le château, où on leur servirait comme à l'habitude quelques restes des cuisines, avant de les laisser passer la nuit à l'étable.

Obéissant à une impulsion inexplicable, il les suivit sur quelques mètres, avant de crier :

– Halte !

Seul l'un des troubadours obéit, un jeune garçon crasseux vêtu d'une toge rouge sang qui lui était inconnu. Il lui parut pourtant étrangement familier...

Le saltimbanque redressa alors la tête, et Damian sentit son cœur bondir dans sa poitrine. Dans la faible lumière des torches, il venait de reconnaître les traits de son épouse perdue. Depuis des mois et des mois qu'il espérait cet instant... Enfin, Gloriana lui était rendue ! Il s'apprêtait à laisser exploser sa joie quand elle posa un doigt sur ses lèvres, lui intimant le silence.

Les yeux brillants, il s'approcha toutefois d'elle. Immobile, la jeune femme ne broncha pas.

– Je vous en prie, chuchota-t-elle quand il arriva à sa hauteur, ne criez pas mon nom, ou je serai accusée de sorcellerie et envoyée sur l'heure au bûcher. Je vous retrouverai tout à l'heure aux bains romains.

Damian la couvait d'un regard fasciné. Il brûlait

d'enfreindre son ordre et de la toucher, de la prendre dans ses bras pour ne plus jamais la laisser échapper. Pour s'assurer surtout qu'elle n'était pas une simple illusion créée par son esprit tourmenté...

Elle lui sourit doucement, comme si elle lisait dans ses pensées torturées et voulait le tranquilliser. Puis, avec une grande dignité, elle lui tourna le dos et s'éloigna, à la suite de ses compagnons...

15

Damian avait rejoint Kenbrook Hall bien avant Gloriana. Il se baignait déjà dans les eaux tièdes des bains romains, à la lueur dansante des torches illuminées, lorsqu'elle arriva en courant. Elle s'était pressée, le long du chemin qui reliait Hadleigh Castle à Kenbrook Hall, avait suivi la douce courbe du lac avant de s'enfoncer sous le couvert de la chênaie, sans craindre l'obscurité qui enveloppait la nature de son ténébreux manteau.

Elle s'arrêta enfin, le cœur battant la chamade, le souffle court. Un long moment, ils se fixèrent en silence. Dire qu'elle avait rêvé de cet instant jour et nuit, cet instant où Damian et elle se retrouveraient, et tout à coup, elle ne parvenait plus à croire en sa chance ! Etait-ce un songe ? Allait-elle se réveiller ?

Sans doute Damian partageait-il son angoisse car il déclara d'une voix rauque :

– Si vous n'êtes qu'une nouvelle illusion, alors disparaissez sur-le-champ. Je ne supporterais pas de faux espoirs.

Gloriana fit un pas vers lui.

– Moi non plus, souffla-t-elle.

Elle ôta sa cape qu'elle plia soigneusement sur un banc puis, lentement, elle se déshabilla.

Damian dardait sur elle un regard brûlant, mais il ne fit pas le moindre geste dans sa direction. L'émotion le figeait. Quand elle fut entièrement nue, elle s'approcha du bord de la piscine et laissa quelques instants encore son époux se repaître de son corps de femme, de ses seins plus pleins, de son ventre légèrement rebondi, tendre nid où grandissait leur enfant.

Finalement, Damian sortit de son immobilité et lui tendit la main. Gloriana, pourtant, hésitait encore à le rejoindre, terrifiée à l'idée qu'il pût s'évanouir devant elle et qu'elle se retrouvât projetée derechef dans le monde moderne...

– Venez, insista son époux d'un ton presque implorant.

Et soudain, elle sut qu'elle ne rêvait pas... Damian était bien là, en chair et en os, à quelques mètres d'elle. Sans plus attendre, elle descendit les marches inégales, tandis qu'une chaleur nouvelle s'infiltrait jusqu'au plus profond de son être. Dans ses veines, le désir charriait des torrents de feu.

N'être plus qu'à quelques centimètres des lèvres de son mari... C'était merveilleux ; son vœu le plus cher se trouvait brusquement exaucé. Elle en avait le vertige.

D'un geste tremblant, elle effleura du bout des doigts la poitrine de son époux, tandis qu'il refermait les bras autour de sa taille et la contemplait à travers un rideau de larmes.

– Il y a tant de choses dont nous devrions parler, déclara-t-il d'une voix étranglée, mais je ne peux m'y résoudre à présent. Mon désir pour vous est trop brûlant et je mourrai si je ne l'apaise pas à l'instant.

Gloriana eut un sourire mélancolique. Oui, il y avait tant à dire... la disparition tragique d'Edward, la mort de Gareth, emporté par la fièvre... Mais Damian avait raison. Tout cela attendrait. Elle hocha lentement la tête en signe d'assentiment.

Damian se pencha alors et l'embrassa très doucement, comme s'il craignait qu'elle ne disparaisse une fois encore. Mais lorsqu'elle entrouvrit les lèvres sous les siennes, telle une fleur printanière s'épanouissant sous les doux rais du soleil et l'invitant à goûter au miel de ses secrets, il laissa échapper une plainte rauque et captura sa bouche avec fièvre.

Gloriana lui noua les bras autour du cou et répondit passionnément à son baiser, se hissant sur la pointe des pieds pour mieux boire son souffle. Il la souleva alors et elle s'accrocha à lui, les jambes enserrées autour de sa taille. Elle s'arquait contre lui, pressée de le sentir en elle. Elle rejeta la tête en arrière et cria son bonheur, lorsqu'il la pénétra enfin. Damian avait fermé les yeux, vaincu par le désir qui l'embrasait, le consumait jusqu'aux entrailles. Il aurait voulu prendre le temps de jouer avec elle, d'attiser le feu de sa sensualité, de célébrer l'amour qui les unissait. Mais la vague qui l'emportait était trop forte...

– Plus tard, milady, dans notre lit, tout en haut de la tour, je vous offrirai un plaisir tel que vous n'en avez jamais connu, souffla-t-il contre son cou. Mais là, je ne peux attendre...

Pour toute réponse, Gloriana déposa une pluie de baisers sur ses paupières, son nez, sa bouche, avant de l'attirer encore plus profond en elle en ondulant fiévreusement des hanches.

Dans un cri, Damian atteignit les cimes du plaisir, rejoint aussitôt par la jeune femme, que la jouissance emporta comme un torrent. Le monde cessa tout à coup de tourner, le temps de s'écouler. Ils étaient seuls sur les rivages magiques de la passion, comblés et heureux.

Les mains plongées dans les boucles blondes de son époux, Gloriana défaillait de bonheur. Ils se tenaient au beau milieu de la piscine, ne faisant plus qu'un seul corps, qu'une seule âme. Sa joie était si violente qu'elle en perdait presque la raison.

Leur passion apaisée, ils recouvrèrent enfin l'usage de la parole, cependant que leurs cœurs battaient plus lentement.

Damian murmurait le nom de la jeune femme, remerciant les cieux de la lui avoir rendue. Il prit le visage de Gloriana entre ses paumes, emprisonna son regard.

– Je vous aime, souffla-t-il. Aujourd'hui, et à jamais...

Du bout des doigts, elle dessina le contour de ses lèvres. Leur union l'avait laissée sans force, étourdie à force de bonheur, et pourtant, au tréfonds de sa mémoire se profilaient déjà les écrits du Pr Steinbeth.

– Avez-vous épousé Marianne de Troyes ? lui demanda-t-elle, sans rancœur ni réprobation.

Pourquoi lui en aurait-elle voulu ? Des hommes comme Damian se devaient de penser à leurs héritiers et, au XIIIe siècle, le mariage était destiné à s'assurer une lignée, non à glorifier un amour partagé. Si en son absence il s'était remarié, cela ne signifiait en rien que ses sentiments pour elle eussent diminué.

– Non, répondit-il, le regard rivé au sien. Mais Marianne et moi sommes fiancés et le mariage devait être célébré dans quelques jours.

– Tant mieux. Ainsi, je pourrai reparaître sans que l'on vous accuse de bigamie, plaisanta la jeune femme.

Mais son soulagement était si grand que les larmes lui montèrent aux yeux. Elle s'obligea pourtant à poursuivre :

– Eprouvez-vous de l'amour pour elle, Damian ?

Son compagnon resserra son étreinte.

– Vous connaissez la réponse à cette question, Gloriana ; je n'aime que vous, et il en sera ainsi jusqu'à mon dernier souffle.

Il marqua une pause, alors qu'un sourire éclairait ses traits.

– Si cela peut vous rassurer, sachez que Marianne ne m'aime pas davantage. D'ailleurs, son vœu le plus cher serait de rester au couvent jusqu'à la fin de ses jours.

Gloriana haussa un sourcil moqueur.

– Là où vous aviez l'intention de m'envoyer...

Damian se contenta de rire, avant de l'embrasser dans le cou.

– Oui, mais je n'étais alors qu'un parfait idiot. Venez, milady, que je vous fasse l'amour comme il se doit dans notre lit conjugal. Mais d'abord, laissez-moi vous débarbouiller le visage. Vous ressemblez à un charbonnier.

– Cela n'a pas semblé trop vous déranger tout à l'heure, répliqua-t-elle du tac au tac.

Elle se laissa néanmoins porter jusqu'au bord de la piscine, où il l'assit et lui lava le visage de ses traces de boue.

Damian lui avait apporté une robe qu'il avait dû certainement trouver dans l'un des coffres de la tour ; prestement, elle s'en vêtit. Sa défroque de saltimbanque ainsi que ses vêtements modernes demeurèrent là où elle les avait ôtés, cependant que les amants s'engageaient dans le dédale de passages, jusqu'à l'escalier qui montait à la tour.

Leur chambre nuptiale, quand ils en franchirent le seuil, était en piteux état, aussi humide et sinistre que le reste du château. Seuls les rais timides de la lune atténuaient un peu la désolation de l'endroit. En fait, Damian n'y était pas venu depuis fort longtemps, et nul ne s'était préoccupé d'y faire le ménage ; le mobilier disparaissait, englué sous de monstrueuses toiles d'araignées.

Damian gagna le lit et repoussa les couvertures qu'il secoua vigoureusement. Gloriana le regardait faire, espérant de tout cœur qu'une nichée de souris n'avait pas élu domicile dans le matelas de paille. Mais même la vermine ne l'aurait pas éloignée de cette couche. Damian et elle avaient trop de temps à rattraper ! Pourvu qu'un caprice du destin ne la sépare pas de nouveau de lui, lui faisant franchir les siècles...

Cette perspective la fit frissonner, et Damian, qui avait dû déceler sa peur, fit volte-face, l'air alarmé.

– Que se passe-t-il ?

Elle promena un regard inquiet autour d'elle.

– Et si mes disparitions avaient un rapport avec cette pièce ? Nous étions ici lorsque c'est arrivé la première fois. Peut-être certains endroits sont-ils plus sensibles que d'autres...

Aussitôt, son époux fut près d'elle et lui saisit les mains.

– Si vous préférez, nous pouvons trouver une autre chambre ou retourner à Hadleigh.

Mais Gloriana secoua la tête. Cette tour était le symbole de la passion qui les animait tous deux. C'était ici que Damian lui avait fait l'amour pour la première fois ; ici ils avaient ri, ils s'étaient querellés.

– Non, je veux rester.

Il lui caressa doucement la joue.

– Je crains que vous ne soyez nulle part à l'abri de la terrible magie qui vous poursuit, milady. Mais, que nous soyons ensemble pour une heure ou cent ans, profitons pleinement de ces moments.

– Vous parlez d'or, monseigneur, rétorqua-t-elle avant de lui sourire tendrement.

Damian avait raison, il ne fallait songer qu'au présent et faire abstraction des menaces qui pesaient sur leurs têtes.

– Il faut pourtant que nous discutions, reprit-elle.

Damian exhala un soupir résigné.

– C'est vrai. Je vous dois le récit des malheurs qui se sont abattus sur les St. Gregory, et ils sont nombreux...

Il marqua une pause et lui releva la tête pour l'obliger à soutenir son regard avant de poursuivre :

– Edward est mort, et cela par ma seule faute. Quelques mois plus tard, c'était au tour de Gareth de passer de vie à trépas.

Gloriana savait tout cela, mais elle n'émit aucune remarque.

– Un homme qui tue son propre frère mérite d'aller rôtir en enfer, reprit-il avec amertume. Mais devant Dieu, je le répète, je n'ai pas voulu cette tragédie.

– Que s'est-il passé ?

Damian se détourna et alla se poster devant la fenêtre nord, fixant la campagne en contrebas. Dans la faible

240

lumière argentée de la lune, son profil se détachait, comme gravé sur une médaille. Chacun des mots qu'il prononçait paraissait lui coûter une terrible souffrance.

— Edward ne cessait de me harceler depuis votre disparition. Il était persuadé que je vous avais tuée et il cherchait une preuve pour m'accabler. Il était obsédé par mon soi-disant crime, et personne, pas même Gareth, ne réussissait à lui faire entendre raison. Il passait son temps à me couvrir d'insultes, car je refusais de relever son défi et de me battre avec lui. Et puis une nuit, il a fondu sur moi en brandissant son épée. Je revenais de Kenbrook Hall. La forêt était sombre, j'étais ivre, et je me suis défendu...

Il s'arrêta, se passa la main sur le front comme pour chasser une vision atroce.

— J'ignorais que c'était lui, je croyais être victime d'une embuscade tendue par des bandits. Tout a été si vite ! Je lui avais tranché la gorge avant même de voir son visage...

Gloriana ne chercha même pas à essuyer les larmes qui inondaient ses joues. Elle connaissait l'histoire, pour l'avoir lue dans le vieux manuscrit, mais l'entendre à présent de la bouche de Damian lui déchirait le cœur.

— Je suis désolée, murmura-t-elle d'une voix assourdie de sanglots.

Damian se tourna vers elle. Il avait à présent le visage dissimulé dans l'ombre et pourtant, elle aurait juré qu'il pleurait lui aussi.

— Et puis il y eut Gareth, continua-t-il dans un souffle. En quelques jours, la fièvre l'a emporté. Il n'avait plus la force de se battre, il était trop affligé par la disparition d'Edward, qu'il en était venu à considérer comme son fils...

Bouleversée, Gloriana se borna à hocher la tête. Damian devait encore lui parler d'Elaina.

Ce qu'il fit.

— Quant à lady Elaina, elle se laisse mourir peu à

peu. Depuis le décès de Gareth, pas un mot n'est sorti de ses lèvres. Elle ne serait déjà plus de ce monde si sœur Margaret ne l'obligeait pas à s'alimenter. Elle semble aveugle à ce qui l'entoure, et pourtant elle garde les yeux grands ouverts.

Gloriana déglutit à grand-peine. Elaina avait toujours été une amie ainsi qu'une précieuse confidente, Gareth, un sage et généreux tuteur. Quant à Edward, son ami d'enfance, elle souffrirait de son absence jusqu'à son dernier jour. Pourquoi le sort s'était-il ainsi acharné sur ceux qu'elle aimait ?

– Vous n'êtes pas responsable, murmura-t-elle avec désespoir. Tout est ma faute. Si je n'avais pas disparu...

En un éclair, il fut près d'elle, lui posa les mains sur les épaules.

– Vous n'y êtes pour rien, Gloriana ! déclara-t-il avec force. Personne ne peut vous blâmer.

Elle lui effleura le visage.

– Vous non plus. Edward serait toujours en vie s'il avait accepté de croire à votre innocence. Et si Gareth avait choisi de combattre la maladie, il y aurait réussi.

Damian l'attira contre lui.

– Serrez-moi dans vos bras, la supplia-t-il. Aidez-moi à oublier, ne serait-ce que l'espace d'une nuit, tous ces fardeaux qui m'accablent...

Son désespoir faisait mal à voir ; les larmes aux yeux, Gloriana se blottit contre son torse et l'étreignit de toutes ses forces. Ils restèrent ainsi de longues minutes, sans bouger, écoutant leurs cœurs battre à l'unisson et espérant puiser dans leur amour la force de repousser les démons du passé.

Puis Gloriana prit la main de son époux et, en silence, le guida jusqu'au lit trop longtemps abandonné. Elle l'aida à ôter sa tunique, ses bottes de cuir, et, s'agenouillant devant lui, le débarrassa de ses chausses.

Quand il se leva, magnifique dans sa nudité, elle ne

se redressa pas et déposa une pluie de baisers sur ses cuisses puissantes.

Damian frissonnait de désir sous les lèvres de la jeune femme. Elle le subjuguait, et il se laissait ensorceler. Sa virilité dressée contre son ventre lui élançait doulou-reusement tant il brûlait de la plonger en elle, et lorsque Gloriana l'entoura de ses doigts, il laissa échapper une plainte rauque.

Lentement, elle l'attira vers elle, l'approchant de sa bouche entrouverte pour la couvrir de doux baisers avant de la taquiner de la pointe de sa langue. Damian enfouit sa main dans les cheveux de sa compagne, fer-mant les yeux tandis qu'un plaisir vertigineux montait en lui.

Les caresses audacieuses de Gloriana fouettaient son désir jusqu'au seuil de la souffrance. Il s'embrasait à chacun de ses attouchements, et elle semblait prendre plaisir à exacerber son tourment, jouant avec son sexe tantôt des doigts, tantôt des lèvres. Sa bouche était son bourreau, ses lèvres, une fleur irrésistible qui refermait ses pétales implacables puis, soudain, s'écartait avant qu'il puisse s'abandonner...

Brusquement, il ne put en endurer davantage. Sou-levant la jeune femme, il la bascula sur le lit. En un éclair, il avait repoussé ses jupons et tombait à son tour à genoux devant elle.

– Je dois me venger, gronda-t-il avant d'enfouir la tête entre les cuisses offertes de sa compagne.

Gloriana gémit et se cambra, à la rencontre de son époux, s'offrant sans pudeur.

Damian rit doucement, et quand elle lui réclama en silence d'apaiser le feu en elle, il effleura du bout des doigts sa toison blond-roux, décrivant des cercles enflammés autour de ses lèvres humides.

– Nous avons toute la nuit devant nous, charmante sorcière.

Mais Gloriana ne l'écoutait déjà plus. Rapidement, elle acheva de se débarrasser de sa robe et, avec pour seul atour le nimbe argenté de la lune, elle se tendit tout entière vers lui.

Il porta alors les lèvres au calice de sa féminité, et sa langue en taquina le bourgeon rose et gonflé jusqu'à ce qu'un long cri échappât à la jeune femme.

Damian partit d'un rire triomphant et leva enfin la tête.

– Me voilà vengé, on dirait, lâcha-t-il d'un ton moqueur.

– Prenez-moi, je vous en supplie, monseigneur. Je n'en puis plus...

– J'accepte d'entendre vos doléances, malheureusement il m'est impossible de satisfaire votre requête. En tout cas, pour l'instant. Mon plaisir est trop grand, et puis je n'ai pas encore oublié le supplice que vous m'avez infligé il y a quelques minutes.

Sur ce, il reprit sa tendre exploration. A moitié folle de désir, Gloriana gémissait doucement, ondulait et s'arquait convulsivement en implorant sa délivrance.

Mais les minutes s'écoulaient, et Damian ne semblait pas résolu à mettre un terme à ces doux sévices. Il butinait sa chair avec une lenteur délibérée, caressant chaque centimètre de sa peau de ses doigts brûlants et habiles. Enfin, il accepta sa reddition et la posséda, apaisant l'incendie dévorant qui consumait Gloriana.

Alors, épuisés, ils s'endormirent, et le jour les découvrit, enlacés et nus, dans les bras de Morphée.

Damian s'éveilla le premier et constata que durant leur sommeil, un serviteur fidèle s'était glissé jusqu'à Kenbrook Hall, pour y apporter de l'eau fraîche et de la nourriture.

L'odeur appétissante de brioche fit ouvrir les yeux à Gloriana. Encore environnée d'une brume de bonheur, elle se redressa sur un coude et déclara paresseusement :

– Je meurs de faim.

– Si l'on considère la nuit que vous venez de passer, cela n'a rien d'étonnant, madame.

Damian apporta le panier sur le lit, et ils eurent tôt fait d'en engloutir le contenu.

Puis, parce qu'il faisait particulièrement froid dans cette pièce que ne réchauffait aucun feu, Gloriana se leva pour enfiler sa robe. Son visage était grave, lorsqu'elle se tourna de nouveau vers Damian.

– Et maintenant, il faut que nous parlions sérieusement...

Damian haussa les sourcils. Il venait de revêtir ses hauts-de-chausses mais demeurait torse nu, malgré le vent glacial qui se faufilait par les fenêtres étroites.

– De quoi devrions-nous parler ? Je vous ai déjà tout dit à propos de la mort d'Edward, ainsi que celle de Gareth...

Réprimant l'envie de retourner se blottir contre lui, Gloriana répondit calmement :

– Nous pleurerons leur disparition ensemble. Mais ce n'est pas de cela que je veux vous entretenir. Durant mon absence et en visitant malgré moi le futur, j'ai appris certaines choses sur notre famille, mais d'abord, je dois vous parler de l'enfant que je porte en moi. Notre enfant. Je ne sais comment expliquer ce phénomène, mais alors que mon absence d'ici a duré plus de deux ans, je n'ai passé que quelques semaines au XXᵉ siècle... De sorte que ce bébé qui aurait dû naître depuis longtemps est toujours en moi...

Elle se tordit les mains. « Mon Dieu, faites qu'il me croie ! » pria-t-elle avec ferveur.

– C'est si compliqué... si impossible à...

Damian, qui jusqu'ici l'avait écoutée en silence, lui prit la main, dans un geste de réconfort.

– Je comprends. Où voulez-vous en venir, Gloriana ?

– L'enfant... Je ne supporterais pas l'idée que vous puissiez penser qu'il n'est pas de vous.

– Même si tout ce qui nous arrive dépasse l'entendement, je sais que je peux avoir pleine confiance en vous.

Elle serra avec gratitude ses doigts entre les siens.

– Mais je vais devoir vivre le restant de mes jours

cachée, monseigneur. Auriez-vous oublié qu'on me sur-
nomme la sorcière de Kenbrook ? Si les serviteurs ou
les villageois de Hadleigh apprennent que je suis revenue, ils risquent de me pendre ou de me brûler...

Soudain, elle pâlit.

– Je ne veux pas mourir.

Damian la fit asseoir sur le lit et la prit dans ses bras.

– Je ne laisserai personne vous faire du mal.

Elle s'accrocha à lui, posant la joue sur son épaule.

– Vous n'êtes pas en mesure de combattre toute la
chrétienté si l'on m'accuse du crime de sorcellerie.
Vous seriez seul contre tous.

Il fronça les sourcils.

– Nous trouverons un moyen ! Nous raconterons que
vous avez été enlevée par des mercenaires et que vous
nous êtes revenue dans le plus grand secret, après
qu'une colossale rançon eut été payée. Maxen m'aidera
à répandre la nouvelle.

– Mais Judith m'a vue...

– Elle a souffert presque autant que moi de votre
disparition. Toute à la joie de vous retrouver, elle accep-
tera sans la moindre hésitation notre version des faits.
Elle croira avoir été victime de son imagination.

Si seulement il pouvait dire vrai ! Les villageois
étaient des âmes simples et peut-être admettraient-ils
d'autant plus facilement la thèse des ravisseurs qu'elle
leur permettrait d'effacer de leurs esprits un méfait
qu'ils attribuaient à Satan... Gloriana sentit l'espoir lui
revenir.

– Demandez à Judith de venir me voir, demanda-
t-elle après un moment de réflexion. Ainsi qu'au frère
Cradoc et à Eigg. Nous tenterons notre chance ; mais
d'abord, promettez-moi une chose.

– Tout ce que vous voudrez.

– Vous ne devriez pas vous engager aussi vite, monseigneur, le prévint-elle, le plus sérieusement du
monde. Vous ne savez pas encore ce que sera ma
requête.

Elle prit une profonde inspiration avant de poursuivre :

– Si le destin jouait contre nous et si, en définitive,
on m'accusait de sorcellerie, vous devez me jurer, sur
notre enfant, de me tuer avant qu'ils ne m'attrapent
pour me brûler vive.

Damian blêmit.

– Je prie pour que nous ne soyons jamais obligés d'en
arriver là. Mais vous avez ma parole, Gloriana. Vous
mourrez de ma main, plutôt que de sentir les flammes.

Ils scellèrent leur pacte par un long baiser d'une tendresse désespérée.

Damian acheva alors de s'habiller et quitta la tour,
enjoignant à Gloriana de bien refermer derrière lui.

Lorsqu'il revint au crépuscule, le frère Cradoc,
Hamilton Eigg et Judith l'accompagnaient. Gloriana,
qui les avait aperçus de sa fenêtre, les attendait sur le
seuil de la chambre quand ils atteignirent à la file le
sommet de la tour.

Judith surgit la première de l'escalier et, voyant sa
maîtresse, éclata en sanglots de joie et tomba à genoux
à ses pieds.

– Milady, j'ai tant prié pour que vous reveniez ! La
Sainte Mère vous a arrachée aux griffes de Lucifer.

Gloriana lui toucha gentiment les cheveux. Judith
avait toujours été fidèle, zélée et si humble, n'espérant
rien d'autre qu'un peu de nourriture, des vêtements et
un endroit pour dormir en échange de son travail. Son
attachement la touchait profondément.

– Tes prières m'ont, j'en suis sûre, sauvé la vie. Et
maintenant, lève-toi, je t'en prie.

Damian contemplait la scène, les bras croisés, tandis
qu'Eigg, visiblement ému, se chargeait d'allumer les
torches. Maxen, quant à lui, gardait l'entrée, l'épée hors
du fourreau. Le frère Cradoc apparut à son tour et prit
Judith par le bras pour l'aider à se relever.

– Pauvre enfant ! commenta-t-il, n'ayant d'yeux toutefois que pour Gloriana. Elle était si effrayée ce jour

terrible, qu'elle n'est plus certaine de ce qu'elle a vraiment vu. N'est-ce pas, Judith ?

La domestique sanglota de plus belle.

– Il y avait des hors-la-loi dans le cimetière, renchérit Damian. Ils se cachaient derrière les tombes, et c'est eux qui ont attaqué ta maîtresse par surprise. Je suis sûr que tu les as vus, ne serait-ce que de loin...

Judith cessa soudain de pleurer et ses yeux se rivèrent à ceux de Gloriana, comme si elle comprenait enfin.

– Dites-moi ce que j'ai vu, milady, l'implora-t-elle à voix basse, et, sur ma vie, ce sera ma version des faits. Jamais je n'en changerai, que ce soit sur terre ou au ciel.

Gloriana la crut sans réserve et, une fois encore, elle fut émue par l'affection que lui témoignait la jeune femme.

– Je ne mérite pas ta dévotion, répondit-elle, mais j'en dépendrai toute ma vie.

Doucement, elle prit le bras de Judith et l'entraîna vers la table, où elle l'invita à s'asseoir en face d'elle.

– Ecoute-moi, Judith, et souviens-toi de ce que je te dis. Ce jour-là, il y a deux ans, la pluie tombait à verse, et tu m'as vue me promener entre les tombes de Kenbrook Hall. Tu voulais me rejoindre... lorsque tu as aperçu des hommes tapis dans l'ombre qui n'attendaient que le moment propice pour bondir de leur cachette. Tu ne pouvais m'aider à repousser ces bandits, et il n'y avait personne que tu pusses appeler à l'aide, mon époux et ses hommes étant partis au combat.

Judith semblait hypnotisée par ses paroles ; elle serrait les doigts de Gloriana entre les siens, et hocha lentement la tête.

– Vous avez crié, milady, vous aviez peur, et j'ai eu le cœur brisé de vous voir disparaître sans que je puisse rien pour vous aider, vous, la meilleure dame du royaume...

Gloriana avala sa salive.

– Oui, ce sont des bandits qui m'ont enlevée, déclara-t-elle avec fermeté. Des inconnus, précisa-t-elle. Et tu n'en as rien dit car tu avais peur qu'ils ne reviennent t'enlever toi, pour te punir d'avoir parlé.

Il ne fallait pas qu'on imputât le méfait à Merrymont, ou le sang coulerait à flots.

– J'ai hurlé et je me suis débattue, mais ils m'ont emmenée avec eux, et tu ne m'as pas revue depuis ce jour-là. Par la suite, j'ai réussi à m'échapper et je suis rentrée à Hadleigh Castle avec une troupe de saltimbanques rencontrés en route.

– Oui, accorda Judith, en opinant vigoureusement. C'est bien ainsi que les choses se sont passées, milady. Exactement comme vous l'avez dit.

Encore et encore, tout au long de la soirée, Judith s'entendit répéter la même histoire, par Damian d'abord, puis par Eigg et le frère Cradoc, ainsi que par Maxen. Quand ils eurent fini, Gloriana avait la certitude que Judith croyait désormais dur comme fer à la version qu'on lui avait donnée.

– Demain, s'écria Damian, lorsque Judith fut allée se pelotonner pour dormir sur une pile de draps dans un coin de la pièce, nous annoncerons votre retour à tous, Gloriana. Vous expliquerez votre mésaventure, et Judith en témoignera.

Il glissa un bras sous celui de Gloriana, l'attira contre lui. Et, pour un bref et merveilleux instant, elle se laissa porter par la conviction que tout irait bien désormais, qu'elle et son époux bien-aimé vivraient heureux jusqu'à la fin des temps...

16

Lorsque Maxen, Eigg et le frère Cradoc quittèrent la tour, Gloriana jeta un coup d'œil à Judith qui dormait, recroquevillée par terre.

– Regardez-la, Damian ! On ne peut pas la laisser ainsi sur le sol, comme un chien.

Son époux se tenait derrière elle, les mains posées sur ses épaules.

– Cette façon de dormir peut paraître primitive, je vous l'accorde, mais sans votre séjour dans le futur, l'auriez-vous notée ? Regrettez-vous le monde moderne, Gloriana ?

La jeune femme se tourna et planta son regard dans celui de son époux. Il avait prononcé ces mots d'un ton parfaitement détaché et pourtant, même dans la faible clarté des bougies, elle vit qu'il était troublé.

– Non, répondit-elle avec ferveur, tout ce que je veux, c'est être près de vous. Pour toujours.

Du bout des doigts, il lui effleura la joue.

– Mais la vie est plus agréable là-bas, moins brutale... je me trompe ?

Gloriana laissa échapper un soupir.

– Effectivement. Mais le XXe siècle a lui aussi ses plaies et ses dangers. Au fond, j'ai eu l'impression que les hommes n'avaient pas vraiment changé en sept siècles.

– Vous avez certainement rencontré un homme là-

bas, un homme qui s'est épris de vous et vous a protégée.

Ce n'était ni un reproche, ni même une question.
Seulement une constatation.

Lynford Kirkwood... songea Gloriana avec un pince-
ment au cœur. Même si elle n'avait pu et ne pourrait
jamais lui rendre l'amour qu'elle lui avait inspiré, il lui
manquait, tout comme Janet et Marge. Des gens à ce
point dévoués n'étaient pas légion, que ce soit dans le
passé ou dans l'avenir...

– C'est exact. Un homme m'a beaucoup aidée mais
je ne l'aimais pas, répliqua-t-elle, sans détacher son
regard de celui de son compagnon.

Elle marqua une pause, reprenant son souffle.

– Comment l'avez-vous su, Damian ?

– Vous l'avez appelé dans votre sommeil. Vous rêviez
certainement.

Gloriana se blottit contre son époux.

– Je pense plutôt que c'était vous que j'appelais dans
mon rêve, car je n'ai jamais cessé de vous chercher,
depuis l'instant où nous avons été séparés.

Il l'embrassa, et elle s'émerveilla qu'un baiser pût
instiller en elle tant de sensations enivrantes.

– Il y a quelques heures, déclara Damian d'un ton
subitement grave, vous me demandiez de vous tuer plutôt que de laisser les villageois vous envoyer au bûcher,
à mon tour maintenant de vous soumettre une requête.

Avec une soudaine anxiété, elle scruta le visage de
son époux ; son cœur battait sourdement dans sa poitrine.

– Je vous écoute.

– Si nous ne pouvons vivre ensemble, Gloriana,
enfin, si le ciel de nouveau nous sépare, vous devez me
promettre d'accepter l'amour de cet homme et de vous
donner à lui.

Elle voulut protester, mais il lui posa un doigt sur les
lèvres.

– Chut... Il vous faudra quelqu'un, pour survivre

dans ce monde inconnu, quelqu'un qui vous aide à élever votre enfant. Ainsi je pourrai dormir en paix, sachant que quelque part dans l'univers du temps, un homme vous protège.

Gloriana ravala les larmes qui lui montaient aux yeux. A quoi bon tenter d'expliquer à Damian que les femmes au XXe siècle pouvaient vivre sans la protection d'un époux ? Si intelligent fût-il, il ne pouvait comprendre les us et coutumes d'une culture si radicalement différente de la sienne.

— Si vous me demandez une telle chose, fit-elle d'une voix mal assurée, vous devez m'expliquer d'abord comment je pourrais supporter le contact d'un autre homme que vous, le poids de son corps sur le mien, le son de sa voix ? Car c'est vous que j'aime, vous seul, et je continuerai à vous aimer, même si des siècles nous séparent.

— Vous imaginer la femme d'un autre m'est insupportable. Mais vous savoir seule, dans la misère ou en danger, sans ressources pour subsister et subvenir aux besoins de notre enfant, est pire que tout. Quel est le nom de cet homme qui s'est épris de vous ?

— Lynford Kirkwood, répondit-elle, bouleversée. Mais je ne veux pas...

De nouveau, il lui intima le silence, d'un baiser cette fois.

— Jurez-le-moi, Gloriana, souffla-t-il contre ses lèvres. Si vous devez retourner dans l'avenir, vous rejoindrez cet homme et vous remettrez votre vie entre ses mains...

Comment pouvait-elle lui faire une telle promesse quand elle l'aimait, lui, plus que tout au monde ? Justement, elle l'aimait trop pour lui refuser quoi que ce fût, et elle savait qu'il vivrait dans l'angoisse tant qu'elle ne lui aurait pas donné sa parole.

— Il sera fait selon votre volonté, murmura-t-elle, le cœur serré.

Il eut un rire sans joie.

– Me voilà rassuré ! Mais j'avoue que si vous vous étiez exécutée de bonne grâce, j'en aurais sans doute été fort fâché...

La jeune femme détourna le regard et, par la fenêtre, aperçut le ciel constellé d'étoiles. Dans l'univers de Lynford, si proche et pourtant si lointain, les lumières des réverbères en ville brillaient avec tant d'éclat qu'il était presque impossible de distinguer la voûte céleste et personne ne prêtait plus attention au chant des oiseaux ou aux secrets murmurés du vent.

Gloriana offrit un pâle sourire à son époux. Elle se trouvait en compagnie de celui qu'elle aimait, alors pourquoi perdre inutilement du temps à considérer des événements qui ne se produiraient peut-être jamais ?

– Il faut que je voie Elaina, déclara-t-elle soudain. Pouvez-vous m'emmener jusqu'à l'abbaye ? Maintenant ?

– Oui, répondit Damian après une seconde d'hésitation. De toute façon, si je vous dis non, vous seriez capable d'y aller seule.

– Vous avez raison, monseigneur. Je rendrai visite à lady Elaina, que vous le vouliez ou non.

Sans un mot, Damian lui désigna les portes que Maxen avait laissées entrouvertes, et le temps de s'envelopper d'une immense cape, Gloriana gagnait la sortie, escortée par son compagnon.

Peleus était attaché dans la cour. Damian monta en selle et aida Gloriana à s'installer derrière lui. L'instant d'après, ils s'élançaient au galop vers la chênaie, dans un martèlement de sabots qui déchira le silence de la nuit.

Accrochée à son époux, la jeune femme contemplait le paysage, ou en tout cas ce qu'elle pouvait en distinguer dans la faible lumière de la lune. Comment imaginer qu'il existait plusieurs Kenbrook Hall et Hadleigh Castle qui se succédaient dans le temps, comme autant de chapitres d'un parchemin ?

Cela dépassait l'entendement !

L'obscurité la plus complète enveloppait la campagne et, n'était la flamme vacillante de la torche accrochée au portail de l'abbaye, le couvent lui-même était plongé dans les ténèbres. Les sœurs s'étaient retirées au crépuscule et ne s'éveilleraient plus qu'avec le pépiement des oiseaux, peu avant l'aurore. Pourtant, lorsque Damian sonna la cloche, des bougies s'allumèrent dans l'abbaye et les portes s'ouvrirent presque aussitôt.

Sœur Margaret les accueillit dans la cour, vêtue comme toujours d'une robe d'épais drap sombre et de sandales. En voyant Damian, elle ne cacha pas sa curiosité.

– Où est Elaina ? interrogea ce dernier en sautant à bas de sa monture avant d'aider Gloriana à descendre.

La jeune femme repoussa délibérément sa capuche, pour dévoiler son identité à l'abbesse. La religieuse était rusée, et il ne servirait à rien de vouloir la duper. Du reste, elle lui faisait confiance.

Sœur Margaret sourit, surprise et visiblement ravie de la voir devant elle. L'instant d'après pourtant, son visage se faisait grave comme elle répondait à la question de Damian.

– Elle est sur son lit et se meurt.

Gloriana avait souvent rendu visite à lady Elaina par le passé et, sachant où se trouvait sa chambre, elle se hâta aussitôt à travers le jardin intérieur jusqu'à la cellule de son amie. Damian et l'abbesse lui emboîtèrent le pas.

Ils découvrirent l'épouse de Gareth allongée sur une étroite couche, figée comme une statue de marbre. Une bougie se consumait sur la table de chevet, jetant des éclats d'or dans ses cheveux détachés qui l'enveloppaient jusqu'aux pieds. Elle avait les paupières closes et les mains croisées sur sa poitrine, comme si elle n'attendait plus que la venue de la mort. Arrivaient-ils trop tard pour la sauver ? songea Gloriana avec angoisse.

Une vieille nonne veillait Elaina, assise sur un tabouret, au chevet du lit. Sur un simple hochement de tête de sa supérieure, la religieuse se leva et se faufila au-dehors.

– Et vous n'avez même pas songé à me prévenir ! gronda Damian à l'adresse de l'abbesse. Cette femme est la veuve de mon frère et, par conséquent, sous ma responsabilité.

– Qu'auriez-vous pu faire ?

Le regard de Damian devint féroce.

– J'aurais pu au moins lui faire mes adieux, sœur Margaret. Et lui dire combien je regrettais certaines choses...

– Je suis certaine que lady Elaina vous savait repentant, rétorqua calmement l'abbesse avant de les planter là.

Réprimant son envie de pleurer, Gloriana s'approcha de son amie et, doucement, lui effleura le front. Sa peau était glacée.

– Oh, Elaina ! souffla-t-elle d'une voix douloureuse. Pourquoi faut-il que vous quittiez la vie si tôt ?

Damian alla se poster devant la fenêtre. Il gardait le silence, mais la jeune femme devinait sans peine ses pensées. De toute évidence, il se sentait coupable du rapide déclin de sa belle-sœur. Si Edward n'était pas mort, si Gareth ne s'était pas laissé ensuite dévaster par la douleur, Elaina n'aurait pas sombré dans cette terrible mélancolie qui allait lui coûter la vie.

Brusquement, un frémissement agita Elaina qui ouvrit lentement les yeux. Retenant son souffle, Gloriana se pencha vers elle. En général, les mourants avaient quelques instants de lucidité avant de rendre l'âme, et elle voulait qu'Elaina ait au moins la joie ultime de la savoir de retour.

– Gloriana... souffla Elaina d'une voix déchirante.

Un éclair lumineux passa sur son visage et elle agrippa le poignet de sa compagne avec une force incroyable.

– Gareth est... mort.

Gloriana hocha la tête, s'efforçant de ne pas céder aux larmes.

— Oui, je sais.

— Toi seule as le pouvoir de tout changer. Tu pourrais ramener mon époux à la vie... Edward...

Un frisson glacé courut le long du dos de Gloriana. En avait-elle réellement le pouvoir ? Non, Elaina se trompait. Son errance dans le temps était indépendante de sa volonté. L'eût-elle pu qu'elle serait revenue bien avant, suffisamment tôt pour prévenir la tragique disparition d'Edward et de son frère aîné.

La lueur étrange qui éclairait le regard d'Elaina s'estompa tout à coup, tandis qu'elle détournait son attention de Gloriana pour la fixer sur Damian, toujours debout devant la fenêtre.

— Damian, murmura-t-elle dans un souffle. J'ignore si Gareth vous a dit la vérité avant de mourir, mais quoi qu'il en soit, vous êtes de Hadleigh Castle. Ne laissez jamais personne arguer de votre bâtardise pour vous dérober ce qui vous revient de droit.

La nouvelle stupéfia Gloriana, mais la voix de son époux était parfaitement calme lorsqu'il répondit :

— Oui, milady. Gareth m'avait confié le secret de ma naissance il y a de cela bien longtemps déjà, le jour où j'ai été fait chevalier. Et personne ne me prendra ce qui m'appartient.

Elaina demeura silencieuse un instant. Ses paupières papillonnaient, comme si elle puisait dans ses dernières forces.

— Pardonnez-moi, ajouta Damian avec émotion avant de baiser le front de sa belle-sœur. Je vous ai fait du tort sans l'avoir voulu et...

— Vous n'avez rien à vous reprocher, coupa Elaina en fermant les yeux. Je prierai pour vous. Laissez-moi à présent faire mes adieux à votre épouse.

Gloriana pressa les doigts de son amie contre ses lèvres, incapable de retenir plus longtemps les sanglots qui l'étranglaient. Damian lui effleura l'épaule avant de s'éloigner.

Elaina ouvrit immédiatement les paupières et sa voix, bien que faible, était empreinte d'une étrange fermeté.

– Ecoute-moi bien, Gloriana, ce que je vais te dire maintenant est vital.

La jeune femme leva son visage embué de larmes et attendit que sa compagne poursuive.

– Je suis désolée, Gloriana. J'aurais dû partager ton fardeau, je ne t'ai jamais dit que...

Comme elle s'arrêtait au beau milieu de sa phrase, prise d'une quinte de toux, Gloriana lui offrit un verre d'eau.

– Je sais ce qui t'est arrivé, reprit bientôt Elaina, parce que c'est moi qui t'ai demandé de me suivre jusqu'ici.

Bouleversée, Gloriana sentit ses larmes redoubler. Ce n'était pas qu'Elaina eût initié son voyage dans le temps qui la troublait, car elle en gardait encore une vague souvenance. Non, c'était que cette femme qui l'avait attirée de l'autre côté de la grille se sentît tout à coup obligée de se confesser.

– Comment y êtes-vous parvenue ? s'enquit Gloriana.

Un léger sourire flotta sur les lèvres blêmes de la mourante, lui rendant un instant son charme d'antan.

– En usant de pouvoirs oubliés par la religion. J'ai appris la magie quand j'étais encore enfant.

Elle marqua une pause et prit encore quelques gorgées d'eau.

– Je n'en ai jamais rien dit à personne.

– Même à Gareth ?

Une ombre de tristesse voila le visage d'Elaina.

– Si, j'ai essayé. Mais il a pris peur et m'a envoyée ici, certain que la folie me gouvernait.

– Mais pour m'amener dans votre siècle, il fallait que vous soyez capable d'aller jusqu'au mien ?

– Je voyais en effet ton monde, même si c'était toujours à travers un épais rideau. Et puis, une nuit, je t'ai aperçue dans mes rêves. Tu étais une enfant malheureuse, et pourtant si belle, si intelligente. Alors, le jour où je t'ai vue de l'autre côté de la grille, à l'écart de tes compagnes d'école, serrant très fort ta poupée comme si elle était ta seule amie, je t'ai appelée et je t'ai tendu la main. Dès que nos regards se sont croisés, j'ai su que tu avais en toi le pouvoir de franchir le seuil du temps. Ce n'est pas donné à tout le monde, et j'aurais tellement aimé que tu sois ma fille... Je n'avais pas donné d'enfants à Gareth, mais je savais qu'en aucun cas je ne pourrais te garder près de moi. Mon époux commençait déjà à répandre la nouvelle de ma folie pour me préserver de ceux qui m'accusaient d'être la maîtresse de Satan.

Gloriana frissonna. Elle se rappelait soudain clairement cet après-midi ensoleillé du XXe siècle.

– Alors vous m'avez confiée à Edwenna pour qu'elle m'élève ?

Elaina hocha faiblement la tête.

– Oui. C'était une femme généreuse et digne de confiance, je savais qu'elle s'occuperait bien de toi et qu'elle t'aimerait sans réserve. Elle savait que ta venue reposait sur un mystère, pourtant elle n'a jamais posé la moindre question.

Gloriana se mordit la lèvre.

– Je ne veux plus jamais retourner dans l'autre monde, jamais...

– Il le faut, mon enfant ! Le destin le veut, et tu dois lui obéir.

Réprimant l'envie de se boucher les oreilles pour ne pas entendre les paroles de son amie, Gloriana secoua la tête.

– C'est impossible ! Rien ne me forcera à quitter mon époux. Ma vie est auprès de lui. De plus, je porte son enfant.

– La destinée a de bien plus vastes projets pour toi.

– Eh bien, je les refuse !

– Tu ne le peux pas. Ton chemin est ainsi tracé. Tu es revenue trop tard, tu dois à présent regagner l'avenir et, de nouveau, essayer de rejoindre le passé.

Gloriana était non seulement bouleversée, mais aussi mortifiée. A entendre Elaina, elle avait failli et devait réparer. Comme si elle était en mesure de voyager à sa guise à travers les différentes époques ! Dieu sait qu'elle avait brûlé de retourner aux côtés de son époux, mais son retour, pas plus que son départ d'ailleurs, n'avait été prémédité. Elle n'avait aucune prise sur les forces mystérieuses qui la transportaient à leur gré dans le temps. Mais avant qu'elle ne puisse l'exprimer à Elaina, celle-ci soupira, comme une enfant gagnée par la torpeur bienfaisante du sommeil.

– Un jour, tu seras rappelée dans le monde moderne, souffla-t-elle, les yeux clos, d'une voix presque inaudible. Souviens-toi alors de mes paroles...

Elle retomba sur l'oreiller. Sentant que c'était la fin, Gloriana, désespérée, appela Damian. Mais quand il pénétra dans la pièce, suivi de l'abbesse et de trois autres religieuses, lady Hadleigh avait déjà rendu son dernier soupir.

Tandis que sœur Margaret couvrait le visage d'Elaina d'un drap blanc, Gloriana se jeta en sanglotant dans les bras de son époux qui, doucement, l'entraîna au-dehors.

Dès le lendemain, après les funérailles qui auraient lieu dans la chapelle privée de Hadleigh Castle, lady Hadleigh serait enterrée auprès de son époux. Jusque-là, son corps demeurerait ici, à l'abbaye où elle avait vécu ses derniers instants.

Sans un mot, Damian conduisit Gloriana jusqu'à Peleus, qui attendait patiemment dans la cour, et la hissa en selle avant de monter derrière elle. Le retour à Kenbrook Hall se déroula dans le silence le plus complet et, lorsqu'ils regagnèrent enfin le sommet de la tour, ils réveillèrent Judith et l'envoyèrent dormir ailleurs.

La domestique s'éloigna sans la moindre protestation, emportant avec elle un drap et des couvertures.

Quand elle fut sortie, Damian et Gloriana s'allongèrent sur le lit, tout habillés, et se blottirent l'un contre l'autre.

– Etes-vous vraiment l'héritier de Hadleigh Castle, et de Kenbrook Hall ? demanda Gloriana timidement.

Damian exhala un long soupir et la serra plus fort, comme s'il craignait qu'elle ne lui échappe.

– Oui.

– Gareth était donc votre père, et non votre frère, n'est-ce pas ?

Damian soupira de nouveau.

– Oui. Aurelia n'était pas ma mère, mais ma grand-mère. Ma véritable mère était une très jeune fille qui est morte en me donnant la vie...

– Mais pourquoi est-ce demeuré un secret ?

– Parce que ma mère, Jillian, était la plus jeune sœur de Merrymont. Gareth et elle s'étaient rencontrés un jour alors qu'elle chevauchait dans la campagne, après avoir échappé à la vigilance de ses dames de compagnie. Ils tombèrent aussitôt amoureux l'un de l'autre, mais Merrymont était depuis toujours l'ennemi juré des St. Gregory et il refusait de consentir à leur mariage. Ils se virent pourtant en cachette, et ce qui devait arriver arriva... Quand ma mère mourut, juste après ma naissance, Merrymont entra dans une colère noire. Il menaçait de me tuer pour venger la mémoire de sa sœur. Une nourrice me déroba alors et m'amena à Gareth, au château de Hadleigh, où mon grand-père m'adopta pour que personne ne puisse me reprocher ma bâtardise.

– Pourquoi ne m'en avez-vous jamais rien dit ?

– Parce que cela n'avait aucune espèce d'importance.

Il lui effleura la tempe des lèvres.

– Et maintenant, dormez un peu, ma chérie. Demain sera une dure journée.

Gloriana était heureuse d'être blottie dans les bras de son époux, mais elle souffrait de la disparition d'Elaina, et ses paroles la hantaient.

Elle allait devoir retourner au XX⁰ siècle...

– Non, souffla-t-elle.

– Que dites-vous ? demanda Damian d'une voix ensommeillée.

Comment aurait-elle pu lui répondre ? Les larmes l'empêchaient de parler...

Lorsque Gloriana fut éveillée par les premiers rais de l'aurore, Damian était déjà parti. Auparavant, il avait récupéré sa toge de saltimbanque aux bains romains et l'avait soigneusement déposée sur une chaise. A moins qu'il n'eût commandé à Judith de le faire... Gloriana promena le regard autour d'elle. Il n'y avait pas la moindre trace de sa femme de chambre, mais les lampes étaient allumées et il y avait un broc d'eau pour ses ablutions sur la table.

Elle se leva et était en train de s'asperger le visage d'eau tiède lorsque son époux resurgit sans crier gare.

– Qu'est-il arrivé à vos cheveux ? lui demanda-t-il tout à trac depuis le seuil de la chambre.

– Il vous en a fallu, du temps, pour vous en rendre compte, commenta-t-elle d'un ton moqueur. Je les ai coupés. Les femmes au XX⁰ siècle sont ainsi coiffées.

Pensif, son époux la considéra un instant avant de décréter :

– Cela vous donne un air de jeune page.

Gloriana s'empourpra, indignée.

– Dois-je comprendre, monseigneur, que j'ai l'air d'un garçon ?

En souriant, Damian traversa la pièce et vint l'embrasser.

– Je plaisantais. Vous êtes plus belle que jamais.

– Vos plaisanteries ne m'amusent pas, monseigneur !

Mais déjà, elle recouvrait sa bonne humeur, heureuse

du compliment. Damian l'embrassa de nouveau avant de passer à un sujet plus grave.

– Il n'y aura pas de célébration pour votre réapparition, informa-t-il. Avec la mort de lady Elaina...

Il laissa sa phrase en suspens, tandis que ses yeux s'embuaient.

– Je comprends, fit-elle tristement.

– En revanche, le moment est on ne peut plus propice à votre retour. Avec tous les villageois et les gens du château en deuil, personne ne pensera à vous poser de questions.

– N'est-ce pas affreux de profiter ainsi de la disparition de lady Elaina... comme si elle tombait à point nommé ?

– Non. Car Elaina elle-même vous aurait encouragée à le faire. Elle vous aimait infiniment et ne voulait que votre bien, vous le savez...

Comme Gloriana, la gorge nouée, hochait lentement la tête, il lui passa un bras autour des épaules et la tint contre lui quelques minutes avant de lui relever le menton.

– Etes-vous prête à devenir la maîtresse de Hadleigh Castle en même temps que celle de Kenbrook Hall ?

– M'en croyez-vous capable ?

Pour toute réponse, Damian la gratifia d'un sourire plein d'amour.

Les convives invités aux funérailles avaient presque fini de dîner dans le grand hall quand Gloriana, drapée de sa toge rouge, entra en compagnie des saltimbanques. Corliss lui avait maquillé le visage à la lumière du feu, dans la cheminée de l'office, ajoutant quelques larmes bleues sur ses joues avant de lui rougir les lèvres. L'occasion était triste, et les artistes se devaient d'offrir un spectacle reflétant la peine que chacun portait dans son cœur.

Gloriana savait toutefois qu'elle était la seule ce soir,

avec Damian et les religieuses de l'abbaye, à souffrir de la disparition d'Elaina. Pour les autres, lady Hadleigh n'était qu'une figure mystérieuse, qui vivait depuis trop longtemps recluse entre les hauts murs de l'abbaye pour qu'on se souciât réellement de sa mort.

Au son des airs mélancoliques joués par les ménestrels, Gloriana suivit ses compagnons au milieu de la pièce pour une danse gracieuse, instinctive, qui trahissait toute l'ampleur de sa détresse.

Damian, assis à la table d'honneur, se leva en la reconnaissant. Il ne s'attendait pas à la voir déguisée et maquillée. Il pensait qu'elle entrerait simplement pour annoncer qu'elle venait d'échapper à ses ravisseurs. C'était en fait ce dont ils étaient convenus mais Gloriana avait perdu peu à peu son courage au fur et à mesure que le moment des révélations approchait et finalement, elle n'avait pu se résoudre à apparaître sans le secours d'un déguisement. Alors qu'elle s'immobilisait au cœur de la pièce, son regard se riva à celui de son époux qui contourna alors la table et quitta le dais pour venir à sa rencontre.

Durant un moment qui leur parut une éternité, ils se firent face en silence.

Puis, sur un signe imperceptible de Damian, Gloriana repoussa la capuche de son déguisement, découvrant sa chevelure d'or rouge.

Quelqu'un poussa un cri de stupéfaction, cependant que des murmures couraient parmi l'assemblée.

Damian avait posé les mains sur les épaules de son épouse, sans prononcer un mot, attendant qu'elle prît la parole. Elle était supposée conter sa mésaventure, mais Gloriana, trop émue, sentait les mots la fuir. S'en rendant compte, Damian se substitua à elle.

– Réjouissez-vous, mes amis ! s'exclama-t-il d'une voix à la fois autoritaire et enthousiaste, car mon épouse bien-aimée est enfin de retour.

Gloriana, toujours muette, embrassa lentement les convives du regard. A la table d'honneur, Marianne avait blêmi et s'était lentement levée de son banc, toute tremblante. Le silence dans la pièce se fit soudain pesant...

Le frère Cradoc, qui dînait lui aussi près du maître des lieux, bondit rapidement sur ses pieds, un sourire ravi sur les lèvres et les bras tendus en signe de bienvenue, rejoignit Damian et Gloriana au milieu de la pièce.

– Puisse la Sainte Mère de Dieu et tous les saints être remerciés ! s'écria-t-il. Dites-nous, mon enfant, comment avez-vous fait pour revenir parmi nous ?

Enfin, Gloriana recouvra l'usage de la parole.

– J'ai été capturée par des brigands, déclara-t-elle d'une voix ferme et claire, il y a de cela deux ans. Depuis, je n'ai songé qu'à leur échapper...

A cet instant, elle reçut une aide imprévue. Romulus, le magicien, sortit du rang des saltimbanques, resplendissant dans son costume de velours noir et blanc, et s'adressa à Damian :

– Monseigneur, votre dame nous a rencontrés en chemin et nous a suppliés de la garder auprès de nous. Nous avons accepté de la raccompagner jusqu'ici, où tout le monde s'inquiétait de son absence.

Une autre vague de murmures traversa la pièce. Les gens de Hadleigh Castle et des environs semblaient avoir peine à croire ce récit.

Judith, les épaules affaissées, sortit alors de l'ombre.

– Ma maîtresse dit la vérité. Il y avait des hors-la-loi dans le cimetière, ce jour maudit, tapis derrière les tombes. C'est eux qui l'ont enlevée.

S'approchant de Gloriana, elle tomba à genoux et, avec une plainte déchirante, pressa le front contre les pieds de sa maîtresse.

– J'avais si peur qu'ils ne me tuent, si je parlais d'eux !

Gloriana l'aida à se relever, mal à l'aise.

– Tout est fini, dit-elle gentiment. Ne pleure pas...

Au même moment, Romulus s'approcha et poussa Gloriana contre le torse de Damian.

Alors que ce dernier refermait instinctivement les bras autour de son épouse, le silence se rompit, déchiré par un concert d'applaudissements.

Le seigneur Kenbrook, à présent également seigneur de Hadleigh, eut un sourire solennel et s'inclina courtoisement devant l'assistance. Puis, soulevant Gloriana dans ses bras, il l'emporta vers la sortie.

– Vous me pardonnerez, mes amis, si je rends hommage à ma bien-aimée en privé.

Sous le dais, Marianne s'était rassise et Gloriana, qui avait enlacé le cou de son époux, sentit sa joie tempérée par l'affliction évidente de sa rivale.

– Vous m'aviez dit que Marianne serait soulagée de ne pas vous épouser, lança-t-elle quand il la reposa enfin sur le sol de leur chambre. Elle m'a semblé fort triste au contraire. M'auriez-vous menti pour me tranquilliser ?

Damian s'approcha de la table et se servit un verre de vin avant de se tourner vers elle pour lui répondre :

– Je vous assure, Gloriana, que Marianne ne m'aime pas. Sans doute votre retour l'a-t-il stupéfiée, mais je suis certain que la rupture de mes fiançailles la comble de joie.

Gloriana fronça les sourcils et se planta devant lui, les poings sur les hanches.

– Mieux vaut que vous me disiez tout de suite la vérité, monseigneur, car si vous vous amusez à me mentir, je le saurai tôt ou tard !

Son compagnon se borna à s'esclaffer et remplit de nouveau son verre avant de se laisser tomber sur un fauteuil.

– Je peux la convoquer dans cette chambre sur-le-champ, si vous le souhaitez, pour que vous l'entendiez de sa propre bouche.

– Non. Si vous me l'affirmez, je vous crois. Mais j'ai vu nettement l'expression de Marianne quand elle m'a reconnue : elle est devenue tout à coup aussi pâle que la mort. J'ai même cru qu'elle allait s'évanouir.

Damian se releva pour venir prendre Gloriana dans ses bras.

– Ce n'était certainement que l'expression de son soulagement. Elle craignait tant que je fasse d'elle mon épouse...

Tout en lui caressant le dos, il dénoua en un tour de main la cordelette de sa toge, et l'étoffe chut sur le sol dans un bruissement soyeux.

– Je comprends, avoua-t-elle avec un frisson de désir. Et qu'une femme puisse avoir peur de vous ne m'étonne guère...

Damian fronça les sourcils, mais dans ses yeux dansait une lueur moqueuse.

– Serais-je aussi effrayant qu'un ogre ?

Avec un lent sourire, Gloriana tendit la main vers son visage, effleurant du bout des doigts ses pommettes hautes, son nez fier, sa bouche ferme et sensuelle, comme si elle voulait graver en elle les traits de son époux.

– Non, vous n'êtes pas aussi féroce que vous aimeriez le faire croire.

– Alors vous n'avez pas peur de moi ?

Elle s'approcha de lui jusqu'à ce que leurs lèvres se frôlent.

– Si. Mais malheureusement pour moi, je vous ai donné mon cœur et même si je le souhaitais, je ne pourrais le reprendre, car je vous aime plus que ma vie...

Damian la fit taire d'un baiser passionné, et l'instant d'après ils roulaient sur le lit, enlacés.

17

Ils s'aimèrent avec fougue et, en dépit de la peine que lui causait la disparition d'Elaina, Gloriana fut, cette nuit-là, la plus heureuse des femmes. Jamais leurs étreintes n'avaient exprimé une si grande harmonie, et quand ils sombrèrent enfin dans le sommeil, ils ne formaient plus qu'un.

Aux premières lueurs de l'aube, Damian la réveilla d'un baiser sur la tempe et elle se blottit instinctivement contre lui. Le bonheur l'enveloppait de ses chauds rayons, son cœur chantait d'allégresse...

Et pourtant, elle frissonnait déjà à l'idée de perdre son bien-aimé. Serait-ce cette fois pour un jour ou pour l'éternité ?

Devinant l'angoisse qui s'insinuait en elle, Damian lui releva le menton et la scruta longuement.

— Pourquoi cette mine sombre, mon amour ?

— J'ai si peur de l'avenir...

Le pouce de Damian courut le long de sa joue, puis sur son menton, en une caresse aussi douce que la soie. Et il n'y avait pas la moindre jalousie dans sa voix quand, l'instant d'après, il affirma :

— Je suis certain que Lynford Kirkwood vous attendra de l'autre côté. A moins qu'il ne soit pas un homme d'honneur...

— Et à supposer qu'il ne le soit pas, m'obligeriez-vous quand même à tenir ma promesse ? s'enquit-elle aussitôt, espérant presque que ce soit le cas pour ne pas avoir à confier son sort au jeune médecin si elle devait retourner dans son monde.

– Il l'est, décréta Damian d'un ton convaincu. Sans cela, il n'aurait jamais gagné votre amitié, à moins que je ne doive parler d'amour.

– Mais je ne l'aime pas ! protesta Gloriana. Il s'est montré très gentil avec moi, mais reconnaissance ne veut pas dire amour.

– Parlez-moi de lui.

Gloriana s'humecta les lèvres puis, après quelques instants de silence, s'éclaircit la voix.

– C'est un médecin.

– Un homme qui pose des sangsues ? demanda Damian en fronçant les sourcils.

– Pas exactement. Les guérisseurs modernes ne pratiquent plus la saignée et ne soignent pas les blessures avec des potions à base d'herbes. Pourtant, leurs remèdes sont très efficaces...

– Dites-moi, Gloriana, pouvons-nous espérer quelques bienfaits des siècles à venir ?

La jeune femme soupira et posa la tête sur l'épaule de son époux.

– Je ne sais pas grand-chose du XXe siècle, monseigneur, je n'y suis restée qu'un court moment. Mais j'ai eu le temps d'y voir beaucoup de merveilles et de splendides inventions. Et puis, les hommes y sont bien plus savants quant à l'univers...

– Par exemple ?

Le sujet était passionnant, et Gloriana éprouvait une certaine fierté à connaître des choses que même les plus grands penseurs du XIIIe siècle n'auraient jamais osé envisager.

– Eh bien, on a découvert que la Terre n'était pas plate, annonça-t-elle en se rappelant une émission éducative qu'elle avait suivie à la télévision chez Lynford Kirkwood. Et que le Soleil ne tourne pas autour.

– Hérésie ! cracha Damian, avec curiosité toutefois.

– La planète est suspendue dans une sorte de vide sans fin qu'on appelle l'espace, continua la jeune femme. Il y fait froid et noir, mais l'endroit n'est pas désert car il existe d'autres corps célestes. Les étoiles que nous voyons quand la nuit est claire sont en réalité des planètes, comme la nôtre. Certaines sont si éloignées que même si elles n'existent plus depuis longtemps, leur lumière peut encore nous atteindre des milliers, et même des millions d'années plus tard.

– Et qu'en pense l'Eglise ?

Gloriana sourit contre l'épaule de son époux.

– Rien de particulier, monseigneur. Elle accepte la réalité telle qu'elle est. Et, si incroyable que cela puisse paraître, les hommes ont même entrepris un voyage sur la Lune.

Lord Kenbrook se redressa sur un coude, l'air visiblement incrédule.

– Vous ne plaisantez pas ? murmura-t-il après quelques secondes.

Elle secoua la tête.

– L'avenir est un endroit fort intéressant. Non sans dangers toutefois.

– Quel genre de dangers ?

– Je n'ai pas très bien compris. Mais j'ai entendu parler d'une arme qu'ils nomment « atomique », un fléau capable de détruire la Terre tout entière.

Un instant, Damian la considéra gravement.

– Et comment naissent les bébés ?

Gloriana pouffa.

– Comme avant, monseigneur. D'ailleurs, ils sont fabriqués de la même manière.

– Vraiment ? fit-il avec un sourire taquin en la plaquant contre l'oreiller. Vous voulez dire, comme cela ?...

L'instant d'après, il la pénétrait doucement. Gloriana ferma les yeux et laissa échapper une plainte rauque, tandis que le plaisir déferlait en elle en vagues successives.

– Oui, monseigneur. Comme ceci...

Après ce qui s'était passé dans le cimetière de Kenbrook Hall deux ans plus tôt, Gloriana n'était rien moins que rassurée à l'idée de pénétrer dans celui de Hadleigh. Elle ne pouvait pourtant refuser d'assister aux funérailles de lady Elaina ; sa conscience le lui aurait trop reproché.

Elle suivit donc la procession funéraire au bras de Damian et, au sortir de la chapelle, se rendit avec lui jusqu'à la tombe de Gareth qu'avaient recouverte les fossoyeurs. Le cercueil de lady Elaina, hâtivement fabriqué en mauvais bois, fut bientôt descendu dans la fosse au côté de celui de son époux, et recouvert de terre.

Le frère Cradoc offrit alors un dernier hommage à lady Elaina, et les membres du cortège se dispersèrent, certains en direction du château, d'autres vers le village. Inconscient de la pluie ruisselante, Damian, lui, continuait à fixer la tombe où reposaient à présent son père et celle que ce dernier avait tant aimée. Près de lui, Gloriana s'abandonnait elle aussi à une sombre rêverie.

Ce fut le religieux qui les tira de leurs pensées en leur posant à chacun une main sur l'épaule.

– Rentrez au château, et réchauffez-vous. Vous et votre épouse allez attraper la mort à rester ainsi sous cette pluie, et ni lord Gareth ni lady Elaina ne souhaitent cela, où qu'ils se trouvent à présent.

Damian croisa le regard de Gloriana, presque stupéfait de la trouver encore près de lui, et tendrement il se hâta de l'entraîner pour la mettre à l'abri au château.

Quand ils rejoignirent Hadleigh Castle, le grand hall était plongé dans la pénombre, mais le feu rugissait dans les cheminées, à chaque bout de la pièce. Apercevant Maxen assis devant l'âtre, une chope de bière à la main, Gloriana laissa Damian avec lui et en profita pour aller échanger quelques mots avec Romulus, installé seul à une table.

A son approche, le vieil homme redressa la tête et lui offrit un sourire compatissant.

– Vous êtes un précieux réconfort pour votre mari, milady.

Il inclina brièvement la tête, sans toutefois oser se lever ou décroiser ses mains posées dans son giron, comme le voulait l'usage. Mais Gloriana se moquait éperdument des convenances, surtout en une journée aussi triste que celle-ci.

Longuement, elle observa le magicien.

– Voilà deux jours que je vous cherche ! Qui êtes-vous vraiment ? s'enquit-elle finalement à voix basse.

Romulus haussa un sourcil.

– Je vous l'ai déjà dit. Un simple saltimbanque.

– Ne mentez pas, murmura-t-elle d'un ton acerbe, avant de jeter un coup d'œil furtif en direction de son époux, vous êtes bien plus que cela. Vous n'avez même pas été surpris par l'étrangeté de mes vêtements quand je vous ai abordé la première fois. En fait, j'ai eu l'impression que vous m'attendiez.

Romulus haussa les épaules, mais dans ses yeux brillait une lueur mystérieuse.

– Peut-être...

– Et si je vous disais que j'ai effectué un voyage dans le futur ? le défia Gloriana. Voilà au moins qui devrait vous surprendre !

Il sourit.

– Non. Car je vous ai aperçue dans le miroir du temps, bien avant que vous ne rejoigniez notre troupe.

Son sourire s'évanouit brusquement.

– Vous ne devez pas perdre courage, milady, avant d'avoir atteint le but de votre quête. L'avenir du pays dépend de vous.

– Que... ?

– Prenez garde à Marianne de Troyes, l'interrompit-il en levant la main pour l'inciter à l'écouter, et ne vous avisez jamais d'évoquer la magie devant elle. Même si cette fille n'a pas un mauvais fond, elle est faible par nature et, dans son cas, la superstition éclipserait la raison.

Sur ces mots, Romulus resserra les pans de sa cape contre lui et, hasard ou prescience, sortit précipitamment du grand hall au moment précis où la Française y faisait son apparition. Gloriana se tourna vers celle que son époux avait bien failli épouser et lui sourit avec chaleur.

Marianne se borna à la saluer d'un bref hochement de tête. Elle était pâle comme la mort et semblait bien plus fragile encore dans ses habits de deuil.

Gloriana s'approcha d'elle.

– Je suis si heureuse de vous revoir...

– Moi aussi. Mais j'aurais préféré vous retrouver dans d'autres circonstances.

Les prunelles mordorées de la jeune Française luisaient d'un éclat fiévreux. Elle tourna brièvement la tête vers Damian qui, un peu plus loin, les observait en silence.

– J'aurais fait une bonne et obéissante épouse, reprit-elle, quoique certainement moins aimante que vous.

– Damian m'a en effet appris que vous n'étiez guère ravie de sacrifier aux devoirs du mariage, répondit Gloriana gentiment.

Le rouge monta aux joues de son interlocutrice.

– C'est vrai, avoua-t-elle dans un souffle. J'étais heureuse à l'abbaye, et j'aurais aimé y rester jusqu'à la fin de mes jours.

Elle marqua une pause, tandis qu'elle pâlissait de nouveau.

– Mais Fabienne a eu une vision. Un ange est venu jusqu'à elle pour lui dire que je devais déposer ma vie entre les mains de lord Kenbrook et enfanter ses héritiers.

Résistant à l'envie de planter là sa compagne pour aller tordre le cou à sa peste de femme de chambre, Gloriana lui saisit la main. Marianne avait les doigts brûlants, comme si la fièvre la consumait.

– Je suis désolée.

Le baiser que la Française lui donna sur la joue fut si léger qu'elle le sentit à peine.

– Non, rétorqua Marianne qui secouait la tête tout en reculant. N'ayez aucun remords. J'aimais Edward et... je ne pardonnerai jamais au seigneur de Kenbrook de l'avoir tué. J'avais même songé à lui plonger un couteau dans le cœur, le soir de nos noces, mais...

Elle jeta un coup d'œil implorant à Gloriana qui la fixait, horrifiée.

– Peut-être que la Sainte Mère est intervenue en vous ramenant ici. Peut-être m'avez-vous sauvée des flammes de l'enfer... Peut-être serai-je un jour pardonnée...

Sur ces mots étranglés, la jeune fille fit volte-face et s'enfuit à toutes jambes.

– Que se passe-t-il ? demanda Damian en s'approchant.

Gloriana, qui ne l'avait pas entendu arriver, sursauta. Il la regardait d'un air inquiet. Devait-elle lui parler du destin que Marianne comptait lui offrir le soir de leur mariage ?

Non, mieux valait s'en abstenir ! Damian avait beau avoir bon cœur, il risquait de bannir séance tenante Marianne du château s'il apprenait sa félonie. Or, la jeune Française ne semblait pas franchement en état d'entamer un long voyage de retour vers le continent.

– Rien... Vous aviez dit vrai, monseigneur, fit Gloriana avec un sourire forcé. Marianne est heureuse de retourner vers le silence du couvent.

– Ainsi, vous mettiez en doute ma parole ?

– Non. Mais elle était si pâle hier, et encore aujourd'hui, qu'il était normal que je m'inquiète pour elle.

– Comme chacun d'entre nous, Marianne pleure la disparition de lady Elaina. C'est si terrible, Gloriana. Tant de morts rapprochées. D'abord Edward, puis Gareth, et maintenant...

Elle lui effleura la joue.

– Vous n'êtes pour rien dans cette tragédie. Venez,

allons chercher Peleus, ainsi qu'une jument pour moi. Une promenade nous fera le plus grand bien et apaisera peut-être notre peine.

– Ce n'est pas prudent. Il pleut encore à verse et dans votre état...

– Attendre un enfant n'est pas une maladie, lança-t-elle en se dirigeant vers la sortie. Et si vous ne venez pas, alors j'irai sans vous.

Elle enfouit ses cheveux sous la capuche de son manteau. Damian la rattrapa alors qu'elle s'apprêtait à sortir dans la cour, là où les dalles de pierre chatoyaient, polies par la pluie et les ans. Il lui prit le coude, et l'entraîna vers les écuries.

– Décidément, vous êtes plus têtue qu'une mule !

– Je ne voudrais pas qu'on vous accuse d'être un tyran avec votre femme...

Il grimaça un sourire avant d'arranger sa cape sur ses épaules.

– Arrogante petite personne ! A vous écouter, vous décidez de tout... Dites-moi aussi que vous êtes responsable du lever et du coucher de la lune, et pourquoi pas des marées ?

– J'ai même fait trembler la terre, confia-t-elle, sur le ton de la plaisanterie.

Elle s'attendait que Damian éclate de rire, mais il se borna à hocher la tête.

– Je vous crois volontiers, milady. Quand je suis en vous, la paix devient brusquement la plus tumultueuse des tempêtes.

Ils pénétrèrent dans les écuries.

En un tour de main, Damian sella Peleus ainsi qu'une magnifique jument grise que Gloriana ne se souvenait pas avoir vue plus tôt. Sans se soucier de la pluie dehors, ils montèrent ensuite en selle, et la jeune femme mit un point d'honneur à y parvenir sans son époux. Trois minutes plus tard, ils dépassaient le pont-levis et s'élançaient dans la campagne vallonnée.

Ils dépassèrent le couvent sans s'arrêter et s'enfon-

274

cèrent dans les bois jusqu'à une petite clairière. Là, sous le couvert des chênes et des pins, Damian sauta à bas de sa monture et embrassa du regard le paysage alentour. La pluie s'était arrêtée, et les nuages commençaient à se dissiper.

– Parfois, lança-t-il, le dos tourné à son épouse, je regrette d'être rentré en Angleterre. Je n'ai fait qu'apporter la mort et la douleur.

Gloriana retint ses larmes tant bien que mal.

– Vous n'avez pas le droit de vous apitoyer sur votre sort, Damian St. Gregory ! Vous êtes le maître ici, et vos gens ont besoin de vous.

Il fit volte-face et la fixa.

– Que pourrais-je leur donner ?

– Tout d'abord, un bon seigneur, juste avec tous. Ensuite, des fils et des filles capables de prendre la relève, quand vous et moi serons partis.

Damian s'approcha d'elle.

– Plût au ciel que vous ne me quittiez jamais, milady ! J'ai tant besoin de vos conseils et de votre amour.

Gloriana se pencha alors et posa les mains sur les épaules de son époux mais, avant qu'elle ne puisse lui répondre, un nuage d'obscurité surgit de la terre, l'enveloppant de son ombre effrayante. Sa tête se mit alors à tourner, et elle eut l'impression que son cœur était pris dans un étau. Damian hurlait son nom, mais elle ne pouvait déjà plus lui parler.

Dans les minutes qui suivirent, tout autour d'elle sembla se dissoudre pour former un gouffre sans fond qui l'aspirait inexorablement.

Elle résista de toutes ses forces, malgré la souffrance qui lui vrillait les tempes. En vain. Le destin en avait décidé ainsi...

Agenouillée dans l'herbe, elle vit peu à peu la tempête reculer. Et tandis que sa vision se faisait moins floue, elle eut un instant l'espoir de n'avoir pas quitté le XIIIᵉ siècle. Un homme était penché au-dessus d'elle, portant une tunique, des bottes de cuir souple et une ceinture avec une épée.

Un coup d'œil plus approfondi, et son espoir mourut aussitôt. Ces vêtements n'étaient qu'un simple déguisement. Personne au XIIIe siècle n'eût arboré une telle coiffure. Les cheveux noirs et très courts de l'inconnu lui donnaient l'air d'un hérisson.

– Vous allez bien ? demanda-t-il dans un anglais on ne peut plus moderne.

Malgré son chagrin, elle réussit à hocher la tête, avant de promener le regard autour d'elle. Des pavillons de soie colorée formaient des guirlandes à travers la clairière tout entière, comme autant de fleurs exotiques, et une foule de gens vêtus de costumes médiévaux parlaient et riaient entre eux.

– Vous avez un merveilleux déguisement, commenta l'homme en l'aidant à se relever. Ça va ?

– Merci. Je... Je vais bien. Juste un peu fatiguée, je crois.

– Je peux appeler quelqu'un si vous voulez.

Gloriana s'humecta les lèvres, se demandant en quelle année elle se trouvait, sans toutefois poser la question. Elle reconnaissait certes la clairière et, en arrière-plan, le profil sinistre de Kenbrook Hall détruit par les siècles, mais cela ne lui donnait aucune indication quant à la date précise à laquelle elle avait atterri.

– Si vous pouviez appeler Lynford Kirkwood, au village de Hadleigh... hasarda-t-elle néanmoins.

Elle retint son souffle, tandis que le faux chevalier enregistrait sa question. A en juger par son calme et ses manières joviales, il ne l'avait pas vue surgir de nulle part. Sans doute était-elle déjà à genoux dans l'herbe quand il l'avait remarquée.

– C'est inutile, fit-il enfin avec un large sourire. Lynford est ici, quelque part. Restez là, je vais aller vous le chercher.

Toute désespérée qu'elle fût, Gloriana en ressentit un profond soulagement. Mais peut-être était-elle revenue au XXᵉ siècle avant sa dernière visite, auquel cas, le jeune médecin ne la connaîtrait pas.

— Oui, je vous en prie, allez le chercher, déclara-t-elle cependant, croisant les doigts pour que la chance lui sourît.

Quelques minutes plus tard, Lynford arrivait, se frayant un chemin dans la foule. Il était vêtu avec la magnificence d'un duc, et Gloriana, rassurée, vit dans ses yeux qu'il la reconnaissait. Il ne semblait ni plus jeune, ni plus vieux que la dernière fois, lorsqu'il se pencha vers elle.

— Dieu soit loué, Gloriana, je croyais ne jamais vous revoir !

La jeune femme attendit patiemment que celui qui l'avait secourue s'éloigne.

— Où sommes-nous ?

Lynford la gratifia d'un sourire attendri.

— C'est une fête médiévale, organisée par des gens qui aiment à se croire dans votre siècle. Ils lui trouvent apparemment plus de charme qu'au nôtre. Ne bougez pas, je suis à vous tout de suite.

Il la quitta quelques instants et revint avec un gobelet d'eau fraîche qu'elle saisit d'une main tremblante et qu'elle avala par petites gorgées.

— Ça ne va pas, n'est-ce pas ? lui demanda-t-il gentiment.

Elle secoua la tête, la vision brouillée par les larmes de désespoir qu'elle ne pouvait tout à coup plus refréner.

— Emmenez-moi loin d'ici, s'il vous plaît.

Avec précaution, Lynford lui glissa un bras autour de la taille et l'aida à se mettre debout.

— Ma voiture est tout près. Je vais vous conduire chez moi. Nous appellerons ensuite Marge et Janet.

— Combien de temps s'est-il écoulé depuis mon départ ? s'enquit-elle à voix basse tandis qu'ils rejoignaient le parking.

— Cela fait quatre mois, Gloriana, et pendant tout ce

temps, j'ai rongé mon frein en me demandant ce qui avait bien pu vous arriver. J'ai pensé que vous aviez été victime d'un nouveau sort et que vous aviez quitté la boutique de ma sœur pour errer je ne sais où. J'ai appelé tous les hôpitaux de la région pour m'assurer que vous n'aviez pas eu d'accident. J'ai imaginé qu'on vous avait enlevée... Gloriana, j'étais fou d'inquiétude ! Où étiez-vous donc ?

– Chez moi.

Lynford soupira avant de contourner la voiture et de s'installer au volant.

– Dites-moi ce qui s'est produit, exactement. Et qu'avez-vous fait durant votre absence ?

Qu'aurait-elle pu lui raconter ? Qu'elle avait passé la majeure partie de son temps à essayer de rattraper les mois perdus dans les bras de son époux à faire l'amour ?

– Je me trouvais dans la boutique de Janet quand c'est arrivé, confia-t-elle d'un ton hésitant.

Distraitement, elle toucha les plis de sa robe encore mouillée de la pluie qui était tombée sans relâche, sept cents ans plus tôt.

– J'étais juchée sur une échelle pour ranger un livre sur une étagère lorsque, subitement, j'ai été prise d'une terrible migraine, comme si quelqu'un m'avait frappée avec un gourdin. Aveuglée, je suis tombée. Et quand j'ai repris mes esprits, j'étais allongée sur le sol, adossée contre la hutte d'un fermier.

Lynford laissa échapper une exclamation de surprise avant de la laisser poursuivre.

Comme ils roulaient en direction de la maison du jeune médecin, Gloriana lui fit un récit tronqué de son histoire, douloureusement consciente de taire le plus important : son amour éperdu pour Damian et les moments merveilleux qu'ils avaient passés ensemble...

Le front pressé contre l'encolure de la jument de son épouse, une main agrippée au pommeau, Damian s'abandonnait au chagrin.

Gloriana avait de nouveau disparu.

Elle était assise en selle, l'accusant de s'apitoyer sur son sort, et brusquement elle s'était mise à gémir comme si elle souffrait le martyre. Son visage était devenu aussi pâle qu'un linge et elle avait glissé de ses bras, privée de vie.

Il l'avait allongée dans l'herbe, avait crié son nom, mais c'était comme si elle ne l'entendait plus.

L'instant d'après, elle s'était évaporée, ne laissant aucune trace derrière elle, sinon l'empreinte de son corps dans l'épais tapis verdoyant. Il s'était alors mis à hurler sa détresse et sa fureur aux cieux, jusqu'à ce que la jument, effrayée par ses cris, se mette à piaffer. Il s'en était fallu de peu qu'elle ne le piétinât.

Comme un fou, il était alors remonté sur Peleus, avait fouillé les bois. En vain. Gloriana avait disparu, peut-être pour toujours...

En arrivant chez Lynford, Gloriana était tombée dans un état de prostration tel que le médecin l'ausculta avec inquiétude. Quand il se fut assuré qu'elle n'était ni malade ni blessée, il avait laissé Marge la déshabiller puis la conduire jusqu'au lit dans la chambre d'amis, en lui ordonnant le repos le plus strict. Mais comment dormir alors que le chagrin l'empêchait presque de respirer ? Certes, Elaina l'avait prévenue, tout comme Romulus d'ailleurs. Tous deux lui avaient affirmé qu'elle serait de nouveau arrachée à son époux et reviendrait au XXe siècle. Pourtant, elle avait refusé de le croire... A présent, le pire était arrivé. S'il n'y avait pas eu le bébé, elle aurait refusé de vivre.

Pelotonnée au fond de son lit, trop bouleversée pour verser une larme, trop amère pour implorer le ciel de la renvoyer auprès de Damian, Gloriana souffrait comme une damnée.

Lynford revint bientôt lui rendre visite, apportant une seringue et une compresse imbibée d'alcool.

— Juste quelque chose pour vous aider à dormir, déclara-t-il d'une voix rassurante, tandis qu'il lui piquait le bras. Cela ne peut vous faire aucun mal, ni à vous ni au bébé, d'ailleurs, alors ne résistez pas, ma chérie. Laissez-vous sombrer dans le sommeil.

— Je vous en prie, Lynford, vous devez m'aider... Jurez-moi de m'aider.

Il se pencha et l'embrassa sur le front.

— Vous savez que vous pouvez compter sur moi.

Elle hocha faiblement la tête. Lynford était son ami, la seule personne dans ce monde moderne qui comprît son désarroi et qui ne l'abandonnerait pas. La drogue qu'il lui avait injectée ne tarda pas à faire effet, et elle se laissa gagner par l'univers des songes, plongeant dans le tourbillon de sa mémoire, où les rêves se bousculaient, en un désordre étourdissant.

Lorsqu'elle s'éveilla, quelques heures plus tard, tenaillée par la faim, le Pr Steinbeth se tenait à son chevet, un livre ouvert sur les genoux.

Dans un geste pudique, elle remonta les draps jusqu'à son menton, espérant que cet homme ne lui ferait pas subir d'interrogatoire, car elle se sentait encore trop fragile pour expliquer ce qu'elle éprouvait.

Dieu merci, Steinbeth ne lui posa aucune question. Avec un sourire affable, il se pencha vers le lit.

— Ouvrez les yeux, Gloriana. Je sais bien que vous ne dormez pas. Pour une simple et bonne raison : votre estomac crie famine.

A contrecœur, elle obéit.

— Mme Bond vous a préparé un repas. Si vous voulez, je vais aller vous le chercher à la cuisine.

Gloriana secoua la tête. Même si elle était affamée, elle craignait de ne pouvoir avaler un seul morceau.

– Pourquoi êtes-vous ici ? demanda-t-elle, cédant à la curiosité.

– A cause de vous. Je suis persuadé d'avoir trouvé quelque chose qui peut vous aider.

Le cœur de la jeune femme se mit aussitôt à battre la chamade ; l'espoir resurgissait tout à coup.

– Que dites-vous ?

Arthur Steinbeth sortit alors un petit livre de la poche de son manteau et le lui tendit.

– Là-dedans, vous trouverez le récit d'une expérience semblable à la vôtre.

D'une main tremblante, Gloriana saisit l'ouvrage et lut le titre en lettres d'or, effacées par le temps : *Histoire d'une sorcière qui voyageait dans le temps...*

18

Bouleversée, Gloriana releva les yeux vers le professeur.

– De quoi s'agit-il ? parvint-elle enfin à demander.

Arthur Steinbeth la gratifia d'un sourire bienveillant.

– Cet ouvrage contient votre billet de retour pour ce siècle lointain qui vous est si cher.

Il marqua une pause, tandis que la jeune femme se redressait sur ses oreillers, serrant contre elle le petit livre.

– Ce n'est pas l'édition d'origine, bien sûr, reprit-il aussitôt, celle-ci date de 1969. L'histoire est fascinante, même si elle est bien difficile à croire et à comprendre.

De nouveau, Gloriana regarda le titre. La bouche sèche, le cœur résonnant jusqu'aux tempes, elle tourna la première page, mais les mots se brouillèrent devant elle.

– Serait-ce un grimoire, professeur ?

– Non, ce sont simplement les mémoires d'une femme née au XIVᵉ siècle. Prenez le temps de lire cet ouvrage, Gloriana. Vous y trouverez certainement des solutions à votre problème.

– Mais je n'ai jamais été une sorcière !

Le professeur se leva, s'apprêtant à prendre congé.

– Non, ma chère, mais vous êtes dotée de pouvoirs bien plus dangereux encore. A ce propos, faites attention à Lynford, s'il vous plaît. C'est un chic type, et il vient juste de rencontrer une jeune femme très bien. Alors gardez vos distances avec lui, car vous le fascinez un peu trop pour son bien !

Gloriana fut ravie de ces nouvelles, car plus que tout, elle désirait que son ami connaisse enfin le bonheur et l'amour qu'il méritait. Elle éprouva néanmoins une certaine appréhension. Qu'arriverait-il si Lynford lui retirait son soutien ? Elle avait beau aimer son indépendance, elle était prisonnière du monde moderne, peut-être pour le restant de ses jours, et, n'était le jeune médecin, elle n'avait personne sur qui compter.

— Je ne ferai pas obstacle à l'histoire d'amour de Lynford, je vous le promets, déclara-t-elle, sincère.

Une pensée lui traversa soudain l'esprit.

— Est-il au courant de l'existence de ce livre ?

Steinbeth s'éclaircit la voix.

— Je n'en ai pas la moindre idée. Il a lu tellement d'ouvrages ; peut-être ne se souvient-il pas de celui-ci.

Gloriana hocha la tête en silence. Elle refusait, ne serait-ce qu'un instant, d'envisager que le jeune médecin ait pu lui cacher des informations de première importance.

Steinbeth s'inclina brièvement.

— Avant de partir, je dois vous remercier d'avoir procédé à la lecture du manuscrit. Pour vous dédommager du temps que vous y avez consacré, je vous ai fait un chèque, mais ce doit être Janet qui l'a gardé, avec toutes vos affaires.

— Merci.

Bien sûr, elle aurait besoin d'argent si elle ne trouvait pas le moyen de retourner auprès de Damian. Pour elle, mais surtout pour le bébé... Quelle ironie ! Elle qui disposait d'une fortune colossale dans l'univers médiéval était ici plus pauvre que Job !

— A bientôt, fit le professeur avant de sortir.

Gloriana était impatiente d'entamer la lecture de l'ouvrage et de découvrir les secrets qu'il renfermait, mais elle savait d'ores et déjà qu'elle ne parviendrait jamais à se concentrer si elle ne se calmait pas d'abord un peu. Elle quitta donc le lit pour enfiler les vêtements laissés par Marge. Puis elle alla à la cuisine, où elle récupéra dans le four le déjeuner dont lui avait parlé le Pr Steinbeth. La maison était silencieuse.

Son repas fini, elle nettoya assiette et couverts qu'elle rangea soigneusement dans les placards. Puis elle regagna sa chambre et s'installa dans un fauteuil devant la fenêtre, avec l'ouvrage que lui avait laissé le professeur.

C'était un petit livre, rédigé dans un anglais moderne. Elle l'étudia sous toutes les coutures avant d'en entamer la lecture.

L'auteur ne donnait pas son nom. Dommage ! Gloriana aurait aimé connaître celle dont l'aventure ressemblait tant à la sienne...

La « sorcière » qui livrait ici ses mémoires était née au XIVe siècle, ainsi que l'avait précisé le Pr Steinbeth. Dès son plus jeune âge, elle avait été envoyée à l'abbaye près de Hadleigh Castle pour y étudier. Un jour, elle devait avoir dix ans, au cours d'une promenade dans l'enceinte du couvent, elle avait été prise d'une violente migraine en franchissant une grille et avait trébuché, aveuglée par la douleur.

Lorsque sa vision s'était enfin éclaircie, la petite fille s'était retrouvée au même endroit, certes, mais dans un monde étrange, envahi de bruits assourdissants. Les autorités l'avaient aussitôt emmenée dans un orphelinat, où les religieuses s'étaient occupées d'elle jusqu'à ce qu'elle soit adoptée par un couple d'âge mûr qui l'avait entourée ensuite de son affection.

Gloriana sentit son cœur se serrer. Cette histoire était un peu la sienne, même si la chronologie différait. Elle aussi avait dû attendre que la chère Edwenna devienne sa mère pour connaître la joie d'être choyée. Quant aux autres, ses vrais parents, pas un instant ils ne lui avaient manqué. Et même aujourd'hui, de retour dans leur monde, elle n'éprouvait aucune envie de renouer contact avec eux, même si parfois elle ne pouvait s'empêcher de se demander ce qu'ils étaient devenus. Comment avaient-ils réagi à sa disparition ? L'avaient-ils pleurée, s'étaient-ils inquiétés ? Ou avaient-ils été simplement soulagés d'apprendre qu'elle n'était définitivement plus sous leur responsabilité ? Elle ne le saurait jamais !

Gloriana posa une main sur son ventre qui ne cessait de s'arrondir et, en silence, pria pour que cet enfant qui grandissait en elle n'ait jamais à douter de l'amour qu'elle lui porterait. La peur de nouveau la submergea : une fois le bébé né, qui sait si la vie ne s'amuserait pas à lui arracher son enfant, comme elle l'avait fait de Damian...

Repoussant cette effrayante éventualité, elle s'efforça de ne plus songer qu'au livre qu'elle tenait et reprit sa lecture. Après son voyage dans le temps, la « sorcière » avait donc vécu au XXᵉ siècle, s'était mariée et était partie vivre en Amérique, où elle était devenue professeur et poète. Puis un jour, poussée par la curiosité, elle avait tenu à revenir en Angleterre sur les traces d'un passé incompréhensible. Là, parmi les ruines de l'abbaye, elle avait retrouvé la grille magique et en avait franchi le seuil pour replonger dans un monde plus ancien. Bien qu'elle fût heureuse dans sa nouvelle vie, elle voulait revoir, ne serait-ce que quelques minutes, ceux qu'elle avait connus dans son autre vie.

Ce voyage s'était révélé un échec. Elle s'était en effet retrouvée dans une forêt, bien avant que le couvent ne soit bâti. Réitérant sa tentative, elle avait alors fait un bond jusqu'en l'an 1720, où personne ne l'attendait.

Déçue, la « sorcière » s'était empressée de regagner le XXᵉ siècle et avait repris sa vie, sans jamais tenter de retourner dans le passé. En définitive, il n'y avait nul endroit où elle préférât vivre que dans le monde moderne...

Un peu désappointée qu'il n'y eût pas une seule allusion à un talisman ou à une quelconque potion magique capable de la ramener instantanément auprès de

Damian, Gloriana avait néanmoins un indice concernant le moyen de se déplacer sur la chaîne du temps.

Elle était lasse, mais ne pouvait se résoudre à se coucher. Peu à peu, elle acquit la certitude que le nœud du mystère était la grille forgée aux étoiles. Il ne lui restait plus qu'à la découvrir et à en franchir le seuil.

Bien sûr, elle n'avait aucune garantie quant à l'époque où elle serait alors transportée... Cependant, elle se devait d'essayer, et le plus tôt serait le mieux !

Laissant derrière elle un rubis monté sur une bague en or joliment ouvragée, le seul bijou qu'elle portait quand elle avait été catapultée dans le futur, Gloriana prit plusieurs boîtes de médicaments dans le bureau de Lynford, ainsi qu'un livre de médecine sur les premiers secours, un autre sur les remèdes à base de plantes et finalement un peu d'argent liquide dans une boîte sur son bureau.

Elle griffonna ensuite un mot à l'attention de son hôte, s'excusant de lui avoir volé ses affaires tout en espérant que le chèque offert par le Pr Steinbeth ainsi que le bijou suffiraient à le dédommager. Après l'avoir remercié pour sa gentillesse, elle lui offrit tous ses vœux de bonheur, signa et quitta rapidement la maison.

Avec la monnaie prise sur le bureau, elle paya le taxi qui la conduisit jusqu'aux ruines de l'abbaye.

Le soleil de l'été donnait à plein, dardant ses chauds rayons de fin d'après-midi sur la jeune femme, tandis qu'elle se faufilait entre les murs envahis par le lierre. Sur son parcours, elle implorait le ciel de l'aider à remonter le temps jusqu'à l'époque de son époux.

Quand enfin elle trouva ce qui demeurait de la grille, elle s'arrêta, brusquement hésitante. Elle jeta un coup d'œil derrière elle, sur ce monde qu'elle abandonnait et qu'elle ne reverrait probablement jamais. Mais elle le quittait sans le moindre regret. Qu'importaient les avantages de cet univers ; ce n'était pas ici qu'elle voulait vivre.

Sans plus attendre, elle enfila la robe qu'elle portait

le jour de son arrivée. Puis, prenant une profonde inspiration, les doigts serrés sur le sac de « miracles » volés, Gloriana redressa les épaules et... franchit le seuil.

Rien ne se produisit.

Elle ne fut pas affligée d'une migraine, sa vision ne se brouilla pas. Un avion passa dans le ciel, laissant derrière lui une traînée d'écume blanche et, dans le lointain, une voiture klaxonna avec rage. Le monde était le même...

Un instant, elle ne bougea plus, désemparée. Alors, elle se rappela l'histoire de la sorcière et décida de tenter de nouveau sa chance.

Cette fois, le monde se déforma sous ses yeux sans qu'elle ressentît la moindre souffrance ni même le plus petit malaise. Juste cette impression étrange qu'on la poussait en avant.

Tout autour d'elle, les murs se haussèrent jusqu'à la voûte céleste, et le ciel s'obscurcit, tandis que le crépuscule s'étendait sur la campagne alentour. Dans le lointain, elle distingua le chant des nonnes, répercuté par les enceintes de la chapelle. Aurait-elle réussi ? Dans le doute, mieux valait ne pas crier victoire tout de suite.

Subrepticement, la jeune femme sortit de l'abbaye par une petite porte dérobée et leva les yeux en direction de Kenbrook Hall. Le château s'érigeait comme à l'époque où Damian et elle y avaient été enfermés, mais cela ne signifiait rien. Cette demeure avait été construite bien avant que Damian ne voie le jour.

Réprimant un frisson d'appréhension, Gloriana se tourna vers le lac, et Hadleigh Castle en contrebas. Des lumières éclairaient faiblement les fenêtres, mais là non plus elle n'avait aucune information quant aux habitants de ces lieux.

Pour plus de prudence, elle accrocha son sac sous les jupons de sa robe.

Il ne lui restait plus qu'un moyen de savoir si son

époux vivait encore. Elle s'élança donc dans le sentier à travers les bois, jusqu'au lac où Edward et elle étaient venus souvent s'amuser, enfants, puis bifurqua en direction de Hadleigh Castle et de sa destinée.

La lune dispensait sa lumière enchantée, nimbant la surface des eaux d'un éclat presque irréel, mais la jeune femme ne s'attarda pas à contempler la beauté de l'endroit. Elle ne songeait plus qu'à retrouver Damian...

Toute à son impatience de le revoir, elle n'entendit pas approcher un cavalier, derrière elle. Avec un petit cri, elle bondit sur le côté pour ne pas finir piétinée sous les sabots de la monture.

– Qui va là ? demanda une voix masculine familière, tandis que l'inconnu arrêtait son cheval. Dieu soit loué, Gloriana, est-ce vous ?

Edward ! Des larmes de joie lui nouèrent la gorge, l'empêchant tout d'abord de répondre. Avec un sanglot étranglé, elle se hissa sur la pointe des pieds et noua les bras autour du cou de son ami.

Edward ! Il était vivant !

Le jeune homme recula d'un pas pour la considérer d'un air réprobateur.

– Seriez-vous devenue folle pour vous promener seule dans le noir ? Et où étiez-vous ? Nous avons battu la campagne pour vous retrouver !

Gloriana s'efforçait de recouvrer son sang-froid, mais son envie de rire se fit irrépressible, et elle laissa éclater sa joie, cependant que les larmes roulaient sur ses joues. Edward se tenait devant elle à présent, beau et en pleine santé, ce qui signifiait que Damian, Gareth et sa chère, très chère Elaina, étaient encore de ce monde. Par la grâce de Dieu, elle était revenue à temps pour empêcher les tragédies.

– Il vaut mieux que je vous ramène à la maison, déclara son compagnon en la hissant en selle. Damian était certain que Merrymont vous avait kidnappée, et si Gareth ne l'avait pas enfermé dans le donjon, il y a fort à parier qu'il aurait déjà tué notre ennemi de ses propres mains.

Gloriana posa la tête sur son épaule quand il monta en selle à son tour, et continua de rire.

— Oui, raccompagnez-moi à la maison, Edward.

Le jeune homme s'exécuta aussitôt, lançant sa monture à bride abattue vers Hadleigh Castle.

— Depuis combien de temps ai-je disparu ? demanda-t-elle dans un souffle, lorsqu'ils eurent dépassé le pont-levis.

Edward parut tout à coup inquiet.

— Vous ne savez même pas où vous étiez, ou ce que vous avez fait ?

Elle hésita, tandis que les bruits et les visions du siècle moderne s'infiltraient en elle.

— Non, mentit-elle alors qu'ils ralentissaient pour progresser au pas à travers le village.

— Vous vous promeniez dans le cimetière de Kenbrook Hall, hier matin. Votre femme de chambre, Judith, vous apportait un vêtement pour que vous n'attrapiez pas froid. Elle n'a eu qu'un instant de distraction ; l'instant d'après, vous aviez disparu.

Hier matin... En fait, elle n'avait été séparée de son époux que quelques malheureuses heures ! Il ne se rappellerait pas leur dernière rencontre et la fois où elle avait disparu dans la clairière, car pour lui, rien de tout cela n'avait existé. Il n'y avait pas non plus eu cette fatale rencontre avec Edward, et Gareth n'avait pas succombé à la fièvre...

— Vous êtes saine et sauve, fit son ami avec gentillesse, et c'est tout ce qui importe. Mon frère sera, à n'en pas douter, fou de joie.

Certainement prévenu par ses gardes qu'Edward était de retour avec lady Gloriana, Gareth les attendait, entouré de ses hommes d'armes qui brandissaient des torches.

— Où est lord Kenbrook ? s'enquit Edward. Je lui ai ramené son épouse.

Gloriana se laissa glisser à bas de la monture et se jeta au cou de Gareth pour le gratifier d'un baiser sur la joue.

– Vous êtes vivant ! s'écria-t-elle.

Son beau-frère l'agrippa par les épaules et recula d'un pas. Il scruta son visage.

– Grands dieux, oui ! Bien sûr que je suis vivant ! C'est vous qu'on croyait morte. Où diable étiez-vous passée ?

– Elle errait dans les bois. Elle ne sait même pas ce qui lui est arrivé, répondit Edward à la place de la jeune femme.

– Auriez-vous perdu votre langue ? demanda Gareth en resserrant son emprise sur les épaules de la jeune femme.

– Non, monseigneur, fit Gloriana.

Elle réprima à grand-peine un rire d'allégresse.

– Puis-je aller voir mon époux ? On m'a dit que vous l'aviez enfermé dans la tour pour l'empêcher de tuer Merrymont.

– Oui, répondit son beau-frère d'un ton bourru. Il est dans le donjon. Je n'ai guère eu le choix. C'était cela, ou il enfonçait avec un bélier la herse de notre voisin, et le trucidait.

Tout en parlant, il passa un bras sous le sien et l'entraîna vers le château. Edward les suivit en silence.

– J'apprécie vos efforts pour protéger mon époux, déclara Gloriana, mais j'imagine que cet emprisonnement n'a pas dû le mettre de bonne humeur. Il risque de vous en vouloir.

Gareth lui coula un regard noir.

– Il n'aura aucune excuse de ma part. En revanche, lady Kenbrook, il attendra certainement des explications de la vôtre. Tout le monde vous a cherchée partout.

La jeune femme se sentit tout à coup mal à l'aise, mais elle avait trop envie de revoir Damian pour s'inquiéter inutilement. Elle s'arrangerait de sa colère, voilà tout !

Ils s'enfoncèrent dans le passage, derrière le grand hall, qui menait à un escalier dérobé, creusé dans la pierre et s'envolait vers le donjon. La voix de son époux retentit bientôt, puissante et furieuse :

— Gareth, si c'est toi, tu ferais mieux de m'apporter la clé de ces fers, ou je te jure que tu le regretteras !

Le cœur de la jeune femme s'emballa et elle gravit les dernières marches quatre à quatre, laissant Gareth et Edward derrière elle. Jamais elle n'était venue ici ; l'austérité lugubre des lieux l'aurait sans doute bouleversée, si elle n'avait eu d'yeux que pour le prisonnier.

Damian était assis sur une pile de foin, les cheveux en bataille, attaché au mur par une cheville et un poignet. En apercevant Gloriana il voulut se lever, mais elle ne lui en laissa pas le temps. Elle bondit sur lui avec toute l'exubérance de sa joie.

— Gloriana ! s'écria-t-il en la prenant dans ses bras, faisant cliqueter les chaînes dans son impatience. Ô mon Dieu, où étiez-vous passée ?

Elle lui baisa les lèvres, les paupières, les joues et le front.

— Je vous l'expliquerai plus tard.

Le visage de son époux s'assombrit aussitôt, bien que la lueur d'amour dans ses yeux clairs n'eût pas entièrement disparu.

— A votre guise, milady.

Gloriana hocha la tête. Elle était si heureuse qu'elle ne résista pas au plaisir de le taquiner.

— Votre servante, monseigneur, répondit-elle, sans toutefois une trace d'humilité dans le ton ou les manières.

Puis, se tournant vers Gareth, elle ordonna d'un air réprobateur :

— Enlevez-lui ses chaînes immédiatement.

— Tout doux, Gloriana ! Usez d'un autre ton, je vous prie ! grommela son beau-frère.

Il extirpa toutefois un trousseau de clés de sa ceinture.

Damian libéré, Gareth, discret – ou prudent ! –, s'éclipsa rapidement, Edward dans son sillage. Gloriana demeura seule avec son époux.

S'il n'y avait eu qu'elle, elle aurait fêté leurs retrouvailles à même le tapis de foin, car Damian lui avait terriblement manqué. Mais pour lui, la séparation n'avait pas dû être assez longue ; il était furieux.

– Je vous repose la question : Où étiez-vous depuis hier matin ?

Gloriana regretta aussitôt de n'avoir pas pris le temps d'inventer une histoire pour expliquer son absence.

– Je vous en parlerai demain, lorsque nous aurons profité d'une bonne nuit de sommeil. Je suis exténuée.

– Non, je veux que cela soit fait sur-le-champ, martela son compagnon qui croisa les bras d'un air sévère.

Ainsi dressé, il ressemblait à un juge, et Gloriana perdit patience. Peut-être aimait-elle suffisamment cet homme pour franchir les frontières du temps et revenir vivre à son côté, mais elle ne pouvait le laisser se comporter avec autant de tyrannie à son endroit.

– Prenez garde, monseigneur, que je ne refuse pas tout simplement de vous parler ! Je ne suis ni votre chien, ni votre écuyer, et encore moins l'un de vos soldats pour me faire bousculer ainsi !

Damian passa une main rageuse dans ses cheveux hérissés de bouts de paille. Sa frustration était presque palpable, et il faisait un considérable effort pour réprimer sa colère.

– Expliquez-vous ou bien...

– Ou bien quoi ? Que ferez-vous si je refuse ? rétorqua-t-elle en fronçant les sourcils. Allez-vous me donner une bonne correction ? Me faire enfermer au couvent ?

Son compagnon ouvrit la bouche, et la referma aussitôt. Il était magnifique, même en cette minute où la furie le dévorait.

– Pour l'amour du ciel, Gloriana, vous savez que je

n'ai jamais porté la main sur une femme, qu'elle soit mon épouse ou une simple servante ! Quant à vous enfermer au couvent, je ne leur ferais pas cette injure.

– Trop aimable ! rétorqua Gloriana dans un éclat de rire.

Et comme Damian la fusillait du regard, elle se mit à rire de plus belle.

Finalement, après avoir laissé échapper une bordée de jurons, le seigneur de Kenbrook l'attira dans ses bras et l'embrassa avec fièvre.

– Je suis désolée que vous vous soyez inquiété, confia-t-elle en reculant pour reprendre son souffle. Je n'avais pas l'intention de vous quitter.

Damian la scrutait, inquisiteur, comme s'il cherchait à lire en elle.

– Je vous crois, milady. J'ignore pourquoi, mais je vous crois.

– Je vous aime, souffla-t-elle.

Etait-ce l'émotion ? Sa vision se troubla et elle se demanda un instant si elle n'avait pas besoin de lunettes, avant de rire de sa bêtise en son for intérieur. Bien évidemment, à cette époque médiévale, elles n'avaient pas encore été inventées !

– Vous allez bien, Gloriana ? Avez-vous été blessée, malade ?

Elle secoua la tête.

Il fronça alors les sourcils.

– Ce jour où, dans la tour de Kenbrook Hall, vous vous êtes évanouie... Etait-ce la même chose ?

Mal à l'aise, elle déglutit, avant d'opiner.

– Vous étiez dans le futur ?

– Oui.

Damian soupira avant de resserrer instinctivement son étreinte, comme s'il craignait de la perdre une fois encore.

– Cela ne se produira plus jamais, le rassura Gloriana aussitôt.

– Comment pouvez-vous en être aussi certaine ?

– Parce que !

Ce n'était certes pas le moment de lui parler de son précédent retour, de lui révéler ce qu'aurait été l'avenir si elle n'était pas revenue à temps cette fois pour prévenir un enchaînement de tragédies.

– J'ai appris que vous aviez voulu tuer votre oncle, parce que vous imaginiez qu'il me gardait prisonnière, lâcha-t-elle néanmoins, amusée de voir Damian ouvrir de grands yeux.

– Mon oncle ?

– Oui, Merrymont, enchaîna-t-elle, très détachée, puisque votre mère était sa plus jeune sœur. Elle s'appelait Jillian, je me trompe ?

Les yeux de Damian s'agrandirent encore.

– C'est Gareth qui vous a dit cela ?

– Non, fit-elle en toute sincérité. Je l'ai découvert au cours de mes voyages.

Un soupir échappa à son compagnon cependant qu'il se frottait les poignets par lesquels il avait été entravé.

– Vous êtes impossible ! Encore heureux que je sois patient...

– Vous êtes tout sauf patient, déclara-t-elle avant de s'éloigner vers la sortie. Au demeurant, vous êtes loin de n'avoir que des qualités...

Derrière elle, Damian maugréa.

– Alors que vous êtes de votre côté un modèle de perfection, ironisa-t-il.

Gloriana lui jeta un coup d'œil moqueur par-dessus l'épaule.

– Merci, répondit-elle, comme s'il venait réellement de la complimenter. Vous voyez ? Vous êtes capable d'être charmant quand vous le voulez.

– Diablesse !

Il lui enserra la taille et l'attira contre lui. L'instant d'après, il fronçait de nouveau les sourcils.

– Qu'avez-vous sous vos jupons ? Un sac ?

Gloriana posa un doigt sur ses lèvres. Certes, elle n'avait pas l'intention d'avoir de secrets pour son époux, mais elle craignait d'être surprise par un domestique ou un homme d'armes en lui montrant tout de suite ce qu'elle avait rapporté du futur. Maintenant qu'elle avait retrouvé Damian, ce n'était pas le moment de se faire accuser de sorcellerie !

Dans la chambre de Damian, à Hadleigh Castle, un bain chaud avait été préparé ainsi que des vêtements propres pour Gloriana, comme si la nouvelle de son retour avait déjà fait le tour du château.

Damian ferma la porte derrière eux et considéra son épouse avec sévérité, exigeant clairement des explications.

Rougissant légèrement, la jeune femme extirpa le sac de dessous ses jupons et le lui tendit sans un mot.

Damian le saisit, les sourcils froncés, et après un regard défiant en direction de Gloriana, l'emporta jusqu'au lit et en déversa le contenu sur la couverture. Un à un, il étudia les différents objets : livres, fioles en plastique contenant des vitamines et différents médicaments, comme de l'aspirine et des antibiotiques... Puis il examina d'un air sceptique des tubes de dentifrice, dans leur emballage brillant.

Il s'empara ensuite d'un ouvrage et, après avoir caressé la couverture de papier lisse et feuilleté les pages illustrées d'images colorées, il leva les yeux vers sa compagne.

– Je ne comprends rien à ce qui est écrit. Quelle est cette langue ?

Elle s'approcha de lui.

– De l'anglais, déclara-t-elle, les yeux étincelants. Mais moderne...

De nouveau, Damian plongea le nez dans le livre, avant de le refermer d'un geste brusque.

– Pouvez-vous déchiffrer cet ouvrage ?

Gloriana hocha la tête en signe d'assentiment.

– Cela vous paraîtra simple aussi, monseigneur, une fois que vous aurez étudié cette langue avec moi.

– Expliquez-moi ce qu'il y a dans cette fiole ? demanda-t-il en secouant une boîte de pilules rouges.

– Ce sont des médicaments pour soigner la fièvre et les infections.

Elle avait appris pas mal de choses, à force de lire les revues médicales de Lynford dans la salle d'attente du cabinet et d'écouter ses conversations téléphoniques avec des patients ou le pharmacien.

Damian lâcha à la fois la boîte et le livre, comme s'il venait de se brûler.

– Grands dieux, Gloriana, si quelqu'un vous entendait, vous seriez rôtie toute vive comme suppôt de Satan.

– Mais vous ne les laisseriez pas faire, n'est-ce pas, Damian ? implora-t-elle tandis qu'un frisson d'angoisse s'emparait d'elle. Vous m'avez promis de me tuer, plutôt que de les laisser me brûler sur le bûcher.

Il devint blême.

– Je ne vous ai jamais promis une telle chose.

Et bien sûr, il avait raison. Le serment avait été fait en un autre temps, un épisode du futur qu'ils ne connaîtraient jamais...

Gloriana se contenta de le regarder, le suppliant en silence de lui faire cette promesse.

– Je ne laisserai personne vous toucher, déclara-t-il enfin d'un ton solennel. Quand bien même je devrais y laisser ma vie...

Il lui offrit sa main, l'invitant à venir se blottir contre lui. Avant de l'enlacer, il jeta cependant un dernier coup d'œil aux étranges objets sur le lit.

– Je compte bien que vous m'appreniez ce qu'il y a dans ces livres. Mais pour l'instant, milady, j'ai d'autres projets !

– Enfin, souffla Gloriana en lui tendant ses lèvres.

19

Gareth se tenait sous le dais, dans le grand hall, brandissant sa chope de bière en direction des convives. Sa voix, joyeuse et puissante, résonna à travers l'immense pièce, se répercutant du sol au plafond.

– Lady Gloriana est revenue parmi nous ! Réjouissons-nous et remercions le ciel de l'avoir gardée en vie.

La jeune femme, installée au côté de Damian, baissa humblement les yeux. Elle aurait préféré qu'on ne clame pas la nouvelle de son retour sur les toits, tant elle craignait que des gens malveillants ne se plaisent à tirer des conclusions de son étrange disparition. Ne l'accuseraient-ils pas alors de sorcellerie ?

Comme pour vérifier ses pires appréhensions, des murmures étouffés coururent aussitôt parmi l'auditoire. Toutefois, chacun leva bientôt sa chope pour célébrer l'événement, et la soirée commença.

La musique s'éleva au-dessus des convives, dans la galerie réservée aux ménestrels, tandis que des saltimbanques se faufilaient entre les tables, sautant, bondissant et pirouettant. Mais Gloriana chercha en vain parmi eux les visages familiers de Romulus ou de Corliss : les troubadours, ce soir, lui étaient totalement étrangers. Ils n'appartenaient pas à la compagnie qu'elle avait rencontrée lors de sa précédente visite.

Dire que cette visite n'existait que pour elle...

– Qu'y a-t-il ? demanda Damian en se penchant vers elle. Vous n'avez encore rien mangé.

– Je ne me sens pas très bien, monseigneur, avoua-t-elle. Quelque chose me gêne, mais je n'arrive pas à savoir quoi.

Son époux sourit.

– Rien d'étonnant à ce que vous soyez distraite, ma chère femme. Comme moi, vous pensez à la nuit qui nous attend !

Si seulement il pouvait dire vrai... Malheureusement, elle ne pouvait se défaire d'un sombre pressentiment. Avec un soupir, elle promena le regard autour d'elle. Il y avait une tension dans l'air, une tension qui planait au-dessus de chacun comme l'épée de Damoclès.

Un drame se préparait...

Elle coula un coup d'œil sur sa gauche et aperçut Edward et Marianne en pleine conversation, les yeux dans les yeux. A l'autre bout de la table, Eigg et le frère Cradoc devisaient avec Gareth. Tous paraissaient joyeux et pourtant...

Tout à coup, la musique se tut, tandis qu'un sifflement suraigu emplissait la salle tout entière.

Quelques secondes s'écoulèrent, silencieuses, lourdes de menace, et soudain une flèche se ficha dans l'épais plateau de chêne de la table de Gareth et frémit un instant avant de s'immobiliser. Juste devant Damian.

Un vent de folie furieuse s'empara alors des soldats qui, de concert, bondirent sur leurs pieds, faisant basculer les bancs derrière eux. Damian dégaina son épée et, d'un geste brusque, poussa Gloriana sous la table. Surprise, elle résista et vit alors les saltimbanques extirper des lames tranchantes de dessous leurs capes, pour se lancer à l'assaut des chevaliers de Hadleigh et de Kenbrook.

Les serviteurs lâchèrent plats et carafes et, avec des hurlements apeurés, prirent leurs jambes à leur cou. De la galerie réservée aux musiciens, un faux ménestrel dardait sans relâche des flèches sur les habitants du château.

L'homme avait une allure vaguement familière, et pourtant Gloriana n'avait pas l'impression de l'avoir déjà rencontré. Il était élégamment vêtu et devait avoir sensiblement le même âge que Gareth. Blond, il avait des yeux qui, même à cette distance, lui parurent étinceler d'un bleu aussi glacial que ceux de Damian.

– Halte ! hurla-t-il d'une voix impérieuse.

Sur-le-champ, les clameurs guerrières se turent, cependant que chacun levait docilement la tête. Une vague d'indignation submergea alors Gloriana. Après tout ce qu'elle venait d'endurer, après avoir été arrachée plusieurs fois à son époux bien-aimé, ces bandits étaient sur le point de briser le bonheur qu'elle venait tout juste de récupérer.

Et cela, elle ne pouvait le supporter.

L'assistance s'était transformée en une galerie de statues. Et si personne ne réagissait rapidement, la jeune femme perdrait ceux auxquels elle tenait le plus.

Révoltée par tant d'injustice, Gloriana referma les doigts sur son couteau, la seule arme qui fût à portée de sa main, et se faufila derrière Damian. Ce dernier lui aussi avait levé la tête, le visage impassible, pourtant, elle le savait consumé par une rage meurtrière. Tout son être le criait en silence...

– Qui est-ce ? demanda-t-elle à voix basse.

– Merrymont, cracha son époux entre ses dents.

Gloriana considéra l'envahisseur quelques instants. Ainsi, cet homme était l'ennemi juré de la famille, l'oncle félon qui avait juré la mort de Damian pour venger celle de sa sœur, Jillian.

Subrepticement, elle recula vers les tentures.

– Que voulez-vous, Merrymont ? gronda Gareth tandis que la jeune femme s'éclipsait vers l'escalier dérobé, derrière le dais.

Une fois à l'abri des regards, elle se précipita dans le passage envahi par les toiles d'araignées, et jonché de restes de vermine. Ici, dans ce corridor depuis long-temps oublié, elle et Edward avaient souvent joué, enfants. Ils prétendaient alors que le château était assiégé, et qu'ils étaient seuls à pouvoir le sauver.

Immobile dans l'ombre, retenant son souffle, les doigts crispés sur le manche de son couteau, la jeune femme jaugea la situation. Une situation qui n'avait rien de rassurant.

Deux gardes à la carrure effrayante, armés jusqu'aux dents, flanquaient l'entrée de l'encorbellement. Pourtant, Gloriana les devinait mal à l'aise. En gens superstitieux, ils devaient probablement craindre de rencontrer des esprits ou des revenants dans ces recoins sombres si rarement fréquentés.

Derrière eux, à l'intérieur de la galerie, Merrymont parlait encore. Gloriana, se penchant discrètement, observa de pied en cap l'ennemi de St. Gregory. Dans son élégant pourpoint de velours, cet homme avait une indéniable prestance. Dommage qu'il ne fût pas dans leur camp !

— Ainsi vous refusez, Kenbrook, de me présenter vos excuses pour m'avoir injustement diffamé à travers tout le royaume en m'accusant de rapt, et même de meurtre ? lança-t-il avec beaucoup d'arrogance.

Gloriana se mordit la lèvre. Damian était bien trop têtu pour reconnaître ses torts et pourtant, Dieu sait qu'elle aurait aimé que ce différend se règle à l'amiable !

— Oui, répliqua son époux au même instant d'une voix assurée, je refuse.

C'était à elle de jouer. Se baissant, Gloriana saisit une pierre sur le sol et la lança derrière elle. Les gardes, alertés, s'élancèrent dans le passage. Avant qu'ils n'aient eu le temps de rebrousser chemin, elle rejoignait la galerie et pressait la pointe de son couteau dans le dos de Merrymont.

— Ordonnez à vos hommes de baisser leurs armes,

murmura-t-elle calmement, ou je vous fais avaler vos tripes.

L'homme se raidit puis contre toute attente, partit d'un rire démoniaque. Gloriana avait malheureusement compté sans la dextérité et l'agilité de son prisonnier. En un tour de main, ce dernier la désarma et la plaqua contre lui.

Le cœur de la jeune femme manqua un battement lorsqu'il la projeta contre la balustrade de pierre, la hissant à bout de bras au-dessus du vide. S'il la lâchait, elle ne survivrait pas à sa chute.

— Votre épouse est assurément très brave, Kenbrook ! s'exclama Merrymont d'un ton moqueur, à l'adresse de Damian qui avait blêmi. Si j'avais su qu'elle possédait ce tempérament de feu, neveu, j'aurais peut-être réfléchi à deux fois avant de venir jusqu'ici ce soir !

— Vous vouliez des excuses, les voilà, maugréa Damian, rageusement. Veuillez me pardonner de vous avoir accusé ! Lâchez-la à présent !

— Allez au diable, Merrymont ! vociféra alors Gareth. Vous n'êtes qu'un traître.

Tout en priant pour que son agresseur ne la lâche pas, Gloriana regrettait de ne pas lui avoir fiché la lame de son couteau entre les omoplates quand elle en avait encore l'occasion.

— Il n'y a pas une minute, Kenbrook, vous me déniiez cette simple courtoisie, et voilà que maintenant, vous seriez prêt à faire montre d'humilité ?...

— Oui, répondit Damian sans la moindre hésitation.

Gloriana ferma les yeux. A cause d'elle, son époux devait plier l'échine.

— Excellent ! s'écria Merrymont. Et maintenant, réglons une fois pour toutes nos querelles. Je vous attends demain à l'aube, chez moi, sur le champ de bataille.

Damian serrait les dents pour ne pas laisser éclater son mépris. Tant que Merrymont tenait Gloriana à sa merci, l'insulter était trop dangereux.

– Encore une chose, décréta Merrymont d'un ton songeur. Pour m'assurer que vous ne me ferez pas faux bond demain, j'emmène votre adorable épouse.

La rage étouffait Damian mais étant donné les circonstances, il ne pouvait qu'acquiescer.

– Fort bien. J'accepte votre défi, cracha-t-il avec haine.

Aussitôt, Merrymont reposa sa prisonnière. La jeune femme tenta alors d'échapper à son étreinte en lui décochant de violents coups de pied. En vain. Merrymont refusa de la lâcher.

– Laissez-la ! vitupéra Damian. Vous avez ma promesse que je serai au rendez-vous demain.

– Cette jeune femme m'accompagne, un point c'est tout. Que se passe-t-il, Kenbrook ? Que me vaut ce regard meurtrier ? Mettriez-vous une fois encore en doute mon intégrité en suggérant que votre épouse ne soit pas entre de bonnes mains avec moi ?

Gloriana avait cessé de se débattre ; Merrymont était trop fort pour elle. En bas, Damian, le visage livide, brandissait vainement son épée. En silence, elle l'implora de se taire.

Il semblait avoir toutes les peines du monde à conserver son sang-froid.

Ce fut pourtant Gareth qui lança d'une voix redoutable :

– Si vous faites du mal à cette jeune femme, Merrymont, je vous trancherai la gorge, foi de St. Gregory.

– A la première occasion, vous ne manqueriez pas de le faire, de toute manière.

Sur ces paroles sarcastiques, Merrymont quitta la galerie, entraînant Gloriana ainsi que les deux gardes dans sa retraite.

– Vous rendez-vous compte de votre inconséquence ? lui demanda la jeune femme alors que son ravisseur rejoignait ses hommes d'armes. Vous êtes venu à Hadleigh pour réclamer justice, furieux d'avoir été accusé à tort de ravisseur, et que faites-vous ? Vous me prenez en otage !

— Si vous gardez vos remarques pour vous, je n'aurai pas besoin de vous bâillonner.

Ulcérée, Gloriana résista à l'envie de répliquer vertement. La situation était bien assez tendue ; inutile de jeter de l'huile sur le feu. Ils traversèrent le grand hall où se dressaient les soldats de Gareth et de Damian, leurs arcs bandés. Personne cependant ne tira la moindre flèche, de peur certainement d'atteindre Gloriana.

Les chevaux attendaient dans la cour. Les faux saltimbanques les enfourchèrent sans tarder et la troupe, menée par Merrymont lui-même, traversa au galop le village et franchit le pont-levis avec autant d'aplomb que des invités de marque.

— Tout de même, quel toupet ! grommela Gloriana en tournant la tête vers son ravisseur juché derrière elle.

Merrymont l'enveloppa d'un regard presque aimable et brusquement, la jeune femme se prit à songer que, dans d'autres circonstances, elle aurait pu apprécier cet homme.

— Vous semblez déterminée à vouloir faire la conversation ! commenta-t-il avec ironie. Peut-être ai-je commis une erreur en vous enlevant...

— C'est certain ! En fait, si vous aviez la moindre idée de ce que j'ai dû endurer pour retrouver mon époux, vous nous auriez épargné cette macabre mise en scène.

Elle crut voir un sourire flotter sur ses lèvres.

— Qu'est-ce qui vous fait penser que je peux éprouver une émotion aussi noble que la pitié ?

Gloriana soupira.

— Nous étions tranquillement chez nous. Je ne vois pas pourquoi vous êtes venu nous provoquer.

— Je vous assure, lady Kenbrook, que j'ai de bonnes raisons pour cela. Mais bien sûr, je n'ai pas l'intention de me justifier auprès de vous.

Les minutes s'égrenaient. Ils chevauchaient en

silence, la jeune femme jetant de loin en loin des coups d'œil en direction de Hadleigh Castle et de son minuscule village.

— Il viendra me chercher, déclara-t-elle enfin, quand ils se furent enfoncés sous le couvert des arbres, s'écartant du chemin qui menait à Kenbrook Hall.

— J'y compte bien !

— Vous voulez le tuer ! accusa Gloriana, à la fois furieuse et terrorisée.

— Vous n'avez pas idée de ce que je veux, corrigea son compagnon, ni d'ailleurs ce jeune chevalier sans cervelle qui vous sert d'époux, cet orgueilleux si empressé de vous sauver.

— Et moi, qu'allez-vous me faire ? M'étrangler ?

— Non. Toutefois ne me provoquez pas, belle dame. Vous pourriez me faire perdre patience.

— Et qu'en est-il de ma vertu ?

Merrymont eut un bref éclat de rire.

— Votre vertu ? Eh bien...

Ecarlate, Gloriana insista néanmoins.

— Je voudrais savoir, messire, si je dois m'en inquiéter ou non.

Cette fois, il rit de bon cœur.

— Ainsi, c'est ce que Hadleigh et Kenbrook se plaisent à dire de moi ? demanda-t-il en recouvrant son sérieux. Que je suis un monstre avec les jeunes femmes ? Je ne devrais pas en être surpris, ni même blessé, et pourtant, je l'avoue, ces accusations me chagrinent.

Les hommes de Damian et de Gareth les suivaient à distance. Gloriana le savait, tout comme son ravisseur, d'ailleurs. Mais ce dernier ne s'en inquiétait guère : tant qu'il détenait Gloriana, il pouvait être tranquille, ses poursuivants ne tenteraient rien. Environ une heure plus tard, ils franchirent un pont et pénétrèrent dans ce qu'elle imagina être une cour intérieure.

Une herse sarrasine tomba derrière eux dans un grincement sinistre. Merrymont se tourna vers ses hommes et leur distribua quelques ordres. Aussitôt les soldats s'éloignèrent.

— Venez ! lui enjoignit son ravisseur en la soulevant de cheval pour la déposer sur le sol. Vous voulez certainement vous reposer.

Gloriana lui emboîta le pas à contrecœur.

— J'attends un enfant, prévint-elle alors qu'elle accélérait l'allure pour demeurer au niveau de son compagnon. Si vous me faites du mal, vous blesserez également l'enfant que je porte. Et cela, Kenbrook ne le supportera pas. Il vous tuera de sa main.

— Il en aura l'occasion demain, sur le champ de bataille, rétorqua tranquillement Merrymont.

Ils entrèrent dans son château, une construction plus modeste que Hadleigh Castle ou Kenbrook Hall, et furent aussitôt accueillis par une kyrielle de servantes portant des chandelles qui laissaient bien plus d'ombre qu'elles ne répandaient de clarté.

— Voici ma nièce, déclara Merrymont en désignant Gloriana. Trouvez-lui un endroit pour dormir.

— Oui, monseigneur, firent les femmes d'une même voix.

Combien étaient-elles donc ? Gloriana eut beau ouvrir les yeux, l'obscurité l'empêchait de les compter. Mais après tout, cela n'avait aucune espèce d'importance. Même si elle réussissait à faire faux bond à cette flopée de domestiques, elle ne parviendrait jamais à quitter le domaine, soigneusement ceinturé de hauts murs et gardé par des portes cadenassées. Du moins, Merrymont n'avait pas exigé d'elle qu'elle partage son lit.

Elle fut conduite jusqu'à une minuscule chambre, éclairée par quelques bougies et meublée d'une simple couche.

— Voulez-vous vous restaurer, milady ? demanda l'une des servantes avec affabilité, tandis qu'une autre mettait des draps propres.

– Non, je ne suis pas en état d'avaler quoi que ce soit.

Elle n'avait pas voulu répondre avec autant de brusquerie, mais elle se sentait si lasse et surtout si bouleversée...

Les domestiques s'en allèrent, s'inclinant cérémonieusement avant de refermer la lourde porte derrière elles.

Gloriana s'assit sur sa couche avec un soupir résigné. Demain, Damian serait là, se jetant dans ce qui ne pouvait être que la gueule du loup, et elle n'avait nul moyen de l'en empêcher.

Elle s'allongea, posant la tête sur l'oreiller. Ses yeux lui brûlaient.

« Ne venez pas, Damian, implora-t-elle en silence, sachant toutefois sa requête inutile, n'essayez pas de me sauver. Mon Dieu, je mourrais s'il vous arrivait quoi que ce soit. »

Elle croyait ne jamais trouver le sommeil mais peu à peu, ses paupières s'alourdirent. Ces dernières heures avaient été pour le moins éprouvantes...

Quand elle reprit conscience, elle vit que le soleil brillait, haut dans le ciel. D'un bond, elle se redressa, surprise de s'éveiller dans cette pièce inconnue. Puis la mémoire lui revint. Merrymont l'avait enlevée, et aujourd'hui il allait assassiner Damian.

Car, quelle que soit l'issue de leur combat, les hommes de Merrymont avaient certainement pour consigne de ne pas laisser le seigneur de Kenbrook repartir vivant.

Prise de panique, elle se précipita à la porte et hurla à travers le battant toute son impuissance et sa rage.

– Laissez-moi sortir, Merrymont ! Allez, venez, maudit couard ! Auriez-vous peur d'une femme ?

La porte s'ouvrit brusquement et Gloriana, déséquilibrée, faillit tomber en avant.

Merrymont se tenait devant elle, moins effrayant dans la lumière du jour. Il s'était changé, et ses cheveux blonds étaient soigneusement peignés. Sur ses lèvres fermement dessinées flottait un sourire curieusement indulgent.

— Vous commettez une erreur, monseigneur ! s'exclama-t-elle avec véhémence. Et si vous réfléchissiez tant soit peu, vous seriez terrorisé. Mon époux sera bientôt là, et il vous tuera.

Son interlocuteur se borna à rire, visiblement peu impressionné par ses menaces.

— Décidément, Kenbrook doit avoir du fil à retordre, avec une femme comme vous.

Ses yeux s'assombrirent soudain.

— Si seulement j'avais eu la chance de rencontrer quelqu'un de votre trempe, fit-il en lui saisissant le bras. Venez, milady, votre époux attend déjà avec ses hommes d'armes devant les grilles, prêt à livrer combat.

Gloriana se dégagea brutalement.

— Pourquoi faites-vous cela ? s'enquit-elle.

Elle imaginait déjà son bien-aimé le flanc percé de blessures ou, pis encore, mort.

— Comment oseriez-vous tuer le fils de votre propre sœur ?

Merrymont, qui gardait le silence, blêmit lorsqu'elle fit allusion à sa sœur disparue. Gloriana le vit ouvrir la bouche pour rétorquer mais il se ravisa, s'adossa au montant de la porte et baissa la tête comme si au tréfonds de son être se livrait une farouche bataille. Comme il se redressait enfin et croisait le regard de Gloriana, celle-ci entendit soudain le martèlement de sabots dans la cour, en contrebas.

Elle se hâta vers la fenêtre, impatiente d'apercevoir son époux, mais tout ce qu'elle vit fut un pigeonnier, et plus loin une fontaine asséchée et envahie par les mauvaises herbes.

— Pourquoi ? insista-t-elle en se tournant vers Merrymont. Pourquoi haïssez-vous Damian ? Et qu'allez-vous lui faire ?

— Vous le saurez bientôt.

Sur ce, il tourna les talons et s'éloigna.

Sans perdre un instant, Gloriana procéda à ses ablutions et s'habilla. Puis elle quitta sa chambre sans que personne ne tente de lui barrer le chemin. D'un pas rapide, elle longea le dédale de couloirs, jusqu'au vestibule. Enfin, elle sortit dans la cour pour se trouver face à son époux à cheval.

Damian avait laissé son armée derrière les lourdes portes. Un acte de pure démence, selon elle ! De toute évidence, il n'avait pas fermé l'œil de la nuit, et la lueur féroce qui étincelait dans son regard en disait long sur la colère qui l'animait.

– Vous a-t-il fait du mal ? demanda-t-il d'un ton anxieux.

Gloriana secoua la tête.

– Non, monseigneur.

Les larmes menaçaient de couler. Elle aurait voulu supplier Damian de repartir sur-le-champ, mais tout ce qu'elle pourrait dire ne servirait à rien.

Merrymont, qui était arrivé derrière elle, lui posa une main sur l'épaule et, avec une gentillesse surprenante, la tira en arrière. Puis il s'avança vers Damian. Il n'avait pas dégainé son épée et pourtant, aucune peur ne se lisait sur son visage.

– Vous êtes venu seul, commenta-t-il avec une pointe d'approbation. Je suis impressionné, Kenbrook. Peut-être qu'après tout, le sang St. Gregory a du bon.

Damian porta instinctivement la main à son épée et, voyant son geste, Gloriana s'arrêta de respirer. S'il était tué maintenant, après tous les projets qu'ils avaient échafaudés pour les années à venir, elle ne le supporterait pas.

– Je vous aime de tout mon cœur, Damian St. Gregory, murmura-t-elle avec désespoir.

Merrymont désigna la grille ouverte, sur le côté.

– Venez, Kenbrook, finissons-en. Laissez votre monture ici, vous n'en aurez pas besoin.

Damian glissa agilement à bas de son cheval, les yeux

rivés sur le visage de son épouse. Les soldats de Merrymont n'avaient pas montré le bout de leur nez. Les deux hommes étaient seuls, face à leur destin. Pourquoi tenaient-ils tant à s'entre-tuer ? se demandait la jeune femme...

– Moi aussi, je vous aime, Gloriana, repartit Damian.

Merrymont s'arrêta devant la grille et, avec un large sourire, porta une main à son cœur, comme pour se moquer de cet échange passionné, avant de tirer son épée. La lame terrifiante de son arme étincela dans la lumière du petit matin. Gloriana ne doutait pas un instant qu'il sût admirablement la manier. Il était plus vieux que Damian, et probablement plus lent ; toutefois, il avait l'avantage de l'expérience. Damian dégaina à son tour.

Dans la cour baignée de soleil, Gloriana s'assit sur un banc ; ses jambes, tout à coup, refusaient de la porter.

Kenbrook et Merrymont se mirent en garde. Il y avait dans cette scène quelque chose de morbide et de magnifique à la fois.

Leurs lames se croisèrent dans un cliquetis qui se répercuta par-delà les hautes enceintes du domaine. Le cœur de Gloriana manqua un battement. Le duel débutait comme une lente danse, soulignant la grâce et la dextérité de deux hommes rompus à l'art des armes, fer contre fer, en un rythme qui annonçait déjà une issue fatale...

Gloriana souffrait jusqu'au plus profond de son être. Son regard toutefois était rivé sur les combattants. Si Damian mourait, elle se devait au moins d'assister à son sacrifice.

La lame de Merrymont toucha brusquement son époux à la cuisse, et le sang se mit à perler.

Gloriana se leva d'un bond, avec un cri d'horreur. Mais Damian reprit le duel.

La lutte s'intensifia, poussant chacun des adversaires plus près de la mort. Gloriana les fixait, impuissante,

309

priant avec ferveur pour que le Tout-Puissant épargne l'homme qu'elle aimait par-dessus tout.

C'est alors que le miracle se produisit. D'un geste aussi rapide que l'éclair, Damian désarma soudain son ennemi et pressa la pointe de sa lame contre le cou de Merrymont.

– Me tuerez-vous ? demanda ce dernier d'une voix rauque. Tueriez-vous le frère de votre mère ?

Merrymont haletait, ses vêtements de fine étoffe étaient couverts de sang et trempés de sueur. Il mit un genou au sol, plus par épuisement que par humiliation. Mais quand il redressa la tête, Gloriana vit avec stupeur qu'il esquissait un sourire.

– Je suis las, Kenbrook, lança-t-il. Mais je n'ai pas envie de périr sous votre lame. Je vous ai amené ici parce que j'ai besoin d'un héritier.

Damian écarquilla les yeux.

– Qu'avez-vous dit ?

Merrymont se mit péniblement debout. Damian ne fit rien pour l'aider à se relever mais il avait tout de même cessé de le menacer de son arme. Quant à Gloriana, elle était figée de stupeur sur son banc.

– J'ai eu trois épouses, déclara Merrymont, et aucune d'entre elles n'a survécu à l'enfantement. Ni les bébés d'ailleurs. Vous, le fils de ma sœur, êtes le seul à qui je puisse léguer tous mes biens.

Damian baissa complètement son épée. Il semblait tout à coup perdu.

Gloriana recouvra alors l'usage de la parole, ainsi que ses forces. D'un bond, elle fut debout et rejoignit les adversaires.

– Pourquoi diable avez-vous essayé de tuer mon époux si vous vouliez en faire votre héritier ?

– Question intéressante, concéda Merrymont.

Une servante apparut au même instant, portant une fiole de vin. Merrymont prit un gobelet et le porta à ses lèvres. Il n'avait pas quitté Kenbrook du regard lorsque, quelques secondes plus tard, il répondit à Gloriana.

– Je préférais céder ces terres au roi plutôt que de les abandonner entre les mains d'un homme incapable de les gérer. Je voulais être certain que Damian St. Gregory, cinquième baron de Kenbrook, serait à la hauteur de la tâche que je lui confie.

Damian se contenta d'une grimace dubitative.

– Vous n'êtes pas encore assez vieux, grommela-t-il, alors pourquoi vous faut-il un héritier ?

Le sourire dont le gratifia Merrymont n'était pas dénué de malice.

– Je n'ai nulle intention de vous faire la faveur de mourir aujourd'hui, mon neveu. Mais quand ce jour viendra – le plus tard possible je l'espère –, tout devra être prêt.

Il se tourna alors vers la jeune femme, et cette fois une lueur de réelle tendresse brillait dans ses yeux bleus.

– Vous, milady, êtes la maîtresse idéale d'un tel legs, ne serait-ce que par votre courage, votre beauté et votre incroyable loyauté pour l'homme que vous aimez.

Gloriana ne trouva pas les mots pour le remercier. Elle se contenta de baisser les yeux, rouge de confusion, avant de rejoindre son époux.

Ce dernier lui passa un bras autour de la taille et, en silence, ils marchèrent jusqu'à la cour où les attendait Peleus. Sans perdre un instant, Damian hissa son épouse en selle, avant d'enfourcher à son tour la monture.

– Dites-moi, cria son oncle derrière eux, comment vous appellerez-vous, lorsque moi comme Gareth nous aurons disparu et que vous vous retrouverez à la tête des trois plus grands domaines du royaume ? Hadleigh ou Merrymont ?

– Ce sera Kenbrook.

Et sur ces mots, Damian fit tourner bride à sa monture et la talonna. Aussitôt, la bête s'élança au galop, emportant les deux amants.

ÉPILOGUE

Kenbrook Hall, quelques mois plus tard...

Le cri furieux du jeune Aric St. Gregory, baron de Kenbrook, sixième du nom et futur héritier des domaines de Merrymont et de Hadleigh, retentit dans la tour tout entière. Un vagissement puissant, et déjà conquérant... Damian, qui depuis plusieurs heures arpentait nerveusement le couloir, se précipita vers la chambre. Il fut arrêté dans son élan par Merrymont et Gareth qui encadraient jalousement la porte. Edward aurait dû être là, lui aussi, mais il venait d'épouser Marianne de Troyes, et ils étaient à présent en voyage de noces à Londres.

– Permets au moins aux femmes d'achever leur tâche, conseilla Gareth en lui prenant le bras. Elles t'appelleront dès que tu pourras les rejoindre.

Damian était sur des charbons ardents ; il voulait voir le bébé, bien sûr, mais également s'assurer que Gloriana n'avait pas souffert, qu'elle n'avait pas sacrifié sa vie pour mettre au monde son enfant.

– Gloriana... ? cria-t-il à travers le battant.

– Ton épouse est robuste, intervint Merrymont. Tu n'as aucune inquiétude à te faire à son sujet.

Depuis leur confrontation sur le champ de bataille, lui et Kenbrook étaient devenus amis. Certes, Damian continuait d'appeler son oncle par son nom de famille, mais le temps, ils en avaient tous deux la certitude, se chargerait d'effacer leurs anciens différends.

Après ce qui lui parut une éternité, la lourde porte s'ouvrit enfin, et lady Elaina apparut, offrant à Damian un large sourire.

– Entrez, milord. Votre épouse ainsi que votre fils vous attendent avec impatience.

Damian repoussa brusquement la main de Gareth, et il aurait bousculé sa belle-sœur si celle-ci ne s'était pas prudemment effacée quand il s'élança dans la pièce.

Gloriana était allongée sur le grand lit, ce lit qu'ils partageaient avec toujours autant de joie et de passion. Avec son visage rayonnant et ses cheveux d'or rouge éparpillés sur l'oreiller, la jeune femme était belle à couper le souffle. Ses yeux verts étincelaient d'une incommensurable fierté.

Dans les bras elle portait leur bébé, soigneusement emmailloté. Sur la pointe des pieds, Damian s'approcha et vit alors une espèce de vermisseau rougeâtre, horriblement laid, et surtout pas plus gros qu'un poing.

Ils avaient depuis longtemps décidé que si leur enfant était un garçon, il serait appelé Aric, en souvenir d'un brave et courageux ancêtre St. Gregory, mais Damian n'avait pas un instant imaginé que son fils pût être aussi petit. Gloriana éclata de rire devant son air consterné et lui sourit tendrement quand il se pencha pour l'embrasser sur le front.

– Ne vous inquiétez pas, mon amour, lui souffla-t-elle. Plus tard, il sera aussi séduisant que vous.

– Jamais je n'aurais pensé vivre un jour aussi beau que celui-ci, murmura Damian avec émotion.

La jeune femme glissa une main dans ses épais cheveux blonds.

– Eh bien, il semblerait que peu à peu vous vous fassiez à l'idée d'être père...

Les prunelles claires de Damian s'emplirent de larmes. Des larmes de soulagement, de bonheur et d'amour...

– Je n'ai jamais eu aussi peur que lorsque je vous ai entendue crier, confessa-t-il lorsque lady Elaina et les servantes furent sorties, les laissant seuls dans la chambre.

Un frisson d'effroi le traversa rétrospectivement. Gloriana lui sourit.

– Mettre au monde un enfant n'a rien d'aisé. Mais je vous assure qu'on oublie la douleur dès l'instant où votre bébé est blotti dans vos bras.

Il lui prit la main et la baisa.

– Si seulement j'avais pu souffrir à votre place !

La jeune femme éclata de rire.

– Encore faudrait-il que l'homme soit né pour enfanter. Malheureusement, Dieu en a confié le soin aux femmes.

Il y eut un coup discret frappé à la porte.

– Entrez ! dit Gloriana.

Lady Elaina apparut sur le seuil.

– La nourrice est là, déclara-t-elle. Dois-je lui porter Aric avant qu'il ne se mette à crier ?

Gloriana sourit et hocha la tête, bien qu'il lui fendît le cœur de se séparer déjà de son bébé. Enfin, dans quelques jours, elle aurait une montée de lait – comme le lui avait appris l'un des livres du monde moderne –, et elle pourrait alors nourrir son fils seule.

Elle se redressa contre son oreiller, cependant que Damian s'étendait près d'elle et la prenait dans ses bras.

– Je me demande souvent, ma chère épouse, pourquoi le Tout-Puissant m'a fait le présent d'une femme comme vous. Je ne vous méritais pas.

Sans mot dire, elle lui baisa le front, et Damian se sentit fondre.

– Prendrez-vous une maîtresse, maintenant que je vous ai donné un fils ? s'enquit-elle alors à brûle-pourpoint.

Il se redressa sur un coude, offusqué.

– Pourquoi me posez-vous une question aussi stupide ? Ne vous ai-je point confié que je vous aimais bien plus encore que je ne tiens à la vie ?

Elle esquissa un pauvre sourire, mais dans ses yeux verts scintillaient des larmes.

– Gareth rejoint chaque soir sa maîtresse dans cette maison près du lac, et pourtant je le sais profondément épris de son épouse.

– C'est une tout autre histoire. Et je n'ai pas la moindre intention de vous quitter pour une autre.

Gloriana soupira de soulagement et vint se blottir contre lui. Quelques minutes plus tard, rassurée, elle s'endormait.

Longtemps, Damian demeura là, sans bouger, à contempler cette femme qui était désormais sa raison de vivre.

Quand, enfin, elle ouvrit les yeux, il déposa sur ses lèvres un tendre baiser.

– Vous voilà revenue...

– Je ne vous avais pas quitté, et je ne le ferai jamais.

Aric atteignait sa huitième semaine lorsque Gloriana fit transférer son berceau à la nursery, là où désormais sa fidèle Judith et la nourrice du village, Ilsa, s'occuperaient de lui.

Ce jour-là, Damian avait profité d'une embellie pour aller chasser en compagnie de Merrymont, d'Edward et de quelques-uns de ses hommes d'armes. Sachant que son époux ne reviendrait pas avant les vêpres, Gloriana lui prépara une surprise.

Avec l'aide d'une poignée de servantes, elle nettoya la chambre à grande eau et couvrit le sol de nouveaux tapis. Le matelas fut aéré et rembourré d'herbes parfumées, cependant que toutes les lampes étaient polies. Les draps furent ensuite changés, et des bûches apportées pour la cheminée.

Le crépuscule tombait, lorsqu'on chauffa l'eau du bain et qu'on déposa le baquet dans la chambre. Un repas de viande froide, de succulents fromages et de fruits trônait sur la table, là où Gloriana et Damian avaient l'habitude de disputer leurs parties d'échecs.

Finalement, la jeune femme renvoya toutes les domestiques et se dévêtit, ne gardant qu'une fine chemise de cotonnade. Ses cheveux, soigneusement brossés, se répandaient sur ses épaules comme de l'or en fusion, accrochant la lumière à chacun de ses mouvements.

Elle entendit bientôt les pas de son époux résonner dans l'escalier et son cœur se mit à battre à se rompre. Quand il ouvrit la porte, elle retint son souffle.

Damian s'arrêta sur le seuil et promena un regard étonné autour de lui. Puis, avec un sourire ravi, il referma le battant derrière lui et jaugea Gloriana d'un œil admiratif. Sous la fine chemise de coton, les seins de la jeune femme se durcirent, tandis que le désir se réveillait en elle.

– Je vous ai fait préparer un bain, monseigneur, murmura-t-elle.

Sans attendre sa réponse, elle s'approcha de lui et défit la boucle de son ceinturon. Puis, d'un geste audacieux, elle glissa les doigts sous sa tunique, goûtant le plaisir de sentir sous ses paumes le torse puissant de son époux.

– Vous m'avez manqué, souffla-t-il.

– C'est ce que je constate, lança-t-elle, taquine, en refermant la main sur sa virilité dressée.

Il se pencha vers elle et, l'attirant contre lui, s'empara de ses lèvres dans un baiser avide.

Le souffle court, il l'entraîna jusqu'au baquet.

– Faites-moi plaisir, milady, prenez ce bain avec moi.

Gloriana ne se fit pas prier. En un tour de main, elle se déshabilla et se glissa dans l'eau tiède et délicatement parfumée, où son époux la rejoignit quelques secondes plus tard.

Leurs lèvres, de nouveau, se rencontrèrent, cependant qu'un désir trop longtemps refréné les submergeait, violent et irrésistible. Damian attira alors la jeune femme contre lui et, la soulevant dans ses bras, s'empara d'elle. Le regard rivé l'un à l'autre, ils se laissèrent guider le long des méandres de l'amour, bâtissant de nouveaux empires, de nouveaux espoirs, dans une communion silencieuse, jusqu'à ce qu'une vague de plaisir les emporte plus loin, plus loin encore que les confins du royaume, au-delà des arcanes du temps...

p120 ✓

p160

oripeaux 171 vêtements usés
qui ont conservé un reste de
arcanes 318 secrets. splendeur

mystères ✓

Photocomposition Assistance 44-Bouguenais
Achevé d'imprimer en Europe (Angleterre)
par Cox and Wyman à Reading
le 27 août 1997.
Dépôt légal août 1997. ISBN 2-290-04588-8

Éditions J'ai lu
84, rue de Grenelle, 75007 Paris
Diffusion France et étranger : Flammarion

4588